春夏秋冬代行者

黄昏の射手

世界が生まれた頃、朝と夜は海を見つめていた。


自分達が空の天蓋を変えると、海は燃える。

朝焼けと夕焼けで、染まるその様が彼らは好きだった。

いつかこの何もない世界も、寄せては返す波のように変化が生まれることを期待していた。

それから心と体が石になりそうなほどの退屈な時間が流れ。

やがて、海にも大地にも生物が溢(あふ)れ始め、世界は一つの完成形に至った。

永遠の時間を持つ神々にとって、生命達が織りなす日々は待ちにまった出来事だった。

成長も停滞も、愛情も憎悪(ぞうお)も、闘争も平和も、ただ見続けていたい。

天蓋を撃ち落とすことすら忘れた。

もう、二神だけで寂しく海を見る時間は終わったのだ。


しかし、朝が来ない日、夜が来ない日が続くと、さすがに人も動植物も困り果てる。

一日の境目がなければ眠りもいつ取れば良いかわからない。

生きとし生けるもの達からの訴えと、自分達の渇望を、朝と夜は天秤にかけた。

では弟子を取っては、と囁(ささや)いたのは一体どの神だっただろうか。

伝え聞くところによると、四季は人を代理に立てたらしい。

朝と夜も人に光と闇の弓を授けることにした。人ならばこれが一番使いやすかろうと。

二神はたくさんの弟子を競わせ育てた。心折れず毎日矢を射(う)てた者達を後継とした。


花曇(はなぐもり)を憂いても坂を登り。

炎昼(えんちゅう)に身を焼かれても空を矢で穿(うが)つ。

錦秋(きんしゅう)に目を奪われてもけして歩みをとめず。

凍晴(いてばれ)に寂しさを覚えても、人々と同じ暮らしを求めない。

世界に安らかな朝と夜を授ける為に三百六十五日空に矢を射る者。

神の御業(みわざ)を託された『射手』。


大海原に浮かぶ大和(やまと)と呼ばれる列島の国では、射手はこう呼ばれている。

朝を齎(もたら)す者、『暁(あかつき)の射手(しゃしゅ)』。

夜を齎(もたら)す者、『黄昏(たそがれ)の射手(しゃしゅ)』と。

朝も夜も、誰かの努力により作られているのである。

序章
百年河清をまつ

可惜夜の帳が降りている。

大和国、黎明二十一年、五月三十一日。
万物が成長し、天地に生気が満ち満ちる小満の候。
大地に住まう生きとし生けるものが胎動し始めていた。
正しく巡っている時の季節の変化とは目まぐるしいものだ。
少し前まではすぐ傍に春と冬があったというのに、いまは余韻すらない。
残雪は柔らかな陽光で姿を変えて雪消水となり消えた。
その雪消水を花時の雨が洗い流した。
清涼となった地面に草花が生え、冬は家路へと就いた。
桜雲が少しの栄華を極めたのちに春もまた去った。
山々は瞬く間に桜色の衣から瑞々しい緑の衣へ着替え終え、今度は春も別れを告げた。
春の置き土産である桜の花弁の絨毯すら、青嵐に吹かれてもう見えない。
新しい季節がまたやってきたのだ。世は初夏。夏の代行者の季節がやってきた。
神代より受け継がれし使命を果たす為、季節を齎す者の名を四季の代行者と言う。
当然のように存在する大地の恵みは、彼らの努力によって紡がれている。

北から南へ。南から北へ。歌舞（かぶ）を奉納し奇跡を起こす。

一度任命されてしまえば、その責務から逃れることは出来ない。

「……」

そしてこの世にはまた別の側面で責務を担（にな）う者がいた。

季節がどれほど巡ろうと、変わらないもの。毎日、平等に誰にでも訪れるもの。

春も、夏も、秋も、冬も、どんな季節でもそれは変わらず存在する。

人はその奇跡のことを『朝』と『夜』と呼ぶ。

とある日の夜、一人の男が闇の中で目覚めていた。

「……此処（ここ）、何処（どこ）」

神秘的な魅力を持つ男だ。

年齢は三十代半ばぐらいか。宵に溶け込むような黒髪、彫り深く鼻筋の通った顔立ち。

まだ若々しいのだが、醸（かも）し出（だ）される雰囲気は老練（ろうれん）としていてかつ寂しげ。

その寂しげな様子に何とも言えない求心力がある。そんな男だった。

「……慧剣（えけん）？」

男は言ってから咳（せ）き込んだ。しばらく苦しそうな声が静かな部屋で小さく響く。

まだ初夏で涼しい気温だというのに、寝巻きの浴衣（ゆかた）にはじっとりと汗が滲（にじ）んでいた。

発熱の症状が出ている。

——加護が働いてないのか？　何でこんなに具合が悪い？

なんとか身体の調子の悪さと折り合いをつけてから起き上がる。猫背気味の背中を更に折り曲げた状態のまま数秒ぼうっとしてから、辺りを見回した。

——どこだ、ここ。

男にとって、そこは見たことのない部屋だった。

——俺の部屋じゃない。

部屋は厳かな大和建築仕様。和風の調度品で整えられている。華美過ぎず、しかし質素ではない。見る人が見ればちゃんと贅を尽くした室内装飾だとわかる造りだ。

男は布団から這い出て立ち上がる。ふらふらとした足取りで窓辺に向かう。

カーテンを開くと少しだが明かりが入ってきた。月明かりだ。惑うばかりの男を慈しむように照らしてくれたが、男の心は晴れやかにはならない。

窓の外に見える景色は大自然そのものだった。街の光は少し離れた場所に見える。

男の視界から地面までの距離が遠いので、何かしらの建物の高階層にいることがわかる。

また、懐中電灯を持って外を見回っている人間の姿が米粒くらいの大きさで確認出来た。

それ以外に目視出来るものは、あとは崖くらいだった。立地条件が悪いのでは、と言いたくなるが景観はいい。現在の居場所が、やはり男が知っているものではなかったのか、当惑の色が男の顔に浮かぶ。目覚めて知らない場所にいればそうなるだろう。

男は混乱していたが、なんとか冷静になろうと努めた。

──夜が来てる。

男は月夜を見てそう思う。

──なら俺が齎(もたら)した。その後に気絶して、ここへ運ばれた？

記憶を辿(たど)る。辿(たど)っていくうちに、男はハッと息を呑(の)む。

足音がしたのだ。誰かが近づいてくる。やがて、部屋にノックの音が響いた。

「輝矢(かぐや)様」

高く澄んだ女性の声で、男の名が呼ばれる。

「輝矢(かぐや)様」

男は【様】付けされるにふさわしい存在だった。

「お目覚めになっていますね。黙ってらっしゃっても気配でわかります」

輝矢(かぐや)と呼ばれた男は大和(やまと)国最年長の現人神(あらひとがみ)。

「具合、いかがですか？　初日ということで大変でしたでしょう。聖域との馴染(なじ)みがまだないせいか、気絶が長く……うちは大変心配していました」

夜を統(す)べる者。空の天蓋を切り裂く力を持つ者。

「襖(ふすま)、開けてもよろしいでしょうか、輝矢(かぐや)様」

その神名は【黄昏(たそがれ)の射手(しゃしゅ)】。

輝矢は自分が置かれた状況をようやく思い出した。

何故、こんな見知らぬ場所で目覚めたのか。

何故、傍に守り人の少年はおらず、自分は一人なのか。

何故、自分を呼ぶ女性の声に怯えてしまうのか。

すべてを理解した上で、輝矢は叫び出したいのを堪えて言った。

「どうぞ」

入室を許可すると、するりと襖が開いた。当該人物は正座した状態のまま静止する。

そこにいたのは着物を纏った若い娘だった。十代後半、もしくは二十歳ぐらいだろうか。

立ち上がったところでそれほど背丈はないだろう。見てすぐわかるほど小柄だった。

何がとは言えないが全体的に面妖な雰囲気を漂わせている娘だ。彼女より遥かに年上で大の大人である輝矢が一歩後ずさってしまうような、そんな気迫がある。

紅で彩られた真っ赤な唇、長い睫毛にびっしりと覆われた大きな瞳、小さな鼻。

優美かつ柔和な顔立ちはきっとたくさんの人に愛らしいと評されていることだろう。

高い位置で二つ結びにされた射干玉の黒髪が、人形めいた容姿を更に際立たせている。

娘は輝矢を瞳に捉える。唇は固く結ばれたままだったが、目は少し弧を描いていた。

「輝矢様」

蕩けるような視線を輝矢に注ぐ。傾倒、羨望、独占欲。色んな感情が詰まっていた。

声までも可憐な娘だ。とても悪事を働くようには見えない。

大和国にただ一人の黄昏の射手を、脅かすようには。

「……夢のようです。こうして輝矢様にお仕え出来るなんて」

輝矢は娘の言葉に困ったように笑った。

それから、心の中の混乱をうまく隠しながら名前を呼ぶ。

「一鶴さん……」

輝矢に名前を呼ばれて、一鶴は満足そうに微笑んだ。

名は体を表すという言葉は正に彼女の為にあるのかもしれない。

鶴のようにたおやかで美しく、そして『一途』という言葉もきっとふさわしい。

そんな風に他者からも見えるような女性だ。

「さん付けはいりません。どうぞ一鶴と」

「……俺は君とまだ出会ったばかりだし、親しくもないから、それはさすがに……」

一鶴は輝矢の指摘を受け、目を見開き、それからやはり笑った。

「輝矢様は尊い御方です。下々の者を呼び捨てにするくらい当たり前。うちにそんな気兼ねをなさらないでください」

輝矢は尚も一鶴の提案を固辞する。

「……ごめんね」

「……輝矢様」

「適切な距離で、適切な対応をしたいと思ってる」

一鶴はそれきり悲しそうに目を伏せて黙ってしまった。気まずい空気が流れる。

──心苦しいが、あまり期待を持たせないようにしないと。

普段の彼なら他人相手にここまで突き放す言い方はしない。輝矢は年下には優しい。同じ内容を話すにしても伝え方を考えるだろう。だが、こう言わねばならない理由があった。

「……」

一鶴は正座したまましばらく黙っていた。輝矢も黙っているので無言の時間が続く。

「……失礼いたします」

そう言うと、一鶴は突然薄笑いを浮かべてから手のひらを握り、拳を作って自分の頭を殴り始めた。軽い音ではない、重く、鈍い音が響く。

ゴッ、ゴッ、ゴッと。輝矢は一鶴の突然の自傷行為を見て目を剝く。

「ちょっと自分で自分を仕置きしますんで、お待ちを」

何の仕置きなのか。だが仕置きと言うにふさわしい強度で殴っている。一度ならず、二度も三度もそうやって自傷をするので輝矢も呆気にとられてしまう。

静かな部屋に暴力の音が響く。輝矢は慌てて彼女の元へ駆けつけ、腕を掴んだ。

「やめなさいっ！」

そして強い口調で自傷行為を止めさせる。

「へえ……でも……」

一鶴は驚いている。

「大きい声出してごめん……。でも、どうしてわざわざ自分を殴るの？」

「あの、うち、浮かれすぎていて……輝矢様のこと、考えなしでしたので罰が必要かと……。大丈夫です。うち、もう自惚れたことは言いません。あ、輝矢様はどうぞ。気に食わないことがあればうちをぶってください」

「……」

「輝矢様はうちにそうしていい唯一の御方です……」

一鶴はとても純粋なまなざしで輝矢を見ている。輝矢も一鶴を見つめ返した。

彼女の表情を探る。可哀想な姿を見せれば相手が心を開いてくれるであろう、そんな魂胆は見えない。推測出来たことはこの娘が危ういということだけだった。

「一鶴さん……」

輝矢は諭すように語りかける。

「確かに、君はここに至るまでに俺を困らせているけれど……」

「……すみません」

「俺は他人に暴力を振るいたくないし、する権利もないよ。君相手でもね」

「輝矢様は黄昏の射手様です。現人神様です。したい時になさればいいのです」

「神なら人を虐げてもいいの？」

「……人でさえ、人を虐げます。強いやつが弱いやつを。立場が上の者が、下の者を。輝矢様は万物の中でも特に上の御方。何をしてもいいのでは」

輝矢は一鶴の倫理観のズレに頭が痛くなる思いだった。

「……俺は少し変わった仕事をしてる。そのせいで敬ってくれる人も多い。でも、君と同じただの人間だよ。現人神である側面も無視出来ないが、そちらに重きを置いて見るならむしろ民を守るべきだろう。気に食わないことがあったからって君をぶつなんてこと、あってはならない。わかるね？」

「……」

「君も、人を攻撃してはいけない。俺もしてはいけない」

「……でも」

「君が好意を抱いている相手でも、君に攻撃することを許してはいけない。君には自分を守る義務がある。自分を守れるのは、自分だけなんだから」

「………それは、なんとなくわかります」

「それでも君が身分がどうこう言うなら貴方を守るべき神としてお願いする。自分を攻撃していいだなんて言わないで。自分を責めたいなと思ってもそれを暴力で表現するのはやめよう。

自分を大切になさい。もしかして……誰かに反省する時そうしなさいと言われているの？」

輝矢の視線が顔に刺さって痛かったのか、一鶴は小さく首を横に振った。

「……いえ、うちが自分でやってることです」

「本当に？」

「はい。うちは……昔から愚図で出来ない子だったので、そんな自分が嫌で、自然と……」

「俺はそう思わないけど」

輝矢の顔色を窺いながら一鶴は『何故ですか』と返す。

「こう言うと皮肉に聞こえるかもしれないけど、君がもし本当になにも出来ない子なら俺を連れて来ることなんて出来なかったと思うよ」

「……」

「自分がやっている事の大きさはわかるだろう？」

輝矢の声がわずかに低くなる。

「君は俺を竜宮から……此処、創紫まで移動させた。国家治安機構と他の巫覡の一族の目をかいくぐって。今頃竜宮はきっと大騒ぎになっている。いま起きていることはね、たとえ自棄っぱちで起こしたことでもすごいことなんだ。成功してしまっているからね」

一鶴は輝矢の言葉を聞いて、きょとんとしてから花がほころぶように笑った。

「ほんとうですね。うち、大罪人です」

彼女があまりにも無邪気なので、輝矢は苦笑いをするしかない。

「俺も流されるまま来てしまったのがいけないんだけど……」

――この子がわかりやすい敵なら良かったんだが。

一鶴は輝矢を敬愛の念がこもったまなざしで見つめる。

「……一鶴は、輝矢様にお優しくしていただけて幸せです」

輝矢は一鶴の扱いに困りつつも、ひとまず掴んだ腕を放した。一鶴は放された輝矢の手を見て少し残念そうな顔をする。

「一鶴さん。ひとまず、俺は他の大人とも話したい。誰か偉い人を呼んできてくれないか」

輝矢は部屋の中から廊下を見る。開かれた襖の外は薄暗い廊下が続いているだけだった。

一鶴が輝矢の着物の端を掴んでちょいちょいと引っ張る。

「輝矢様、うちが偉い人です」

「それはわかってるんだけど……君一人で今回のことを考えたわけじゃないでしょう」

一鶴は輝矢が近くに来てくれたことが嬉しいのか、ようやく笑顔と言えるものを顔に浮かべた。薄っすらと、口角を上げる。

「いえ。今回のことは本当にうちが一人でやったことですよ」

輝矢は思わず固まってしまった。

「もちろん、手下を使いましたが首謀者はうち。現人神様は清廉潔白な方がなると聞いておりましたから、そのような方ならうちが立てた作戦に必ず乗ってくださると思いました」

「……悪質だ」

「すみません……でも輝矢様、御身は騙されていた。おわかりでしょう。悪質なのは巫覡の一族のほう。うちらはずっと大人しゅう待っていました。いつかは帰ってきてくださる。いつかは帰ってきてくださる。そう信じて……」

「それは……」

どろり、という音がした気がした。実際は一鶴が話しているだけなのだが、彼女の中から溢れる感情が大きすぎて、輝矢はそんな音が聞こえたかのような心地になる。

一鶴が抱えている憎悪が、怒りが、言葉の端々から滲み出ている。

「でも帰ってきてくださらなかった」

「……いや、でも……」

「今回のことは正しい形に戻るだけなんです」

一鶴は目の前の神に言い聞かせるように言った。

「輝矢様はここに住み、うちが神妻となる。それが正しい形なんですよ」

そうして、言葉で輝矢を刺した。

刺された輝矢は、目の前の少女が吐いた言葉をすぐにでも却下したいが出来ない。

――どうしてこんな事に。

輝矢は生命を脅かされてはいないが、明らかに危機的状況に陥っていた。

――慧剣。

頭に浮かぶのはこの場に連れてこられなかった守り人の少年。

自分のことよりも彼のことを心配してしまう。

――今頃、俺を探してくれているんじゃや。

いまどうしているのか。誰かに保護してもらえているのか。自暴自棄になってやいないか。

親が子を案じるように考えてしまう。輝矢の人生の中で、慧剣と過ごした時間はまだ長くはないが、そう推測することが出来るくらいには信頼関係を結んでいた。

――きっとこちらに来ようとするだろう。

それだけは確信できる。

――来ないでくれ。

だからこそ、いまは来てほしくないと輝矢は思った。

何も言えないでいる輝矢に、一鶴は囁く。

『罪は清算されるべきものですよ』と。

第一章
蟷螂の斧

いつかは終わる仕事だと父さんと母さんは言った。

巫の射手は生前退位がほとんど。長く働いた先にお休みがちゃんと来る。

それまで世間様に奉公するんだ、立派な仕事だ、家族の自慢だよと諭されて俺は海を渡った。

何歳だったか覚えていない。十歳にはなっていた気がする。

里心がつくからと、家の物は何一つ持っていけなくて、それで大層泣いた記憶がある。

その頃の射手界隈はまだ厳しく、慣例通り親と引き離され、守り人と一緒に竜宮の山奥で二人暮らしをすることを余儀なくされた。

守り人は大人の男性で、とても良い人だったが俺はやはり家族に会いたかった。


一年目、電話も手紙もよく来た。

遠くに残した家族の状況は離れていても伝わってくる。

兄と妹も学校ではどんなことをしているか楽しそうに話してくれた。聞いていると、まるで自分がその思い出の一部になったような気がして楽しかった。

二年目、兄妹は他に関心事が増えたようだ。

俺が聞いてもわからない流行りごとの話ばかりで、少しばかりついていくのに苦労した。話が噛み合わないと電話を早く切られる。

守り人に頼んで、兄妹が話していたことを調べてもらった。

最新の玩具、電子機器。揃えて自分もわかるようになったよと電話をかけると『ずるい』と言われた。兄妹は俺が毎日空に矢を射って働いていることを忘れている。


三年目、便りが減ってきた。

父は母が電話口に出てあげてと頼まないと出てくれない。

兄妹は習い事が増えたようで、家に不在が多い。

母だけが常に俺を気にかけてくれていたように思う。

母さんの作った料理を食べたいと言ったら電話口で泣かれた。


四年目、五年目、六年目。

ほとんど母としか話さなくなった。みな俺に興味がなくなったようだ。

前は夜が来る度に俺を思い出してくれていたように感じられたが、いまは俺の不在も、俺が毎日夜を齎していることも当たり前になってきている。

母は父の愚痴を言うことが増えた。

七年目、父と母が別居すると聞かされて驚く。

遠くにいる俺には原因が何かわからない。心配になって兄妹に電話するも、俺が気にすることではないし、何も出来ないのだから心配しなくていいと言われる。俺も家族なのに。

八年目、九年目。

母もあまり電話をかけてくれなくなった。

病気になり、床に伏せることが増えたらしい。人間、病魔に冒されると何もかも億劫になるそうだ。俺への電話も、いまは余裕がないと正直に言われた。俺の病知らずをわけてあげられたらいいのに。母を追い詰めたくなくて、電話をするのをやめた。

ここから疎遠が始まったような気がする。


母の大病は寛解したそうだが、十年目以降は年始の挨拶ぐらいしかしなくなった。

人間は不思議なもので、どんな状況も慣れてくる。俺のほうから寂しさに慣れる為に家族と距離を取ることもした。年月が重なるごとに互いの身辺に変化があり、家族だったものは、自立した個へと変化を遂げる。


偶に、ふと思い出したように母に電話をかけたくなる時がある。

だがすぐにその考えを打ち消す努力をしてしまう。

いまは夕餉の準備をしているかもしれない。そうしたら邪魔になる。

突然の連絡は相手を困らせるかも。俺の生活はみんなと違って代わり映えがなく、話す話題もない。実家は妹家族が同居し始めたらしい。孫の相手で忙しかろう。新しい家族が増えてから、父と母はよりを戻したわけではないが同居を再開させたと聞く。良いことだ。

だから、でかい息子からの電話なんて、母は喜びもしないかもしれない。

そう思って結局やめる。

みんなが人生の階段を登っている間、俺だけが停滞している気がしてならない。

いつかは俺も神でなく人に戻る。でもその時、俺の手の中には何が残っているのだろう。

帰る場所なんてとうになくなってしまった。

もう、みんな、俺がいたことを忘れているじゃないか。


おおい、ここにいるよ。俺、まだ神様を頑張ってやってるよ。

山彦になるだけで返事はない。

返事は、ないのだ。

黄昏の神様と謎の娘が出会うまで、遡ること数週間前。

五月初頭。大和最南端の島、竜宮は初夏の美しい時期を体現していた。

樹木は緑の衣を纏い、鳥達は薫風に身を任せ空を飛ぶ。まろやかな光が大地を照らし、動植物達が生を謳歌するこの時期は何もかもが躍動感に溢れている。

今年も夏の代行者のおかげでこの季節がやってきた。既に今代の夏の代行者である葉桜瑠璃と葉桜あやめは竜宮から去った後だ。

黄昏の射手巫覡輝矢は当然のことながら、かねてより住んでいる竜宮にいた。

そもそも彼はこの土地から離れられない。毎日竜宮岳に向かい神事を行う。それが輝矢の務めであり存在意義でもあった。

現人神である輝矢が所属するのは朝と夜の現人神を輩出する血族、【巫覡の一族】。

『巫』は神に仕える女、『覡』は神に仕える男。巫覡の一族の者達に姓はなく、一族全体で役職名を背負う。

彼らは大和に於いては列島全域に散らばり、各天体観測所や一族の関係機関に所属して慎ましく生きている。民との交わりでは名を偽り、自然と村や街での生活に溶け込む。

古より存在する星読みの民だ。

そして、巫覡の一族は前述の通り、朝と夜の現人神を輩出する。

朝を齎す者【暁の射手】。夜を齎す者【黄昏の射手】。

総じて【巫の射手】と呼ばれている。この巫の射手は季節を齎す現人神である四季の代行者と同じく、世界中に存在している。狭義で言えば国ごとに、広義で言えば地域ごとに、朝夜と四季の現人神がいる。

移動する神、四季の代行者は自分の季節以外は自由に動くことが出来るが、巫の射手に関しては住居が定められている。暁の射手と黄昏の射手は南北に分かれ、霊脈豊かな山の近くに住み、それぞれ違う時間帯に空に矢を放つ。三百六十五日。毎日、必ず。

人々に朝夜を齎す為に休むことは許されない。


「長いこと身を寄せて悪かったね」

「別に良いさ。困ったら慧剣くんを連れてまた来いよ」


ある意味、囚われの身とも言える輝矢はこの夏に住まいを新しく変えようとしていた。

元々は霊山近くに屋敷を所有していたが、取り壊し、新住居を建築。ようやく完成して転居という流れだ。その間、まるで匿うように仮の宿を提供してくれたのが輝矢と旧知の仲である竜宮神社の神主だった。

「虎士郎にも、神社の皆さんにも本当に世話になった。ありがとうございました」

輝矢は深々と頭を下げる。虎士郎、と呼ばれた神主は笑顔で言った。

「射手様に頭を下げさせる一般人なんて俺くらいだろうなぁ」

見るからに男ぶりが良い壮年男性だった。輝矢と同世代だろう。働き盛りの三十代、笑顔も仕草も快活。見ていて元気が湧いてくる男だ。

輝矢の、少し寂しげで放っておけなくなるような求心力とは違い、醸し出す明るさから人を照らして惹き付ける、そんな魅力がある。輝矢は虎士郎の言葉に同じく笑って返す。

「そんなことないだろ。俺は頭を下げる人間に区別なんてつけてないよ」

「お前の場合はもう少し偉そうにしても良いと思うぞ。俺のほうが偉そうだとなんか体裁が悪いだろう」

輝矢は再び身振り手振りをつけて大仰に礼をする。

「ははあっ。永山虎士郎殿、貴殿からいただいた温情、けして忘れませぬ」

虎士郎はすぐに慌てて周囲を見回した。

「やめろ！　うちの母さんが見たら、また神様に偉そうなこと言ったねって尻を蹴られる！」

輝矢はその言葉にくすくすと笑う。こんなやり取りが出来るのも、良い友人関係が構築出来ているからだろう。虎士郎はふと敷地内から見える駐車場の小道に目を遣る。

「あ、慧剣くんも挨拶回り終わったみたいだな。駐車場で待ってるぞ」

虎士郎の言うように、駐車場の方でこちらに手を振っている黄昏の射手の守り人、巫覡慧剣の姿があった。竜宮神社は山の中にあり、通常だと石階段を登って参拝するしか道がない。

だが、それでは神社関係者や出入りする業者があまりにも大変ということで、関係者専用の道が作られ、境内近くにわずかだが職員専用の駐車場が配備されていた。

「ああ、本当だ。ここでいいよ。虎士郎……じゃあ、本当にお世話になりました。住まわせてくれてありがとうね」

「そんなのいいんだよ。俺がお前んとこの上の人に腹が立って喧嘩を売りたかったんだ。新築工事の間、意地悪で仮住まいを用意してくれないなんて。この国の【夜】にすることか？」

輝矢は苦笑いする。

「いや、あれは何というか。その……夏の事件で俺のしたことを気に食わない人達からの苦言というか」

輝矢は巫覡の一族との当時のやり取りを思い出す。

「『そんなにご自分で何でも好きにお進めになるなら仮住まいもこちらに頼らずお探しになったらいかがですか』って……。真面目に受け取るような話じゃなかったんだよ。実際はホテルを手配してくれたはずなんだ。でも、その前に俺がお前に愚痴っちゃったからな」

「ははは、馬鹿な奴らめ。うちは現人神様御用達の神社。竜宮神社ぞ。権威があるのよ、権威が。お偉方がぺこぺこ頭下げに来て痛快だった」

「ありがとう。けどさ……俺が現人神ということ抜きにしても、いい年した友達に住む場所を世話してくれるって、中々出来ることじゃないぞ。慧剣も一緒だし」

「まあな。でもお前の事情は特殊過ぎるからさ。大体お前、奥さん、あの家で……」

途中で虎士郎は口ごもる。彼の言うように、輝矢の事情は少々特殊ではあった。

輝矢には妻がいた。

巫覡の一族のお偉方に勧められるがままに見合いをし、結婚した相手だ。

名は巫覡透織子。透織子は病気の兄の治療費の為に輝矢に嫁いだ人だった。

射手の妻になれば手当として輩出した家に金が入る。

言ってしまえば身売りのような形で嫁いで来た。

事情を知ってから、輝矢は彼女を妻というよりかは家族の一員として扱い、それなりに仲良く暮らしてきたが、ある日彼女は忽然と姿を消した。


これが四季界隈にも波紋を齎した【暗狼事件】の始まりだ。

実際は失踪ではなく、家の中で自殺未遂を起こしたと推測される重体の透織子を巫覡の一族が隠していた、というのが事件の真相だった。それも、少年守り人の慧剣まで巻き込んで。

現人神は心で神通力を使う。自殺より失踪したとするほうが輝矢の精神負担が少なく、万が一にも務めを休むことがないだろうという打算的な考えにより工作が行われていた。

諸々の隠蔽処理の為に主から引き離された慧剣の暴走。さらに、事件の裏側では四季の代行者への暗殺未遂も勃発し、輝矢は全てを解決に導く為に四季と共闘を誓う。

それはそれは大きな事件となったのだ。

結局、透織子は一命を取りとめたが記憶の欠如を抱え、輝矢のことをすっかり忘れてしまう。

リハビリ次第では徐々に記憶を取り戻すかもしれない、と治療を担当した医者に言われてはいたが、輝矢は悩んだ末に別離を選んだ。

『そもそも自分と関わった事が間違いなのだ』という深い悔恨が、彼にはあった。

何故かというと透織子の苦悩はすべて輝矢が起点となっているからだ。

家の事情で長年輝矢を偽りの夫として縛り付け、結婚生活を続けさせたことに透織子は深く自責の念を持っていた。

いつまで経っても、輝矢は誰かの道具としてあり続け、本当に愛する人を見つけることも出来ない、と。その果てに起きた不幸な事故、というのが悲劇の全容だったとしても、結婚生活こそが彼女の災難の始まりだったという輝矢の考えも否定は出来ない。

かくして、輝矢は妻であった人に十分な資産を分与し夫婦関係を解消した。

もうけして彼女が悲しまないことを願って。

「透織子さんのことは、俺も大分受け止められるようになったから大丈夫だよ」

輝矢はなるべく複雑な気持ちを顔に出さないようにして言う。

「人伝で聞いたことだけど……いまは退院して、やりたいことを探す一環で大学に行く勉強をしているらしい。それを聞いて、俺もかなり救われた」

「そうかあ……あの人、本当は勉強を頑張りたい人だったんだなあ……」

「そうみたい。ちっとも知らなかった」

一緒に暮らしていたとしても、知らない事はある。家族といえど他人。

すべてを把握する事など、どだい無理なのだ。

「未練、ないのか」

「……家族が一人いなくなってしまったからそりゃ寂しいよ。もうあの人と朝ご飯を食べることもないんだなとふと思うこともある。でも、慧剣がいるから……」

「まあそこが救いだな。あの子は自棄っぱちを起こしはしたが、愛故にだもんな」

「うん、救いだ」

「あと……国家治安機構の娘さん……荒神さんもよく顔を出してくれるし」

輝矢はその名前を聞いて、なんと返したらいいかわからず口ごもる。荒神月燈は輝矢の近接保護官として働いてくれていた女性だ。と同時に、互いに好意を確認している仲でもあった。

「月燈さんは……」

離婚をしてからまだそれほど時間が経過したわけでもない。

月燈のことを大事にしてはいるが、自分達が実際どんな関係なのか輝矢自身にもよくわかっておらず、人に説明も出来なかった。輝矢は現人神で、この島から離れられない黄昏の射手。逢瀬はもっぱら月燈の来訪を待つばかり。月燈は国家治安機構の近接保護官で将来有望なエースオブエース。国内だけでなく海外での任務もある多忙の人だ。故に、二人の恋は一般的な恋愛関係とは少し違う形で進行していた。

虎士郎もそれ以上は深く聞かなかった。

「とにかくお前は普段人の為に頑張ってるんだから、人生の大変な時くらい誰かに甘えて良いんだよ。新生活、何か困ったらすぐ言え」

「……うん、ありがとう」

「何回も感謝はいらん」

それにしても、と言ってから虎士郎は話題を切り替える。

「本当に今日行ってもいいのか？」

窺うまなざしの虎士郎に、輝矢は目を瞬いてから強めの口調で返す。

「え、来てよ」

「こんな別れのやり取りしておいて夕飯一緒にって……荷解きも神事もあるだろうに」

「荷物はほとんど送ってるから大丈夫だよ。神事もちゃんとこなす。その上で、夜に慧剣と引っ越しパーティーをするんだ。料理も出前と仕込みの半々にするから問題なし。二人だけでもいいけど、ほら、寂しいじゃないか……慧剣が可哀想だ」

「お前が寂しいんだろ」

「それはそう。ここでの暮らしになれてしまったから……。あと、お世話になってる方を新居に招きたい気持ちがある。……でも秘匿事項ではあるから虎士郎と紗和さん限定だけど。帰るのが遅くなるのが嫌ならうちに泊まってほしい。部屋だけはあるから」

「布団は」

「布団もある。紗和さんの好きな物も用意しとくから」

虎士郎は苦笑した。

「わかったよ。地酒持っていくわ。母さんも新しいお屋敷を見るの楽しみにしてるし」

「手ぶらでいいよ。じゃあまた夜に」

輝矢はそう言って、虎士郎に一時の別れの挨拶をした。

駐車場へ足を向けると、輝矢の従者である少年が待っていた。

ねこっけの髪が風にそよそよと吹かれている。

大人達のお喋りが終わるのを待ちくたびれたのか、周囲の木々を止まり木としている鳥達の姿をぼうっと眺めていた。鳥のほうも何故か人間に興味を向けており、見つめ合いが発生している。どことなく、お伽噺の一場面のようだ。

彼は普通の少年だった。紅顔の美少年というわけではない。何か派手な特徴を持つわけでもない。少しばかり風変わりな雰囲気を纏ってはいるが、ただそれだけ。

特別な人間にはけして思えないのに。

——絵になる風景だ。

だが、じっと見つめてしまいたくなる不思議な魅力があった。

彼こそが黄昏の射手の守り人。巫覡慧剣、輝矢が最も大切にしている少年だ。

「慧剣」

名を呼ぶと、音に反応して鳥達がその場を飛び去った。

慧剣はぐるんっと首を動かして輝矢のほうを見た。

「輝矢様っ」

猫のように目が見開かれ、花がほころぶように笑う。

輝矢は慧剣を遠くから呼ぶ時が好きだった。全身で喜びを表現してくれる慧剣が見られる。

「慧剣、俺がそっちに行くから」

待ちなさい、と言う輝矢の言葉を聞かずに、慧剣は全速力で走ってきた。

輝矢は従者が転ばないか心配で自身も小走りで駆け寄る。

慧剣は輝矢に近づくと、片手に持っていた荷物を瞬く間に奪った。

そして宣言するように言った。

「おれ持ちます」

まるで買い物に来た親の荷物を持ちたがる子どものようだ。輝矢は苦笑しつつ言う。

「いいのに」

「よくないです。これは守り人であるおれの仕事」

慧剣は輝矢に渡してなるものかと荷物を抱え込む。守り人とは、四季の代行者で言うところの護衛官だ。現人神の傍に侍り、その身辺警護をする。

ただ、射手は代行者と違って現人神を脅かす【賊】に命を狙われることがほとんどない。

実際は神事への付き添いと身の回りの世話が主な仕事だと言えた。

「ありがとう」

輝矢が礼を言うと、慧剣は嬉しそうな表情を見せた。二人で和やかな雰囲気のまま車の元まで歩く。

「輝矢様、トランク開けてもらっていいですか？」

車のキーを持っていた輝矢は、言われて遠隔操作する。慧剣が受け取った荷物を車のトランクに入れる。既に車のトランクは二人の荷物でいっぱいだ。

腰をかがめて荷物を整理しながら慧剣は輝矢に尋ねた。

「あと、お忘れ物はなさそうですか？」

「ないよ、あってもすぐ来れるから大丈夫だろ」

「それもそうですね。新居、此処から近いですし」

トランクを閉めて上体を起こし、『ふう』と息を吐く慧剣を見て、輝矢はふと思ったことを口にする。

「慧剣、お前また背が伸びたな」

「え、本当ですか」

輝矢は慧剣の頭に手をかざして自分との身長差を確認する。

二人の身長はほぼ変わらない高さになっていた。元々、慧剣は同世代の中では身長が高いほうだったそうなのだが、一時停滞し、最近また伸びてきていた。

「おれ大きくなったんだ。嬉しいなあ」

「健康的になってくれて良かったよ。お前、去年の夏頃はすごく細くなってたからな……」

「すみません……。でもいまは元気！　輝矢様と虎士郎さんのお母様のご飯のおかげですね！」

慧剣がはにかんだ笑顔で言う。輝矢もその言葉には照れながら笑った。

「俺のおかげかどうかわからないが、紗和さんのご飯の影響はあるだろうな。やっぱ料理してきた年数が違うよ。栄養バランスもしっかり考えられているし、どんな食材を持ってきても調理出来ちゃうんだもん。ああいう風にささっと飯を作れる人、憧れる」

虎士郎の母の紗和は、非常に働き者で、神社の厨は彼女が仕切っていた。

「仰ってることすごくわかります。虎士郎さんが変な魚持ってきても、文句言いながら捌いてくれてましたもんね」

「紗和さんの手にかかればなんでも美味くなる。あの謎の魚のフライは美味かった」

二人は喋りながら車に乗り込む。

運転席は輝矢、助手席は慧剣だ。慧剣はまだ運転免許を取れる年齢に達していない。

輝矢の運転で車は竜宮神社の鎮守の森を抜け、新しい住居へと向かった。

街へと続く公道には入らず、『この先通行止め』と書かれた道を進む。

しばらく車を走らせていると警備小屋が見えた。輝矢達が【警備門】と呼んでいる場所だ。

輝矢の車が近づくと、警備小屋から男が顔を出してきた。

「輝矢様、お帰りなさいませ。郵便物が届いています」

「ありがとう」

「いいえ、またご用命がありましたらお申し付けください」

警備門は賊や一般人が侵入して来ないよう監視する場所だ。

ここに勤める者は例外なく巫覡の一族の者になる。

「新しい警備門の人、いまのところ普通ですね」

慧剣は流れる車窓の景色から、輝矢のほうに視線を変えて言う。

「そうだな。感じが良い人だ。なるべく中立的立場でいてくれると助かるんだけど……」

輝矢の返しは歯切れが悪い。

「あの人もやっぱり巫覡のお偉方寄りの人なんでしょうか」

「そりゃあそうさ。俺の周りはみんなそうだよ」

こちらの返答には断言されて慧剣は戸惑いの声を上げた。

「ええ……」

「俺の行動を見張るように言われて派遣されてるはずだ。保安の為に、というのが大前提ではあるけど、それだけじゃない。射手というのはそもそも隔離され、見張られて生きるものなんだ。逃げ出さないようにな」

輝矢は世間話のように話しているが、あまりにも重い内容ではある。

「昔よりは随分良い待遇になったんだぞ。歴代の射手様達のおかげだ。だからな慧剣、あまり人を疑って欲しくないんだけど、警備門の人達に家の中で起きていることをみだりにぺらぺら喋ってはいけないよ。上に報告されて何か規制されたら面倒だから」

「わかりました。あの、具体的にはどんな……」

「そうだなあ。俺のことだと晩酌用の酒が多いこととか、お前のことだと小説と漫画をたくさん読んだり、映画をたくさん観ていることとか。趣味程度です、と話すならいいけど……夢中になりすぎて寝不足ですとかは駄目」

「そんなこともだめなんですか！」

「いや、駄目というより良い顔はされない、というのが正しいな。依存性がありそうなものは大体苦言を呈される」

「依存性って……。輝矢様の晩酌もおれの趣味も嗜む程度でしょうに」

「あちらさんは過保護かつ束縛的なんだ。務めに支障をきたす、もしくは巫覡の一族以外に正しさを求めてしまいそうな思想が得られるものは歓迎されない」

「……閉塞感がすごいです」

「神代から続く一族だからな。多少はそういうところがある。とにかくあんまり家の中のことは喋るなよ。そして、俺がこう言ったからといって警備門の方々に失礼なことはしないこと」

輝矢は通り過ぎた警備小屋をバックミラーで見ながら言う。

「彼らは仕事で来てくれているだけなんだ。来たくて来た人達じゃない。当たり障りなく過ごしていたら、何も言ってこないよ。現に、今までも俺とお前が竜宮の中心街に出かけてもついてきたりはしなかっただろ？　前の警備門の人達も、お前と透織子さんが消えた時に隠蔽に加担したけど、あの人達だって上に従うしかない立場なんだ。そこをわかっておくれよ」

慧剣はこくりと頷く。

「もちろんです。礼儀正しくします」

「うん、頼んだ」

そこで一旦会話が終了したのだが、慧剣は間を置いてから輝矢に尋ねた。

「あの、輝矢様……もしいま注意深く監視せよと警備の方々が言われているとしたら、対象は輝矢様ではなくおれですよね？」

「え、お前？」

「そう、おれです。輝矢様すっかり普通に接してくれてますがおれは大罪人ですよ」

言ってから、慧剣の脳裏に昨年自分がしでかしたことが浮かんでは消えた。

黎明二十年、夏。

慧剣は守り人の能力を使用し、狼の幻影を作り出して大暴れした。

輝矢だけでなく、月燈含めた国家治安機構をも脅かし、そしてその結果四季の代行者達にも迷惑をかけた。慧剣の起こした出来事で、四季の現人神は風評被害を受けたのだ。

事の始まりは慧剣の失態ではないのだが、多くの人々はそれを鑑みてはくれない。巫覡の一族どころか、四季の末裔からも問題児扱いされているであろうことは間違いない。

「おれ……たくさんの方々にご迷惑をおかけしました」

慧剣の言葉には端々に後悔の念が溢れていた。

「輝矢様は許してまた迎え入れてくださいましたが、上の方々はおれのことを問題視していると思います。もし今後、新しいお屋敷で暮らす上で輝矢様の行動に何かしらの制限がかかったら本当にすみません……。精進しますので……」

少し前までは、伸びた身長のことで楽しく話していたのに。慧剣の顔からはすっかり笑顔が消えてしまった。輝矢は運転をしながら慧剣をちらりと見て言う。

「俺の生活なんてこれから先も大して変わらないんだから大丈夫だよ。他の方々への詫びは今後、態度で示していこう。四季の皆様には特にだな」

「はい……」

「……慧剣、その……難しいかもしれないが、なんでもかんでも自分が悪いと思わないでくれ。お前の身の回りで起きた出来事は、大体は大人が悪かったことなんだ。俺を含めてね」

「え、そんなことは」

「そんなことはある」

少しばかり強い口調で輝矢は返した。

「お前は俺を守ろうとしてくれた。透織子さんのことは隠さないで欲しかったけど、お前の気持ちは想像出来るよ。そうしようと決めた上の人達の考えもある程度理解は示せる。俺は射手で、お務めがある身だから、とにかく心のケアを考えてくれたんだろう……」

しみじみと語っていたが、語気が段々と怒りを帯びていく。

「だが、それ以降の周囲の対応は明らかにおかしい……。お前、神経衰弱だのなんだの難癖つけられて病院に入れられたんだぞ？　保護者の俺の許可なしにだ。普通に未成年誘拐の刑事事件だよ。民事で争うにしても裁判だ、裁判！　俺が現人神で、ほぼ内輪もめの話だから裁判起こせてないだけでやっていいならやってる！　やって勝訴するね！」

輝矢の剣幕に慧剣が気圧される。

「で、でも」

「でもじゃない。事情が事情だったから、月燈さんを含め、四季の方々もお前に懲罰など求めなかっただろう？　みんな分別のある判断をしてくださった」

慧剣は夏の竜宮岳で出会ったたくさんの人々を思い出す。特に、連理の顔が頭をよぎった。

――確かに、みんなおれに罰を与えはしなかった。

あの日、連理に保護してもらえなければ、もっと違う展開になっていたかもしれない。

――雷鳥さんは怖かったけど。

雷鳥には銃を突きつけられてあわや危害を加えられる、という事態にまでなりかけていたが、四季側にかけた迷惑を考えるとやむなし、と慧剣自身は扱いに納得していた。

――おれが世間を騒がせた暗狼だったのは事実だもの。

他から酷い叱責を受けていないのだから、それで帳尻が合ったとも言えなくはない。

慧剣の心は守られるべきだったのも事実。

彼がしてはいけないことをしてしまったのも事実なのだ。

「……みなさんは優しかっただけです」

「慧剣……」

「輝矢様、この話……今までも何度かしてますけど、おれをちゃんと悪者として扱ってくださいね。おれが悪いことをしたのは取り消せません。でも、おれはこれから輝矢様にふさわしい守り人になります」

「……」

「輝矢様がおれにお帰りってしてくれたことを間違いだったと後悔しないように。他の人にもそう言われないように、精進しますから」

精進します、と言うのはもう二回目だ。それしか未来に対して言えることがないのだろう。

慧剣はうつむいている。輝矢は自分が運転していることが歯がゆく思えた。ちゃんと目を見て言葉をかけてやれない。顔を上げて欲しいと思い、輝矢は更に言葉を尽くす。

「あのな、お前は迎え入れてくれたと言ったが、それは違うよ」

いくら自分を悪者にしてくれと慧剣が言おうが、輝矢には出来るはずがなかった。

「お前が俺のもとに帰ってきてくれたんだよ」

きっと、慧剣が本当に許されないような大罪を犯したとしても、味方であり続けるだろう。

「お前がいないと、俺、独りぼっちだよ」

輝矢にとって、慧剣というのはそういう存在なのだ。主従というよりかは家族だった。

「……輝矢様」

慧剣はしばらくそっと目元を手で拭う動作を繰り返した。

「無事に帰ってきてくれた。だからもうこの話はいいだろ？」

「……はい」

輝矢はそっと車内にあったティッシュボックスを渡した。

屋敷が見える頃には、慧剣も顔を上げて笑えるようになった。


輝矢の新住居は現人神という秘匿存在と同じように隠されて存在していた。

山の中、木々の王国の中にひっそりと立っているその邸宅は和モダンの様式。

家屋は二階建て構造。縦に長くはないが、代わりに横に長い。外から見ても室数の多さが窺える。注目すべきは家屋だけではない。庭も見事なものだ。

四季折々の花樹が植えられており、どの季節もこの風景を楽しめるだろう。また、庭には広々した池があり、池の上には小さな橋が架かっていた。

橋を渡った先には東屋が。暖かい季節にはこの東屋でお茶をすることも出来る。

以前の屋敷がリゾートホテル風だったことを考えるとかなりの変貌だ。

元々の家は前の射手が利用していた場所にそのまま輝矢が入居したという経緯もあり、今回でようやく輝矢の好みが反映されたのだろう。

もしくは、家の中で自殺未遂を起こした透織子のことを思い出さなくていいように大胆な変更を願ったかだ。

前の家は取り壊されており、この邸宅も別の土地を使用している。

後者のほうが理由付けとしては大きいかもしれない。

屋敷に入ると、黄昏主従はあくせくと動いた。

残っていた荷物を片付け、二人で厨に立ち料理の仕込み。出かける直前に警備門を通して出前の料理を受け取りすぐさま竜宮岳へ。

その日は竜宮岳で矢を放つと、少し早めに下山し、お客様が来訪するのを待った。

「なんか……今日、忙しくてすごく生きてるって感じがしますね」

「その言い方面白いな」

お客様を招く日はそわそわとする。

空の色がとっぷりと暗闇に包まれた頃、ようやく待ち人は来てくれた。

「お邪魔します。まあ、まあ、素敵な玄関だことぉ」

「……あ～疲れた。おい、俺は一日を終えて疲れてるぞ。唐揚げが食べたい」

現れたのは、本日まで竜宮神社で輝矢達を匿い、養ってくれていた永山親子。虎士郎と、その母である紗和だ。老齢でか弱そうに見える紗和は、すかさず息子の尻を叩いた。

「あんたは本当に行儀がなってないねぇ。何度口酸っぱく言ったらわかるの。人のお家に来たんだから少しは大人しくしなさい」

基本的にはおっとりとしていて優しい女性なのだが、虎士郎にだけはとても厳しい。

「母さん、してるだろ。ほら靴も揃えた。土産もある」

「態度よ、態度。輝矢様すみませんねぇ。この子はもう、本当に小さい頃からなぜかこんな調子なの。うちの虎士郎と何で仲良くしてくれるんですかぁ」

輝矢は自然と笑みが浮かぶ。

「虎士郎と話してると面白いので。さあ、紗和さんどうぞ中へ。お荷物お持ちします。慧剣も虎士郎の荷物を持ってやってくれ」

「はい！　虎士郎さん、輝矢様特製の唐揚げありますよ」

「まじかよ。俺、二十個は食うぞ」

楽しい宴の始まりだ。

まずは乾杯し、四人でリビングの卓に並んだ食事の数々を堪能した。サラダや唐揚げ、副菜などは手作りだが、他のメイン料理は出前だ。寿司やオードブルがずらりと並ぶ。

料理に舌鼓を打ちながら会話も弾む。

「調子に乗って頼み過ぎちゃったけど、大丈夫かな……」

「輝矢様、おれまだまだ食べられますよ！」

「慧剣君、こっちのお刺身食べてないでしょう。お皿によそってあげるねぇ」

「紗和さん、ありがとうございます。紗和さんも食べてますか？　お箸が届かないものあったら言ってくださいね。あ、お飲み物も次は何が飲みたいか決まったら教えてください」

「虎士郎と違って優しいねぇ。慧剣君、うちの子になったらいいのに」

「おい母さん、やめろ。まるで俺がでくのぼうみたいじゃないか。慧剣くん、俺はビールがいいな。さっき冷蔵庫の中にあったの見た。あれ持ってきて…………痛いっ」

虎士郎はまた紗和に尻を攻撃された。

「いいんだって、母さん。慧剣くんは優しいから持ってきてくれるの。ほら、持ってきてくれた！　慧剣くんは可愛いからおじさんいいものあげようかな。あれ、どこやったっけ……」

「何がいいのよこの子は。慧剣君ごめんね。もう輝矢様、本当にこの子ったらろくでもないの。お酒を飲むと更にろくでもないのよぉ」

「俺、虎士郎が賽銭箱の前で泥酔して寝てるの見たことありますよ。氏子さんに見つかる前に回収して部屋に突っ込んだことあります」

「おい輝矢、やめろ。言うならもっと違う武勇伝にしてくれ……あ、あった」

ほら、と言って虎士郎が慧剣に何かが入った封筒を渡す。

「これな、知り合いの人がくれたすごくいいとこのチケットなんだ。何枚かもらったからあげるよ。俺も時間を見つけて行こうと思ってる。もちろん女の子と」

「いいとこのチケットですか？」

「そう、いいとこだよ。慧剣くんが絶対に喜ぶと思っておじさんは持ってきたわけよ」

——まさかいかがわしい所じゃないだろうな。

『こいつならやりかねない』と輝矢は思い、慧剣から封筒を取り上げた。

「保護者の俺がまず中身を確認します」

慧剣も虎士郎が渡すものに疑問を感じたのか、素直に頷く。

そしてレターオープナーを持ってきて輝矢に渡した。輝矢が封筒を開けていくと、綺羅びやかな箔押しがされた何かのチケットが出てきた。

「うん？」

輝矢はチケットの文面を読む。

「竜宮ユートピアって施設の招待券？　遊園地みたいなものなのかな……。いかがわしくはないか……？　慧剣、知っているか？」

慧剣は途端に大きな声を上げた。

「竜宮ユートピア！」

「お、おう」

「輝矢様、竜宮ユートピアの招待券もらったんですか！」

「もらったのはお前だけど」

輝矢は慧剣の反応に驚いてしまう。

「おれが竜宮ユートピアの招待券をもらってしまった!!」

「そうだよ。有名なのか」

「はい、とても！　すごいことですよこれは！」

紗和はよくわからずきょとんとしている。虎士郎はにやにやと笑ってしたり顔だ。

慧剣のはしゃぎようについていけない輝矢は、教えを乞うように言う。

「……具体的にどうすごいか、おじさんの俺でもわかるように教えてくれ」

輝矢は若い人達の関心事に疎かった。

三十代半ばも過ぎればそうもなるのだが、恐らく同世代の者より流行を知らないだろう。

「輝矢様……輝矢様はおじさんじゃないです……」

そして慧剣はすっと表情を失くした。

「訂正してください。失礼ですよ、おれの輝矢様に」

「慧剣くん、何で俺の時は否定しなかったの、ねえ慧剣くん」

横から虎士郎が茶々を入れてきたが輝矢と慧剣は無視をした。輝矢はなぜ自分が怒られているのだろうと思いつつも従者が望むように訂正する。

「すまん。じゃあ世の中のことに疎い俺でもわかるように教えてくれ」

「はい！　竜宮に新しく出来たアミューズメントパークなんです！」

慧剣は笑顔を取り戻してそう言うと、素早く自身の携帯端末を取り出し、検索した情報を輝矢に見せた。当該施設の公式ホームページだ。虎士郎も紗和も画面を覗き込む。

「ああ、これ見たことありますよぉ。ニュースでやってましたねぇ。あんたこんないいところのチケットどうしたの」

「だからもらったんだって。ほらこの前会合があっただろ」

「ああ、あれかい。いつも良くしてくれる創紫の子かい。御礼返したの？」

「返したよ。竜宮の菓子を渡した。どうだ、慧剣くん、すごいだろ？」

「すごいです虎士郎さん！」

みなの反応を聞きながら、輝矢はしげしげとホームページを眺める。

――なるほど、こりゃあ若い人が好きそうだ。

遊園地とは少し違うようだ。

竜宮の土地を利用した複合型商業施設というのが正しいだろう。

「ショッピングモール、水族館、巨大プール、クルージングツアー、森林の中の探検パーク！　とにかく色んな施設が融合したものなんですよっ！　竜宮にもようやくこんな施設が！」

「そんなハイカラなものが竜宮に」

竜宮はある程度の商業施設は揃っているが、遊園地めいたものはなかった。

大和では、このようなレジャー施設は首都がある帝州に存在することが多い。

交通の便の良し悪しや集客率が問われるからだ。帝州に比べると大和最南端の島、竜宮は建設候補地として少々分が悪い。

また、そもそも作る必要がなかったとも言える。

こうしたものを必要とせずとも毎年観光客であふれかえっている。竜宮はビーチリゾートとしては大和国内で不動の人気を誇っていた。

「特に、有名な作品と開園記念でコラボを発表したことがすごい話題になってるんです」

「へえ。その作品、竜宮と関係あるのか」

「ありますよ。作中内に竜宮を舞台にした人気エピソードがあります。輝矢様も知ってるはずです！【怪盗王子シマエナガ】！」

言われて、輝矢はすぐにピンと来ない。

「怪盗……王子……シマエナガ……？」

シマエナガとは大和の最北端エニシで生息が確認されている鳥だ。体つきは極めて小さく、可愛らしい容姿で有名である。

「輝矢、お前ださいな。俺だって知ってるぞ。何故って女の子に人気だから」

「前にお見せしたことありますよ！　ほら、秋の代行者であらせられる撫子様も好きなやつ！お歳暮のお手紙、怪盗王子シマエナガのレターセットだったじゃないですか」

慧剣は次に【怪盗王子シマエナガ】を携帯端末で検索して、また輝矢に画面を見せた。

「これです、この作品」

「はい！　俺はちゃんとキャラクターの名前も言えます。これはイコロ！」

「正解です、虎士郎さん！」

そこには怪盗の服装をしたシマエナガのキャラクターイラストがあった。

「可愛いねぇ。慧剣君はどの子が好きなの？　わたしはこの鹿の子かしらねぇ」

「それはレラって言うんですよ、紗和さん」

盛り上がっているところで輝矢はハッとする。

「あ、思い出した」

「思い出していただけましたか！」

「お前の言う通り、撫子様がこのキャラクターの便箋でお手紙くれたよな。俺達で『撫子様はなんて愛らしいんだ』と話題にしてた。これ確か、花矢ちゃんも好きだぞ」

「はい、花矢様の場合は特に親しみがある作品かと。作者さんがエニシ出身なんですよ。あと原作は児童小説なんですが、大人の方も楽しまれています。輝矢様、そのチケットって何枚入ってました？」

輝矢は問われて封筒を確認する。中にもう一枚入っていた。

「合計二枚だ……使う日にちは一年以内。竜宮ユートピアはその日にチケットがあれば入れるけど、コラボカフェは紐づけられたIDを利用して予約だって」

「じゃ、じゃあ、おれと輝矢様で行けます？」

慧剣が前のめりになって聞いてくる。輝矢は頷いた。

「慧剣が俺と一緒でいいなら行こうか」

「で、でもでもでも輝矢様、その日の神事は……」

「住所を見る限り……そんなに遠くないから神事の時間までに帰ってくればいいだけの話だよ。朝行って、昼過ぎに戻れば何も問題ない。かなり大きな施設のようだから全部は回れないだろうが……また別の日に行ったっていいし。慧剣、お前それでも良いか？」

「はい！　もちろんです！　やったぁ！」

慧剣は歓喜のあまりぐっと拳を握った。

それから、主の前ではしゃいでしまったことが急に恥ずかしく思えたのか、照れ笑いをする。年相応の反応が可愛らしい。虎士郎が酒をあおりながら聞く。

「良かったな、慧剣くん怪盗王子シマエナガ好きだもんな。で、そのチケットをあげたのは？」

「虎士郎さんです！」

「竜宮神社で一番イケてる独身男性は？」

「虎士郎さんです！」

「大和で一番格好良い三十代男性は？」

「輝矢様ですっ！」

虎士郎はがくっと肩を落とす。

「……そこは何で俺って言わないの？」

慧剣は頬を赤らめながら言う。

「すみません。信仰上の理由で……」

「いや、それ言われたら俺もう何も言えないよ。相手、現人神だし」

「虎士郎さんもすごく格好良いと思ってます！」

「本当に？　慧剣くんはさ、口ではそう言っても心は輝矢一筋なんでしょ？　けして俺を選んではくれないんだよね？　もう、おじさんふてくされるよ。ビールもう一本持ってきて！」

「ただいまお持ちします。虎士郎さん本当にありがとうございますっ」

「虎士郎、あんたはいつ母さんをそこに連れてってくれるの？」

「え、行きたいの？　こういう煩いところ嫌って言うじゃないか」

「そんなにいいところだって言うならわたしだって行ってみたいよぉ」

みなが話に花を咲かせている中、輝矢だけは招待券をじっと見つめていた。

「……」

――こういうもの、慧剣の為に用意するとか考えたこともなかったな。

そもそも竜宮ユートピアを知らなかったので仕方がないが、黄昏の射手にとって長時間かかるレジャーはご法度。慧剣が行きたいと言うから快諾したが、輝矢だけなら行く決断はきっとしなかっただろう。神事に触りがあった時に困る。

――そうだよな。みんなが楽しむ場所に、お前も遊びに行きたいよな。

輝矢は笑ってはしゃいでいる慧剣を見る。

守り人は射手と同じく隔離された生活を送る。慧剣にとって輝矢と過ごす毎日は愛すべき日常ではあるが、若い彼の好奇心を満たせるようなものではない。

——俺は諦め癖がついちゃったけど。

「慧剣……遊びに行くの楽しみだな」

「はい、すっごく楽しみです！」

慧剣にはそういう思いをして欲しくないと、あらためて思った輝矢だった。

住居を変えたとしても、仲の良い人達との付き合いは変わらない。

楽しい時間はあっと言う間に過ぎた。

それから暦の日付が進み、五月三十一日。

竜宮ユートピアへ向かう日がやって来た。

場所は輝矢達が住まう竜宮岳周辺からも離れ、竜宮で最も栄えているであろう中心街からも少し距離がある所だ。近くには自然公園やスポーツ競技が可能なグラウンドがある。

リゾート地としての一面がある竜宮の中では、未開発と言っていい土地だろう。

黄昏主従は早朝から屋敷を出て現地へ向かっていた。本日も車の運転は輝矢、慧剣は助手席だ。二人共、民草の中に紛れても問題ない服装をしている。

「ここらへん、あまり来ないのでわからないですけど、新しい建物が多い印象ですね」

慧剣が車窓から見える景色を眺めながら言う。手には怪盗王子シマエナガの小さなぬいぐるみを持っていた。この日の為にわざわざ買いに行ったらしい。

「ほら、コンビニとか、お宿とか。道路も真新しい」

「地元の人は結構反対したらしいけどな。工事中のものもありますよ。新しい観光地として注目されてるからかな。工事でここらへんの緑地をかなり潰したらしいし。海岸側も少し埋め立てしたって」

輝矢はハンドルを回しながらそう返事をする。

「え……」

輝矢の言葉は慧剣に衝撃を齎した。慧剣は肩を落とす。

「そうだったんですか……おれ、知りませんでした」

持っていたぬいぐるみもどことなく哀愁を帯びたように見えるから不思議だ。

輝矢は慌てる。

「ご、ごめん！　水を差すようなこと言った！　大人の事情だったな、悪かった」

「輝矢様、ここで遊ぼうとしているおれ達は悪者ということですか……？」

「いや、そんなことは……」

「でも……」

「うーん、難しいな……。実際、こういう問題はそんな一刀両断出来るものじゃないんだ……」

輝矢はハンドルを回しつつ話を続ける。

「自然破壊はもちろんよくない。射手の仕事にも響く。霊脈が乱されてしまうと俺も空に矢を射るのが難しくなる。地元の人達が自然破壊を心配するのは至極当たり前の感情だし、観光客が来ることによって生活が乱されることも嫌がるだろう。観光公害というやつだな。俺としては反対側に回りたいが……」

慧剣は真面目な表情で頷く。

「けど、財源や、活気ある場所がないと島も島民の暮らしを良く出来ない。これは今だけのことじゃなくて、これから竜宮で生まれる子ども達の育成環境にも関わってくる」

「島民の皆様の生活に影響が？」

「お金が回らないと、人も定着しないし就職難も生むからな。最終的に自治体そのものが過疎化してしまう。これが一番厄介だな」

「……はあ」

段々と話が難しいことになっていって、慧剣の反応は鈍くなる。輝矢はわかりやすい例を出すことにした。

「花矢ちゃんが住んでる不知火周辺なんか大変らしいぞ。あそこは中心地以外はほとんど農耕地だし、交通の便が良いとは言い難いらしいからなあ。十数年前は大きな映画とかドラマとかの題材にされて栄えてたけど、いまはあまり売りにするものがない」

名前が出たのは輝矢の同僚にあたる暁の射手、不知火に住んでいる。朝を齎す少女神花矢は北の大島エニシのちょうど真ん中あたりにある土地、巫覡花矢だ。冬の代行者の離宮も存在するくらいなので、霊脈に溢れているのは間違いない。自然豊かで美しい土地だ。

「人の流入が少なくなった影響で、唯一の食料品店が営業を止めた地域もあるそうだよ。店主の高齢化でやむなしだと。過疎化が進んでて、暮らしが難しくなっているんだ」

輝矢が住まう竜宮岳付近も都会ではないが、買い出しに困るような暮らしではない。輝矢も運転が出来るし、そもそも警備門から食料品店などの注文配達が受け取れる。

慧剣は想像よりも酷い過疎化ぶりの情報に驚きの声を上げた。

「え、じゃあ……その地域の皆さんはどうやってその日の糧を……？」

「遠くまで運転して食材をどっさり買って備蓄するか、配達に頼らざるを得ないとさ。車がない人や、免許をもう返納してしまった人にはきつい話だよな」

「……生命線を絶たれるようなものですよ」

「いまは都市に人口が集中している時代だからね」

「うわ、それ教科書に載ってました」

慧剣は自宅学習で得ている知識と現実が繋がったことに気づく。若干の興奮が身を包んだが、もっと他のことだったら良かったのに、とすぐに複雑な胸中になった。

「不知火は若い人が働くところもあまりないそうだ。おまけに鉄道会社が採算とれないからって廃線をどんどん進めてるってさ。バスが通ってるからまだ良いらしいけど。簡単に引っ越し出来なくて、土地に残らざるを得ないような人達は街が栄えないと煽りを食う」

慧剣は頭の中で言われたことがぐるぐると巡った。

「でも自然側からすると『そんなの知ったこっちゃない』という話でもある」

輝矢の声はけして冷たくはなかったのだが、現実の厳しさを孕んでいたのでそのように聞こえた。慧剣は窺うように尋ねる。

「……実際問題、過疎化の地域で身動き出来ない人達はどうするんですか」

「どうも出来ない。出ていくしかない時はいずれ来るだろう」

「そんなむごい……。花矢様みたいに土地に縛られた人もいるのに」

「射手が拠点を移すこと自体は過去にもあった。火山噴火とか、地盤沈下で仕方なく移転というのは歴史上、実際に起きてる。幸いなことに大和は霊脈が豊かで霊山がいくつもあるから候補には困らないよ」

「の、農家さんとかは？」

「農家さんはその地でやっていて生活が出来ないなら他の土地でまた事業を始めるしかないな」

「ご年配の方はどうします？　住み慣れた家を手放してどこへ行けと言うんですか。一から他の土地で生活を始めるなんて無茶です」

「うん。だから難しい問題なんだ……」

輝矢は片手を伸ばして慧剣が持っていたぬいぐるみの頭をぽんと撫でる。

「色んな人の立場が絡みすぎていて誰が悪いとかは言えない。お前が大好きな作品も何も悪くない。この地を活かす施策に誘致されただけだからね」

「……輝矢様」

「というか、ここまで来たらお金を地元にどんどん落として還元したほうがいいだろうね。竜宮ユートピア側も地元との対立の過程から色々考えたみたいだ。一部商品は売り上げが竜宮の環境保護資金に回されるそうだよ」

「そうなんですか……それはよかったです」

慧剣はここでようやく輝矢が煮えきらない返事をした意味を理解した。

「俺はどっちの肩を持つことも出来ないんだよな。結論がない話をしてごめん」

現人神である輝矢は大地に悪影響を及ぼすことに反対の気持ちはある。

しかし人でもあるが故に観光問題を一刀両断出来ない。自身は生活に困っていないのだから自然側に回っても良さそうだが。そうしないのはやはり人の為に生きているからだろう。

「仰っている意味がようやくわかりました」

慧剣がそうつぶやくと、輝矢は鷹揚に頷いた。

――どうにか良い着地をさせたかったが、出来ただろうか。

その後はうまい言葉が出てこず輝矢はしばし黙る。すると、慧剣のほうが口を開いた。

「おれと輝矢様は、地域密着型の現人神様とその下僕だから、こういう問題もちゃんと考えていかないといけませんね」

慧剣は前向きな言葉をつぶやく。輝矢は慧剣の表情が落胆に染まっていないことがわかるとホッとした。むしろ、責任感を抱いたようだ。

——この子のこういう素直で真面目なところが好きだ。

自然と輝矢は笑みが浮かぶ。

「そうだな。知らないよりは知っていたほうがいい。でも今日はあまり考えず楽しもう」

「はい」

「悲しませてしまったが、お前とこういう話が出来るのは感慨深いよ……」

しみじみと言う輝矢に、慧剣が尋ねる。

「そうなんですか？」

「普通の世間話もいいけど。ちゃんと考えたほうがいいことを茶化したりしないで話し合えるというのは良いものだ」

子どもだった慧剣が、大人と対等に物を考え自分の意見を言えるようになってきた。輝矢はそこを父親のような目線で喜んでいたのだが慧剣は違う反応をした。

「あ～わかります。うちの親もすぐお金の問題を誤魔化して見ないようにしていました」

慧剣の家庭環境の不和に収束されてしまった。

「……慧剣」

織細な問題なので、輝矢はあまりこの手の話をしないようにしている。

問題がある両親から慧剣を引き離した手前、気まずいのだ。

「輝矢様はちゃんと貯金の大切さや、資産運用の仕方を教えてくれるからすごく助かってます。まさかあの人達、まだ輝矢様に失礼な文を寄越していたりしないですよね」

「慧剣、明るい話をしよう。俺が悪かった。今日の俺はことごとく会話の振りが駄目だ」

「輝矢様が悪いことなんてありません。来たら燃やしてくださいね。いや、輝矢様のお手を煩わせるのはあれなんでおれが燃やします。ほんと未成年ってやだな。早く大人になりたい」

「ほら慧剣！　門が見えてきたぞ。見なさい。お前の好きなやつ。な、あれ好きだろう？」

「本当だーっ！　怪盗王子シマエナガの看板ーっ！」

輝矢は無理やり慧剣が楽しくなれるものへ視線を向けさせ、話題を方向転換させた。

道中、あまり弾む会話が出来なかったが、竜宮ユートピアに入ると二人共その事を忘れた。

到着すると、入り口から既に混雑が始まっていた。

竜宮の森と海、どちらも楽しめるレジャー施設ということでデザインコンセプトは『冒険』。

園内を歩くスタッフ達は探検隊や水兵の格好をしている。

客入りはオープンしたての施設ということもあり、大盛況だ。

「広いなあ。たくさん歩くだろうから楽な格好にして良かった」

「おれも、この前買った格好良いやつと迷ったけど一番履き慣れた靴にしました！」

「偉いな。疲れたら無理せず言うんだぞ」

「はい！」

二人は大勢の民の中に混ざりながら入場口へ進む。

「竜宮(りゅうぐう)ユートピアへようこそ！　どうぞお楽しみください」

朗らかな笑顔のスタッフに挨拶されて入場すると、すぐ見えるのがショッピングモールだ。

マリンテイストの装飾で統一された店がずらりと並んでいる。その他には有名どころの服屋、雑貨屋、ゲームセンター、流行(はや)りの飲食店などと、他のレジャーを楽しめなくても入場口付近だけで一日過ごせそうな充実ぶりだ。更にここから、水族館、巨大プール、クルージングツアー、森林の中の探検パークとエリア別に道が分かれる。

「慧剣(えけん)が行きたいのはどこなんだ」

「あのあの、絶対行きたいのは怪盗王子(かいとうおうじ)シマエナガのコラボカフェです。というか、予約してますし予約時間がまもなくなのでそちらが最初ですね。あとはクルージングツアー、それからパレードも観(み)たいです……」

「じゃあ先にそのカフェか。朝食抜いてきたし何でも食べられそう」

「でも効率を考えるとクルージングツアーに行ってからカフェ、それからパレードが最適解だったんですよね……荷物を持ちながらになってしまうし。けど予約時間がもう空いてなくて」

「荷物預ければいいだろ。あそこにコインロッカーあるぞ」

「輝矢様、頭良い……輝矢様はどこに行きたいですか？」

「俺はお前が行きたいところに行きたいよ」

輝矢にとっては当然のことだったが、慧剣は主のきっぷの良さに惚れ直した。

「輝矢様おれに優しすぎませんか！　大好きがいっぱいになってしまいます……」

「今日はお前の日だもの。ほら、地図で場所を探そう。あっちかな？」

輝矢は車内での会話選択の間違いを挽回すべく、頑張ろうとしていた。

怪盗王子シマエナガのコラボカフェは、予約していたこともあってすぐに席に案内された。まだ昼前なので混雑してくるのはむしろこれからなのだろう。

「わあ……装飾が全部怪盗王子シマエナガだ……すごい」

目を輝かせて周囲を見回す慧剣を、他の客が微笑ましそうに見ている。

輝矢はというと、老若男女が席についているのを見て作品人気を再認識した。

——意外とファン層が幅広いな。

店内はキャラクターグッズが溢れ、等身大のパネルなどが設置されている。料理のお品書き一つとってもデザインが愛らしく見ていて楽しい。

パンケーキやパフェ、ラテアート、デザート各種。シマエナガを意識したホワイトカラーのソーダ、カクテル。作品の要素を散りばめたハンバーガー、オムライス、ピザ、パスタ。料理の種類も豊富だった。

「全部頼みたい……」

慧剣はメニューを見て真剣に吟味する。

「食べられるなら頼みなさい」

「無理です！　でもオムライスとパフェは絶対にこの目で見たいので食べます」

「慧剣はあと何と迷っているんだ？」

「パンケーキ……」

「じゃあパンケーキは俺が食べよう。飲み物もお前が頼みたいやつでいいから選んでくれ」

「輝矢様、現人神様だからって信者のおれに神対応してくださらなくてもいいんですよ」

「何言っているのかちょっとわからない。ほら、選びなさい」

結局、慧剣はオムライスとパフェ、そしてソーダ。輝矢はパンケーキとラテアートされたカフェラテを注文した。輝矢は慧剣が持参のぬいぐるみと共に並んだ食事を携帯端末のカメラで撮影をするのを見届けてから実食する。

「うん、美味い。慧剣、ぬいぐるみ汚れるかもしれないからしまいなさい」

「はーい。あ、本当に美味しい！　輝矢様、一口食べませんか？」

可愛らしい見た目の食べ物にフォークを刺すことに抵抗があった輝矢だったが、味の美味しさもあって気がつけば完食した。食後はカフェを利用した人しか購入出来ないという制約がある怪盗王子シマエナガのグッズ売り場にも行き、思う存分買い物も楽しむ。

「虎士郎さんと紗和さんにお土産を買わなきゃ。輝矢様、一緒に選んでくれませんか」

「もちろん。紗和さんはレラが好きって言ってたっけ。可愛いものいっぱいあるなぁ」

買い物後、大きなシマエナガのぬいぐるみを嬉しそうに抱く慧剣を見て、輝矢も顔が綻んだ。

「満足しました……今日という日に悔いはありません……」

「え、じゃあ帰るか？　まだ時間あるけど……」

「嘘です。第一目的が達成されたので気が抜けただけです。輝矢様とクルージングツアーに行きたいしパレードも見たいです」

「お前、大分はしゃいでるな……」

朝食の代わりを食べてからはクルージングツアーへ。探検パークがある森林側の様子も少し覗くことが出来た。地形はあまり変えずに、しかしアウトドアを楽しめるよう各所にアスレチックコースが設置されているのが見える。しばらくは景色を楽しんでいたが、クルージングツアーはそれだけではなかった。途中、アトラクションの一環として海賊に扮したスタッフが現れ、船を乗っ取るという小演劇が始まったのだ。船内は大盛りあがりし、あっという間に終了時間が来た。

下船した後も、慧剣の興奮は冷めやらない。

「すごく楽しかったぁ！」

「面白かったな。ミステリー要素もあって大人も楽しめた」

「あ、お土産屋さんここにもある！　海賊の剣を買ってもいいですか？」

「好きな物を買いなさい。部屋に置くのか？」

「はい。部屋に海賊の剣があることでちょっと幸せになれる気がしませんか」

「しないかな……？」

「月燈さんも欲しがるかも」

「欲しがるかなぁ……国家治安機構の人に海賊の剣を渡していいのか……？」

「おれあげたいです！　買っちゃおう！　びっくりさせたいです」

慧剣はいたずらっ子のような顔つきで玩具の剣を手に取り天に掲げる。輝矢はそんな慧剣を見て、微笑ましくて笑ってしまうのだが、ちくりと胸を刺す痛みも生じた。

――この子はこういう遊びが好きだったんだ。

連れてきて良かったという感情と、なぜもっと早くこうした時間を作ってあげられなかったのだろうと悔いる気持ちがないまぜになった。

――どうして俺は人にあげられる物が少ないんだろう。

何処にも行けない神様は、いつだって好きな人を引き留めるものを持っていない。

その後も二人はこの非日常な空間を存分に遊び尽くした。

大きな見所の場所以外も、ふらっと寄って遊べる小さなアトラクションや写真撮影スポットがたくさんある。

開園から数時間、随分とこの施設を堪能したところでパレードの時間を思い出した。

パレードは正午ちょうど開始。まだ少しだけ時間があった。

「輝矢様、そろそろ場所取りしないといけないかもです。移動しましょう」

「え、そんな制度があるの」

慧剣に腕を引っ張られ、輝矢はそのままついていく。

「有志が作った情報サイトで、最前で見る為には少し前からパレードが通る場所で待機するべしと書かれていました」

「なるほど」

慧剣が言う通り、既に園内の道沿いに人が集まり始めていた。だが、そう急がずともよさそうだ。まだそれほど混雑していない。

「よかった！　これなら問題なく見れそうですね。ごめんなさい、焦っちゃいました」

「いやいいよ。慧剣、時間があるようだしここで少し待っててくれるか。飲み物買ってくる」

「え、それならおれが買ってきますよ。何が良いですか？」

「いいのか？　甘いものばかり口にしたからお茶か水が飲みたいんだけど……。場所わかるか？　さっき通りすぎたところの……」

「わかります！　飲み物と食べ物の屋台があったところですよね。じゃあ輝矢様ここにいてください ね。おれもチュロス買ってきていいですか。迷ってたけどやっぱり食べたいです」

「食べなさい食べなさい。じゃあお願いしていいかな。人が多いから気をつけてな」

慧剣は軽快な足取りでその場を離れる。

輝矢は慧剣の背中を見送った後にふうと息を吐いた。

毎日山を登っているので体力はあるのだが、やはり疲れるものは疲れる。

輝矢はその場で伸びをした。近くで同じように場所取りをしている親子連れがいる。その子どもが輝矢の真似をして伸びをする。それを見て輝矢はくすくすと微笑った。

慌てて母親らしき人が『すみません、何でも真似したがるんです』と詫びを入れたが、輝矢は『構いませんよ』と朗らかに返す。民とのささやかな交流も楽しいものだ。今日という日は、疲労を引き換えにしたとしても、有り余るほどお釣りがくる、素晴らしい日だと言えた。

――慧剣も本当に楽しんでるみたいで良かった。

輝矢は昔の自分を思い出す。同世代の若者が様々な遊びを楽しんでいる時に、自分だけは霊山に縛り付けられていることが辛い。そんな日々が彼にもあった。

――昔はお祭りで家族連れを見るのが悲しかったけど。

今は若い時に感じた寂しさはない。

——寂しいを通り越して、空虚なんだよな。

輝矢が黄昏の射手になったばかりの頃は、射手界隈も旧態依然としたままで、家族とは縁を切ったと思えと教えられた。許されるのは手紙や電話だけ。それも、里心がつくからとあまり良くないものとされていた。

輝矢はそれが嫌だったから、今代の暁の射手である巫覡花矢が着任した時に、『あまりにも時代遅れだ』とこの慣習を批判し、諸々改善させた。おかげで花矢は両親とも同居が出来たし、高校にも通えている。

ただ、輝矢自身は何も変わらない。物事が変わるのが遅すぎた。

もう自分の本当の家族とは何十年も会っていないので、寂しさに耐性が出来てしまっている。

——思わないところがない訳ではないんだけど。

慧剣はあまり信じていないようだったが、輝矢が慧剣に帰ってきて欲しいと願ったから帰ってきてもらった、というのは言葉の通りだった。慧剣は輝矢のことを何かとても崇高な神様で、優れた大人であると勘違いしている節がある。

三十代半ばの神様。最年長の現人神。立派な肩書きはあるし、仕事も問題なくこなしている。

だが、人が言うほど自分は徳のある存在ではないことを、輝矢自身がよくわかっていた。

——今日は俺も楽しむ側になれた。

実際のところ、輝矢は多くの人と同じように寂しさを抱えた人間の一人だった。

——楽しかったのは、慧剣のおかげだ。

大人という生き物は、どれだけ月日を重ねても、子どものような部分がある。

こうした日は特に心の中にいる幼い自分が姿を現す。

自分が幼い時にこんな遊びが出来たらどんなに喜んだことだろうか。

自分の家族は、こうした楽しみを自分抜きで味わっていたのだろうか。

その時に少しでも自分のことを思い出してくれていたのか。

遠くにいるけれど、いつか連れて行ってやりたいと思ってくれたのか。

——未練がましい。

もう寂しくはないのに、自分が親にしてもらえなかったことをつらつらと考えてしまうのだ。

——自分だって、ろくな親孝行も出来ていないくせに。

射手を輩出した家ということで、輝矢の実家は多額の金を巫覡の一族から受け取ったはずだが、それが親孝行になっているのかは輝矢にはわからなかった。

親孝行、というものは、そういうことだけではないのでは。

——でも、そもそも忘れられてる息子だしな。

良くない考えというのは、思考をたやすく支配してしまう。楽しい時間を過ごした後のふとした瞬間こそ感傷を引き起こす。色んな負の感情を浮かべつくし、胸が苦しくなり、そして。

——でも俺には慧剣がいる。

薬を与えるように言い聞かせる。

お前には愛してくれる人がいるじゃないかと。

「……」

──慧剣が帰ってきてくれて良かった。

巫の射手にとって守り人というのは単なる防御装置ではない。れっきとした救済だった。

孤独で苦しい時に、骨身に沁みるような存在だ。

現人神達はその在り方故に、一番傍で守り、慕ってくれる人の子を必然のように愛す。

──俺はあの子に何をあげられているというのだろう。

と同時に、輝矢は慧剣といると、度々こうした罪悪感を覚えていた。輝矢の安寧は、春秋に富む慧剣の人生を消費して出来ている。

──あんなに若くて、色んな才能がある子なのに。

前任の守り人の時もそのように感じたが、慧剣の場合は特に申し訳なかった。

守り人が幼いと、輝かしい青春時代を奪っている感覚が大きい。

おまけに慧剣は本人の意向で学校にも通わず、ずっと輝矢の傍にいる。慧剣自身が望んだことだが、輝矢は自分の存在自体が彼にとって害悪なのではと思うことすらある。

「……」

けれど、ああだこうだと考えるくせに手放せもしない。

——こういうのも、悪行と言えるのでは。

結果、輝矢に残ったのはなるべく慧剣がやりたいと思ったことはやらせてあげるという選択肢だけだった。だから今日は、少しでも彼に報いることが出来て嬉しい。

——慧剣が喜んでくれて良かった。

何処にも行けない神様の、精一杯の従者孝行だ。

——今日はパレードを見たら引き上げなくてはならないが。

日を改めてまた来よう。輝矢は強くそう思った。

輝矢が物思いにふけっていたその時。

「……失礼します」

背後から突然声をかけられた。輝矢は反射的に振り返る。

そこにいたのはまだ年若い青年だった。

——誰だ？

輝矢はあまりにも近い距離に接近してきた彼を不審に思い、怪訝な目線を遣る。

第一印象としては、非常に派手な見た目の青年だと感じた。

明るい髪色。耳には見ていて痛くなるくらいのピアスの数々。目つきも悪いしガラも悪い。

こうした多くの人々の集まりの中でも、すぐに見つけられそうな強烈な印象があった。

輝矢より背も高く、相対すると見上げる形になる。

「あの、場所取りですか？　横なら空けれますけど……」

ひとまず、臆しながらもそう声をかける。しかし相手は輝矢が想定していたのと違う言葉を返した。

「射手様……巫覡輝矢様ですよね？」

輝矢の身分を知っている。すなわち何かしらの関係者だ。

「急にお声掛けしてすみません。火急の用件がありましてお迎えに馳せ参じました」

――巫覡の一族か？

輝矢はつい身構える。

「……君、所属と名前は？」

「創紫の【羽形】から参りました。【羽形鎮守衆】が一人、小太刀大河と申します」

羽形鎮守衆、と聞いて輝矢は数秒固まった。ややあってその単語の意味を思い出す。

「【鎮守衆】……霊山を古くから守っている人達か」

「その通りです。大和各地に存在する霊山を保護・保存する為に活動しています。オレは羽形にある【奉燈山】の鎮守衆です」

「創紫の方がなぜこちらに？」

輝矢は変わらず警戒をしながら問う。

現人神と霊山は縁深いものなので、巫の一族だけではなく四季の一族達も切っては切れない仲だ。広い見方をすれば、仲間とも言えるのだが。

――俺に何の用が？

ただ、黄昏の射手本人が鎮守衆と職務上関わる必要は特にない。輝矢も組織の名前は知っているが、彼らの詳しい実態は把握していなかった。

「オレらの祖先と交わしたお約束を果たしていただきたいだけです。数日、様子を見ていたんですが、警備門の目をかいくぐるのが難しいので、このような接触になってしまいました」

「君達の、祖先……？」

「はい。その件について、話し合いの場を設けさせていただきたく……」

「約束？　何のこと……？」

大河と名乗った青年は、輝矢を探るように見る。

輝矢も後ろめたいことはないので見つめ返す。しばしまなざしを交わしあった後に、大河は驚いた様子でつぶやいた。

「……マジですか……」

軽い口調で言っているが、彼の絶望感が伝わってくる。

「……その感じだと、輝矢様はご存知ないってことですか」

「だから……何が？」

「【神妻】の件ですよ」

輝矢は益々困惑した。

「神妻……？」

神妻とは、輝矢の知る意味であるならば男性現人神の妻となる人を指す。輝矢で言う、離婚した透織子のような存在のことだ。

「神妻って……俺は……離婚したばかりだけど」

言いながら、なんだか恥ずかしくなり輝矢は口ごもる。恥じるようなものでもないのだが。

「存じております。うちの奉燈山からの便りは読んでくださってますか？」

何故、知っているんだと思いつつも輝矢はすぐ返す。

「というか、創紫の鎮守衆の方々とはほぼ縁がないし、便りなんてもらったことないけど」

「……」

大河はまた怪しむように輝矢を眺める。

「本当だって。俺に来る便りなんて、巫覡の公報紙とか、屋敷の管理に関する書類くらいで、親からだって手紙一通来ないんだよ」

「…………」

「というか、俺達、知り合いじゃないよね。それとも、君が小さい頃、関係者として挨拶してくれたことがあるのかな？　もしそれで覚えてないのだったら謝るけれど……」

「…………」

「それにしても、神妻の件って何のこと？」

輝矢の戸惑いぶりを観察していた大河は、急に悲しげに顔を歪めた後、何故か笑い出した。

「……はっ」

それは、ひどく寂しげな笑いだったが、段々と大きくなる。

「ははっ……ははは！」

無理に笑っているとしか思えない笑い方。少しの狂気を感じる。

「あー……なるほど。はいはい。本当に輝矢様はご存知ないと」

「そう……みたい、だね」

「マジかよ……ふざけんなよ……」

大河はボリボリと激しく頭を掻いて悪態をつく。それからまた輝矢に向き直った。

「じゃあ、詳しくは別の場所で話させてもらえませんか。ちゃんと説明します。どうしてこんな接触をさせてもらったのか。……他にも輝矢様に会いたがっているやつがいまして、あいつも貴方様が神妻の件を知らないことに驚くでしょうから、双方、同時に状況を説明し合わないと収拾がつかない。……輝矢様、申し訳ないですがお時間よろしいですよね」

「よろしくないよ」

輝矢は首を大きく横に振った。

そんなことをいきなり言われても輝矢にも予定というものがある。

「君の知り合いが誰か知らないが……どんな大物の方でもいまは無理だ。悪いが日を改めてくれないか？　あまりにも急すぎる」

「それは出来ません。今日でないと」

大河も首を横に振る。輝矢は大河の傍若無人ぶりに呆れる。

「いや拒否されても……。というか、うちのお偉方に話を通しているのかい？」

「……あー、それは通してないですね」

輝矢は頭を抱えたくなった。

――何なんだ、この子は。

この大河という青年は、色々と常識がないようだ。

「じゃあ益々駄目だ。いいかい……」

輝矢もついつい説教じみた口調になる。

「俺は自分を一個人として思いたいけど、実際は公共の存在みたいなもので何処に行くにも何をするにも許可がいる。ご縁浅からぬ鎮守衆の方相手でも、突然会談は出来ない。何せ、君は肩書きを背負ってきた。つまり、これは俺と君の対話じゃなくて、巫覡の一族と鎮守衆というくくりの会談になるんだ。わざわざ会いに来てくれた君には敬意を払いたいが、このように突然来られて一方的に話し合いを申し込まれるのは困る。きちんと上を通してくれ」

「……無理です。巫覡のお偉方はオレらの願いを射手様に届けてくれないんで」

「だからそれはどういう……」

「輝矢様が神妻の件を知らないのが何よりの証拠ですよ。輝矢様、オレ達、民の声はかき消されているんです」

「その神妻の件というのが、君達、鎮守衆の中で何か問題を起こしているのか？　なら尚更お上を通さないと」

「それが出来ないから直接お声掛けさせていただいているんですよ！　わかんねえかな！」

大河は大声を出してから肩で息をした。輝矢は慌てて周囲を見回す。輝矢は大河の肩を掴み、彼にしては珍しく凄んで言った。

先程会話した親子連れが、こちらを怪訝そうに見てくる。

「大きな声を出すな。民に迷惑だ」

この幸せな空間を、パレードが来るのを待ち望んでいる子どもの楽しい気持ちを、壊したくない。そう切に願う。

「……輝矢様」

輝矢に凄まれて、大河は不貞腐れたような声で返した。

「……輝矢様は神様でしょう。有象無象の民なんてどうでもいいのでは」

「君は馬鹿か。民のことがどうでもいい現人神なんていない」

「……」

「俺達現人神は、民の為に、大地の為に頑張っている。どうでもいいなら今日から夜を齎す神事をさぼったっていいんだぞ」

基本的には優しい男なのだが、輝矢の見た目や声音自体は威厳がある。

少々気圧されたのか、大河はやや態度を改めた。

「……では、一鶴のことも無視しないでください」

「いちずって何だい……？」

「……天音一鶴。オレの幼馴染で……貴方の為に生きてきたような女です。オレはそいつの為に動いてます」

「俺の為……？　あまねいちず……さん、を俺は無視したことがあるの？」

「……ええ、輝矢様はずっと無視しています……一鶴を……」

大河は何かを我慢するように拳をぎゅっと握った。

「申し訳ないけど、俺にはそんな知り合いはいないよ。君の話はまるでわからない」

輝矢はそう言いながら考える。

――巫覡のお偉方が、また何か隠し事をしているのか？

それで鎮守衆という団体に迷惑をかけているとしたら、輝矢も無碍には出来ない。不躾な頼みでも話くらいは聞いてやるべきだろうという気持ちが湧く。

「…………埒が明かない。じゃあ、せめて別の日で時間を取ろう。さすがにいまは無理だ」

「……どうしても、今は無理ですか」

「守り人の子と一緒に過ごしている最中なんだよ。まだ子どもで、今日を楽しみにしていたんだ。この後は帰宅して神事もしなくてはいけないし……。矢を射ってからの深夜か……それか、翌日とかじゃ駄目か？」

歯切れの悪い返事に、大河は尋ねる。

「守り人様は巫覡慧剣様……ですよね？」

「ああ、そうだ」

「黒髪の、可愛い感じの男の子」

「……そう、だけど」

「現在、身柄を確保しています」

「は？」

「身柄を確保しています」

突然、話の流れが変わった。

「確保って？」

「御身が大人しくついてきてくだされば傷一つなく解放します」

先程まではあくまで交渉の雰囲気だった。いまは脅迫に変わっている。

――慧剣が危険な目に？

輝矢は周囲を再度見回す。慧剣の姿は見えない。

もう戻ってきても良い頃なのに、そんな気配がないのは本当に捕らえられているからなのか。

彼らが言っていることが虚言である可能性も否めない。下手に動くべきではない。

「射手様、オレらは本気です」

しかし、輝矢が迷っている内に、大河が上着を少し開いてみせた。特注で作られているであろう帯刀ベルトに短刀が収まっているのが見える。輝矢が断れば彼はそれをこの場で振り回すかもしれない。見た瞬間、輝矢の行動は決まった。

「……やめなさい。民の日常が脅かされることはけして許されない」

輝矢のすぐ傍には、パレードを楽しみにしている人々がいる。

――ここで押し問答するのはまずい。

慧剣のことだけではない。

民を守る為に、輝矢は仕方なく言う通りにすることにした。

「わかった、とにかく別の場所で話そう。慧剣の安全は誓ってくれ」

「……守り人様が大事なんですね」

「当たり前だろう。あの子に危害を加えたら、君のほうがただじゃ済まないぞ」

「ありがとうございます、輝矢様。もちろん、お言いつけ通りにしますよ」

大河は『それではこちらへ』と輝矢を案内する。

輝矢は後ろ髪を引かれる思いでその場から離れ、大河の後をついていった。

パレードが行われる広場から入り口付近のショッピングモールへ、それから園内を出て外の駐車場へ。一体どこまで連れて行く気なのかと輝矢が問いかけようとした時、黒のワンボックスカーに乗るように言われた。

「……話だけなら車に乗らなくても事足りるだろう？」

「内密なお話ですから、車内で。もう一人来ますので中でお待ちください」

しばらく揉めたが、何度拒否しても折れてくれないので輝矢は渋々車に乗った。待つこと数分、車のドアが開いた。息を切らしてやってきたその者は、帽子を脱いで挨拶した。

「まあ」

高く澄んだ声。

「成功しましたか、大河」

射干玉の髪。眼を見張るような美少女。

「輝矢様、初めまして」

大きく見開かれた瞳が輝矢を刺す。

「お会いしとうございました」

美しい娘が視線で刺す。

輝矢は壁に追い詰められた鼠の気持ちになった。

輝矢が謎の二人組に囚われる一方、慧剣にも事件が起きていた。


時刻は輝矢が待ち合わせ場所から離れる前に巻き戻る。

お茶とチュロスを片手に意気揚々と輝矢がいた場所へ戻ろうとしていた慧剣は、途中で人と肩がぶつかりチュロスを落とした。慧剣は絶望のまなざしで地面に落ちた食べ物を見る。

——せっかく買ったのに！

拾って食べようかと迷ったところでぶつかった人物が声をかけてきた。

「すみません。うちが弁償します」

怪盗王子シマエナガのキャラクターの帽子を目深に被った娘が、申し訳無さそうに言った。

——あ、イコロのキャップだ。

イコロとは主人公のシマエナガである。好きなキャラクターグッズを身に着けている同士、ということもあってか、慧剣は相手に怒りをそれほど抱かなかった。

「いえ……おれも急いでたから、悪いんです。大丈夫でしたか？」

「うちは大丈夫です……でも、チュロスが」

「縁がなかったみたいで、もったいないけど、いいです」

「……本当にごめんなさい。うちに同じ物を買わせてください。あそこの屋台ですよね？」

「いえ、でも……」

「いまならそれほど並んでいないのですぐ買えますから。さあ、お兄さんも一緒に」

娘は慧剣の腕を掴み、強引に屋台へ連れて行ってしまう。

彼女が言うように、五分ほどで新しいチュロスを買うことが出来た。お詫びもかねて三本も買ってくれたので、むしろ得をしたくらいだ。

「本当にすみませんでした。これでどうか手打ちに……」

「いえ、こちらこそ。なんだかすみません」

ぺこりと頭を下げてから、慧剣は先程から気になって仕方がない、彼女の帽子を見て言う。

「お姉さんも、怪盗王子シマエナガ好きなんですか？」

勇気を出して聞いてみると、娘は喜色をあらわにする。

「はい！　うち、この作品大好きで……特にイコロちゃんが好きなんです！」

「おれも好きで、今回コラボカフェの為に来たようなものなんですよ」

娘は大きくうんうんと頷く。

「パフェ美味しかったですよね！　見た目もすごく可愛かったですよね！」

「あ、食べたんですか？」

「食べました！　うち、竜宮も初めてだし、家が厳しいから、ああしたコラボカフェに行くのも初めてで……」

噛みしめるように言う姿はとても微笑ましい。

「もう完全にお上りさんみたくはしゃいじゃいました。今日は人生で一番楽しかったです！」

娘は嬉しさを表現するあまりか、その場でぴょんと跳ねてみせた。

――オーバーリアクションなお姉さんだな。

しかし、自分も今日は楽しんだので人のことは言えない。こうした遊園地は訪れた者に夢を与えてくれる場所だと慧剣は改めて思う。

「観光客の方なんですね。竜宮、良いところですよ。ぜひ楽しんでください」

「すごくいいところですよね。けど……残念ですが今日には発つんです」

「あ、そうなんですか……」

「はい。でも、本当に楽しかったです。とてもいい思い出が出来ました。悔いはありません」

「楽しんでくれたなら地元民として嬉しいです。引き留めるみたいなことしてごめんなさい。きっとお連れの方がいますよね。じゃあおれはここで……」

「いえいえ、お話し出来て光栄でした。お兄さんもパレード楽しんでくださいね」

「はい」

娘はそれから踵を返そうとしたが、最後にもう一度謝った。

「こんなことをしてしまって、本当にごめんなさい」

深々と頭を下げる。慧剣は朗らかに笑った。

「いいんですよ。話せて楽しかったです」

「……はい、それじゃあ」

慧剣は立ち去る娘を見送り、意気揚々と歩き出す。

――良いファンの人との出会いだったな。

パレードの時間だけが気がかりだったが、どうやらギリギリ間に合いそうだ。

人々が行き交う中、慧剣は温かいチュロスと輝矢の飲み物を大事に持ちながら前へ進む。

やがて場所取りをしていたところまで戻ってこられた。慧剣は視線を左右に動かす。

「輝矢様……？」

しかし、いるはずの場所に主がいない。

自分が場所を間違えているだけかもしれない。そう思って、慧剣は周辺を歩き回る。

パレードはゆっくりと始まってしまった。

軽快な音楽、きらびやかな光と装飾、それらをまとったフロート車が広い通りを走り、豪奢な衣装をまとったダンサーと動物の着ぐるみが愉快に練り歩く。

「輝矢様？」

人々はやんややんやと拍手喝采し、この時間を楽しんでいる。

不安げな顔をしている者など一人もいない。慧剣を除いて。

「輝矢様ぁ」

彼の声は大音量の音楽にかき消される。そもそも誰も注目していない。みんなパレードに夢中だ。どこにでもいそうな男の子が人を探しているからといって気にはしない。きっと家族か友達とはぐれてしまったのだろう。自分でどうにかするはず、と放置を決める。

「輝矢様！」

その男の子がたった一人の神様しか頼る人がおらず、神様を守る役割を担うことで存在を許されているのだとは知りもしない。

「……」

慧剣は叫ぶのをやめた。手が震えていることに気づく。

――きっとちょっと離れているだけだ。

手洗いに行ったのかもしれない。その可能性はある。そうだ、連絡を取ってみようと慧剣は携帯端末を取り出し輝矢に電話をかける。

コール音三回、四回、五回。何度かけても輝矢は応答してくれない。

――偽名だけど園内で放送をかけてもらう？

巫覡の一族はみな名字が同じなので、一般社会に溶け込む際に使用する偽名を持っていた。

だが、さすがに園内放送は最終手段だ。

――いや、待て、待て、まず位置を確認だ。

二人がはぐれた時にどうすべきかという訓練は以前からしていた。特に、暗狼事件が起こった後、輝矢は慧剣に対して過保護になり、色々と対策を講じ始めた。

それは慧剣にも共有されている。

――携帯端末の位置情報を確認しよう。

慧剣は携帯端末を再び操作する。輝矢の持っている携帯端末の場所を確認出来るアプリケーションを起動させた。ざっくりとした案内ではあるが、最新の地図で表示してくれる機能だ。

尚且つ、携帯端末紛失防止の為に対象が近くなるとバイブレーションで教えてくれる。

――この近くじゃない。入場口側だ。

何故、という思いと共に冷や汗が溢れる。輝矢が一人で帰宅しようとするはずがない。

――どうしてそんなところに？

何かとんでもないことが起きてしまったのではないだろうか。自分はそれを見過ごしてしまったのでは。そんな疑惑が浮かび、慧剣の心臓がキリキリと痛みだす。

パレードを一目見ようという人達が更に集まり出して、その場に立ち尽くしていた慧剣はまた数人の人にぶつかってしまった。

「あっ」

足がもつれて慧剣は膝から地面につき、倒れる。

今度は誰も謝らなかった。混雑の中、立ち尽くしているほうが悪いのだ。

そう言わんばかりにみんな通り過ぎていく。

慧剣が転んで、持っていた食べ物と飲み物を地面にぶちまけても、みな眉をひそめるだけにとどめた。チュロスがころころと転がり、通行人に踏み潰された。

哀れな慧剣のことなど誰も気にしていない。

もっと他に見るべきものがあるから。


「……っ」


慧剣はパレードを見たかったことなど忘れて走り出した。

ショッピングモールを抜けて入場口へ。

一度園外に出てしまうことに不安を感じたが、位置情報は駐車場を示している。

まだ昼間で良かった、と慧剣は思った。輝矢が夜を齎していないので物を探すのはそれほど困難ではない。慧剣は慎重に駐車場を歩き回る。

輝矢が車を停めた場所にはきちんと車が在った。

少なくともこの付近にいることは間違いないと慧剣は確信する。

竜宮ユートピアは交通の便が良いとは言えず、車か、無料送迎バスを使うしか行く方法がない。徒歩で行ける距離に主要交通機関がないのだ。

——じゃあここにいるはず。

広い駐車場をぐるぐるとめぐり歩く。

注意深く、輝矢を探す。正午を過ぎた駐車場は若干閑散としてはいるが人影がある。家族連れが嬉しそうに手を繋いで歩く姿を見て、慧剣は更に焦燥感に掻き立てられる。

「輝矢様っ！」

慧剣は主の名を呼ぶ。

「輝矢様、どこですか！」

――まさか具合が悪くなって倒れているんじゃ。

そう考えたがすぐにもう一人の自分が頭の中で考えを打ち消した。

――なら園内の救護室に行くはず。駐車場に行く意味がない。

次に出てきた想定は最悪のものだった。

――賊？

巫の射手は現人神。現人神の天敵は賊。

だが、四季とは違い、朝夜の現人神は賊から狙われることはほとんどない。

少なくとも慧剣は聞いたことがなかった。かつてはそういうことがあったかもしれないが、現在も気をつけておくべきというテロリスト集団の名前は聞いたことがない。

賊は大きくわけて二種類。

現人神の齎す自然現象、もしくは現人神そのものを否定する根絶派。

次に現人神が所有する権能を世の為人の為に使うべきだと主張する改革派。

テロのやり方は様々だが、誘拐か殺害がお決まりのパターンだ。

巫の射手を襲えば、その日、朝か夜は途絶える。大和の歴史上、何らかの理由で朝夜のサイクルがうまく回らなかった時はあるが、異例の事態であることは間違いない。

——この国の夜を？

慧剣はそういうことを防ぐ為に存在していた。

——攫う？

だから役職名が『守り人』なのだ。慧剣は輝矢を守らねばならない。

守らねばならないのに。

「……輝矢様ぁっ！」

「どこですかああっ！」

慧剣は大きく息を吸い込んで叫んだ。駐車場にいる人々が、驚いた顔で慧剣を見ている。

と、その時。慧剣は携帯端末が振動を起こしたことに気づいた。

「……っ！」

輝矢の携帯端末が近い証拠だ。慧剣は頭を搔きむしりたくなるのを我慢して周囲を見回す。

バイブレーションはどんどん激しくなる。まるで慧剣の心臓に呼応しているかのようだ。

どくん、どくん、どくん、と脈打つ。

——輝矢様。

きっと、見つかるはずだ。

――輝矢様。

いなくなるはずがない。

――輝矢様。

夜は欠けることなくあるものなのだから。

「……」

慧剣は視線の先に捉えた物を見て絶句した。

誰も駐車していない場所。空になった駐車場の一角で携帯端末が一つ落ちていた。

誰のものか慧剣はすぐわかった。自分の主の携帯端末だ。

「あ、あ、あ」

駆け寄って、すぐに起動させる。待ち受け画面には竜宮の山から見下ろす景色が写っていた。

そして、山々から見える景色を堪能している慧剣の後ろ姿も。

「あ、あ、あ、あ、あ」

慧剣は叫びだしたくなるのをなんとか抑え込む。

――どうしたら。

どうしたらいいかわからない。頭が思考停止する。

慧剣はその場に座り込んでしまった。

足に力が入らない。手だけではなく体中まで震えだしている。

——輝矢様、おれはどうしたら。

指示を乞いたい人が傍にいない。

「あの……大丈夫ですか？」

すると、近くに駐車をして車から出てきた親子連れが声をかけてきた。

若い青年が地面にへたり込んでいるのを見て、具合が悪くなったと勘違いしたのだろう。

実際、慧剣の顔色は真っ青になっていたので間違いではない。

「どうかしましたか？　具合が悪いなら救急車呼びましょうか？」

女性は優しく語りかける。後ろに隠れている小さな男の子も心配そうに慧剣を見ている。

「ご家族と来たのかしら？　お母さんは近くにいない？」

母はいない。遠くにはいるがいないのと同じだ。

「お父さんは？」

父もいない。母と同じく慧剣にとってはもういない人になっている。

「兄妹とかもいないのかしら……じゃあ、お友達と来た？」

他の兄妹のことなど知らない。もう随分会っていない。竜宮で知り合いはたくさん出来たが、
友人と呼べるほどの人はいない。

慧剣にはたった一人しか味方がいない。輝矢しか、頼る人がいないのだ。

——輝矢様。

自分がどれだけ心細い人生を生きているか、思い知らされる。

「救急車は……大丈夫です。すみません、ちょっとふらついて」

慧剣は何とかそう声を絞り出した。女性は尚も案じる声で言う。

「そうなの……一人は心配だわ。誰かとは一緒に来ているわよね？」

「……はい。父親、みたいな人と……」

自分で言って、涙が出そうになった。

「はぐれちゃった？」

「はい。はぐれて、どうしようと思って……」

――輝矢様は父親じゃない。

しかし、こういう時にこそ本音が漏れる。

輝矢は主であって家族ではない。だが、慧剣にとってよすがは輝矢しかいないのだ。

――輝矢様は父親じゃないのに。

心は正直に言葉を紡いでしまう。

「あら……。その人とは連絡が取れないの？」

「……はい。でも、どうにかして連絡を取ります」

「どうしよう。園内まで一緒に行って、スタッフの人に事情を……。それか、他におうちの人で頼れる人はいない？　あなただけでも迎えに来てくれそうな……」

「おうちの人……」

「もし、そういう人も思いつかないなら……私が家まで車で送ってあげる」

母親の善意の言葉に、後ろにいた男の子が声を上げる。

「ええ、中に入らないの？」

「お兄ちゃんが困ってるから、助けてあげないと」

「遊ぶ時間少なくなっちゃうよ……」

親子の会話をよそに、慧剣は頭の中に一人の人間が思い浮かんだ。

それは警備門の人間ではなかった。

竜宮神社の虎士郎でもない。

「……いえ、大丈夫です……」

慧剣は自分の携帯端末を震える手で握りしめる。

「助けてくれそうな、おうちの人、いました」

呆然としたような口調だったが、慧剣がそう言ったので女性は少し安堵した顔を見せた。

「本当？　無理してない？」

「はい、大丈夫です。すみません、ご迷惑おかけしちゃって」

「そんなことないわ。その人と連絡つきそうかしら？」

「はい。おれからの連絡を無視するような人じゃないので、絶対出てくれます。すみません。

失礼します」

慧剣は会釈をしてからその場を去った。

親子は心配そうに慧剣を見送る。

──お願い、出てください。

会話を聞かれるわけには行かない。

慧剣は走って走って、人がいない公道まで出ると携帯端末でとある連絡先に着信を入れた。

コール音一回、二回、三回。

──お願い、出て！

しかし、応答はない。

「……っ」

慧剣は我慢していたが涙が溢れてしまった。

自分の不甲斐なさに嫌気が差す。

輝矢より大事な人などいないのに、彼が大事な時に傍にいられなかったことが辛い。

しかも原因が自分がねだって連れてきてもらった外出のせいだとしたら。

──誰にどう詫びたらいい？　何をしたら許してもらえる？

罪悪感で身体が焼け落ちてしまいそうだ。

「……助けて」

涙はぽたぽたと流れ落ちる。

体がいくら大きくなったって、慧剣はまだ十七歳の少年だった。

泣き声を上げながら、どうすべきか考えていたその時。

「……！」

慧剣は携帯端末の着信音を聞いて慌てて画面を見た。

そこに表示された名前を見て、真っ暗な世界から脱出する光明を見出す。

応答ボタンを押すと、その人は心配した様子で声をかけてくれた。

『もしもし？　慧剣くん、どうしましたか？　電話なんて珍しい。何かありましたか？　ごめんなさい。いま仕事中ですぐ電話が取れなくて……』

柔らかな少女のような声。しかし、その身に宿すのは獅子のような強靭さ。

慧剣は自分が持っている中で最強のカードを切ることにした。

「月燈さん、助けてください」

国家治安機構所属近接保護官、荒神月燈を召喚したのである。

第二章 青天の霹靂

時計の針は再度巻き戻る。

月燈がとある依頼を受けたのは、輝矢と慧剣が竜宮ユートピアの招待状を受け取るよりはるか前のことだった。

黎明二十一年一月頃、月燈は国家治安機構帝州本部にて上官から呼び出しを受けていた。

「四季会議の警護と合同訓練の警護ですか」

相手は国家治安機構の制服を着た、いかにもやり手そうな男だ。

一方、月燈はオフィスカジュアルの姿。任務の都合上、私服が多い。甘い顔立ちの女性なのだが、パンツスタイルのコーディネートだときりりとした印象になる。

「今年、護衛官の方々の剣舞を復活させるらしい」

月燈の言葉に上官は頷く。

「剣舞……」

剣舞、と聞いて月燈は頭の中で吟剣詩舞が浮かんだ。

「詩の吟詠と共に刀を抜き、舞い踊るものでしょうか」

大和にある伝統的な剣舞の一種だが、月燈の予想は外れた。

「いや、どうも聞いた話によるとそれとは違うらしい。四季の方々独自の剣舞があるようで、もっと飛び跳ねたり、互いに剣を交わすような振りをするものだそうだ。何でも、かなり昔にお披露目で事故があって、怪我人が出た。翌年から剣舞は封じられたそうだ。真剣を用いてやるようだからな、そういったこともあるんだろう」

月燈は嗚呼、と声が漏れた。そしてなんとなく想像がつく。四季会議は四季に大地の安寧と豊穣の祈りを捧げる儀式。たとえ事故であっても流血沙汰など起きれば伝統行事も取り止めになるだろう。祝い事に不浄とされるものは好まれない。

「模擬刀でやれば良かったのにな。しきたりだかなんだかで真剣にこだわった結果、そういう事が起こり、しばらく中止され、そのまま現代まで来てしまったとか。よくある話だ。また事故が起きた場合の責任の所在を押し付けあった結果、その行事自体が廃れるという……」

「今回も真剣で？」

「いや、さすがに模擬刀に変更らしい。安全意識の改革だな。話し合いの結果、それで決着がついて今年から復活させようという話が出たと」

「何故ですか」

「一番の理由は、いまの四季の方々なら復活出来ると思われたからだろう」

「……それは、確かに」

これに関しては月燈もすぐ納得した。本来、四季の現人神は他の季節とあまり絡みがない。唯一四季会議で会うくらいで、それ以外は特に行事がないからだ。

だが、当代の四季の代行者、護衛官達は四季同盟を結成してからとても仲睦まじく交流している。いまなら相互協力で復活出来るのではと思われるのはおかしなことではなかった。

「あとは、昨年から取り沙汰されてるあれだよ。【老獪亀】と【一匹兎角】。保守派と革新派の対立和解だな。四季会議は派閥関係なく四季庁全体で支援するものだから、伝統行事を復活させるプロジェクトを無事やり遂げ、手を取り合いましょうと」

途中までうんうんと頷きながら聞いていた月燈はそこで首を傾げた。

「それは……護衛官様方が和解の道具として使われていませんか？」

「そういう見方も出来る」

――見方の問題じゃないでしょう。

月燈は苛々とした気持ちが募った。

一般人としては珍しくも、多くの現人神と懇意にしている月燈としてはどうしても護衛官に肩入れしたくなる。彼らの主への忠義心、苦労、それらを直に見てきたからだ。

――絶対、寒月様あたりに全ての調整と責任が押し付けられている。

月燈は心の中で冬の最年長護衛官、寒月凍蝶に同情した。

「四季会議、噂によると代行者様の舞のお披露目日もあるんですよね？　その上、護衛官様も剣舞のお披露目日があるとなれば準備は大変です。警備の観点から合同練習の日にちも絞られてしまうのでは……」

「その通りだ。訓練の場所も考えなくてはならない。警備がしやすいところがいい。宿泊所とのアクセスも思案すべきだろう。そこらへんは他の奴らがやるが、護衛官様達との意見交換も必要だ。お前がその役を担ってくれ」

心中でどう思っていようが上官命令は絶対だ。月燈はまた姿勢を正して返事をする。

「はっ、了解です」

こうしたやり取りが今年の初めにあった。

そして、護衛官達と調整をしながら準備を進める中、同年四月に橋国渡航が発生する。四季界隈と更に絆が深まっていた月燈率いる特殊部隊は、当然警護に呼ばれ同行したのだが、結果は散々たるものだった。大和側に死者は出なかったが重軽傷者は多数。おまけに秋の代行者祝月撫子の二度目の誘拐を許してしまった。

橋国に蔓延る巨悪の存在。代行者を狙う魔の手。それら全てと戦う為に反乱を起こした者達が撫子と橋国の秋の代行者リアムを誘拐した。

大和陣営は撫子奪還の為、昨年同様死にものぐるいで追跡し、最終的には救出出来たのだが、解決してもなお、みなの心に傷を残す事件となった。

帰国した月燈は上層部から叱責の嵐を受ける。これはもう四季会議並びに合同訓練の警護はお役御免だろうと思っていたところ、四月末に再度上官の部屋に呼ばれた。

「四季会議は六月。橋国騒動があったが、代行者様達に大きな怪我がないことも鑑みて例年通り全員で行われる。護衛官様の剣舞披露も続行とのことだ。あと二ヶ月、くれぐれも気を引き締めて準備に取りかかれ」

上官の言葉を聞いて、月燈は驚いた。役に立てなかった自分を再度取り立ててもらえる理由がわからなかった。事件が発生し、帰国してからまだいくばくも経っていない頃だったというのもある。役立たずだった近接保護官を再度起用しようとするその心とは如何に。

月燈は慌てて上官に問う。

「しかしわたしは橋国の任務で失敗を招きました。大変光栄なことではありますが、四季の方々からすると警護に不安を感じられるのでは？」

上官は椅子に座っている状態で腕を組んで言う。

「四季側からは国家治安機構は十分死力を尽くしてくれたというお言葉をいただいている。実際、あれは四季界隈の内輪もめではあるからな」

「それでも……」

「まあ、そう仰ってもらったとしても、お前の言うように誘拐を未然に防げなかったのは警護を任されたこちらの落ち度だ。お前の失態であることは間違いない」

「……」

上官の言葉は耳に痛く響く。だが、言われて当然だと月燈は思った。

――わたしがもっとうまく立ち回れたら良かったんだ。

自分にもっと力があれば、あの小さくて可愛らしい秋の神様が悲しむようなことは何一つ起きなかったのに。後悔と反省は何度しても足りない。

「だからこそ、名誉挽回の機会をくださったというわけだ。あちらとしても、お前との繋がりを絶ちたくないのだろう。何せお前は現人神教会大和総本部総長様のお嬢さん、だからな」

「それは……」

月燈は言葉に窮した。先程の言葉も刃のように心を切り裂いたが、いまの言葉は車に轢かれたに等しい殺傷力があった。

「何だ、言われたくないか」

黙っている月燈を、上官は面白がって見る。

「だが輝矢様の護衛の時点でお前はその属性を持っているから選抜されたんだぞ。代行者様方には伏せていたようだが、もう知られてしまった。子どもじみた考えは捨てて、親のことを利用するくらいしてみせろ。出世の道を自ら閉ざすつもりか」

――間違いではない。

けれども、こうした清濁併せ呑む思考は苦手だと月燈は感じた。尚も黙ってしまう月燈に、上官はため息をついてから言葉を重ねる。

「荒神、言いたくはないがお前は女性機構員の中で希望の星というやつだ」

「え……」

「女性でも国家治安機構で出世出来ると証明して、後続の為に道を作れ。俺はからかって言ってるが、面と向かって真面目に言うやつもこれからはどんどん増えるぞ」

「……はい」

「国家治安機構の中でもお前の家のことは周知の事実になり始めているからな。いちいち傷ついてたら身が持たん。強くなれ」

嫌味ではあるのだが、上官として適切な指導ではあった。

この国家治安機構という組織は、男性主体であるが故に女性の出世が難しい。

だが稀有なことに、その中でも月燈はトントン拍子に出世コースを進んでいる。

これは本人の頑張りの成果ではあるのだが、スポットライトを浴びる者には必ず影も出来る。

月燈はきっと、これから自身の出自が武器になる場面でやっかみや揶揄を多く受けることになるだろう。月燈自身を見てもらえず、彼女の属性で何事も判断される。

気にしていては、この組織では生きていけないのだ。上官の言葉は処世術の伝授だった。だから月燈も無闇に反発が出来ないのだが。

——でも。

それでもやはり嫌だという気持ちが月燈の中であった。

——私は教会とのパイプ役じゃないのに。

彼女の立場の難しさが、ここに来て問題として浮き上がっていた。

現人神教会は国ごとに活動や大きさも違うが、やっていること自体はあまり変わらない。教会の教えを布教し、信者を増やし、広く人々の心を救う。

かつ、信仰対象である現人神への支援をする。これに尽きる。

支援には信者による多額の献金も含まれるので、現人神界隈と現人神教会界隈は密接な関係を築くことが多い。大和に於いても、この献金を受ける側と差し出す側という関係は同じだ。

大きな事業を運営するには金を回す者が必要で、出資者はある程度厚遇される。

それが世の理。大和はそこまで現人神教会が権威を振るっているわけではないが、かといって無視出来る存在ではない。

故に、橋国騒動でのお咎めなしは、この親の七光りが適用されたのではと既に噂されていた。

何故なら月燈の親は大和の現人神教会を統べる現人神教会大和総本部総長。

現人神界隈側からすると、月燈は大切に扱うべき出資者のお嬢様、という具合なのだ。

現人神関連の警護で何かしら不祥事が起きたとしても、カバーしてもらえるぐらいの立場にはあった。

――恥ずかしい。

唇を一度噛んでから月燈はそう思った。

彼女は幼い頃から、自分の立場が恥ずかしかった。

自らの手で得たものではない功績で周囲から持て囃され、別格扱いされる。

——これじゃあ教会にいた頃と変わらない。

親が宗教団体の総長だということは、月燈の人生を複雑にさせていた。

きっといままでもこうして出身のあれこれで感情が曇る経験をしてきたのだろう。

家族の元で仕事をせず、国防組織に入ったこと自体、月燈の心情を表している。

離れる決断をしたくなるほどのことが、彼女の人生ではあったのだ。

自分の実力で掴んだ居場所でも過去が追いついてくることが辛い。

——せっかく、逃げるように国家治安機構に就職したのに。

いつまでも家族の呪縛から逃れられない。

「荒神……」

「はい」

「もう少しポーカーフェイスを覚えろ」

「……はい」

「これは決定だから拒否権はないぞ」

上官は念を押すように言う。

「……了解です。荒神月燈、引き続き警護を承ります」

月燈は絞り出すような声で、命令に従うと返事をした。

四季会議は二十四節気【芒種】の頃、すなわち六月初頭に行われる。

黎明二十一年の四季会議は六月五日に決定した。

場所は例年通り帝州帝都にある開元大和神社、通称『大和神社』。

代行者、護衛官、それぞれの舞に関しては合同練習まで各々で練習。

五月三十一日から六月四日までの間、集まれる主従から随時四季庁側が押さえた某老舗旅館に集合し、合同練習を最低でも一度行う。という条件がついた。

これは夏の代行者が現在夏顕現真っ只中である為の措置だ。

春、秋、冬は早めに集まれたとしても、夏に関しては本人達の季節顕現の進み具合で帝州に飛ぶ日は前後してしまう。

四季側はこの日程に同意し、決行の日が待たれた。

そして迎えた五月三十一日。

一年の内限られた日しか店を開けない隠れ宿が久しぶりに暖簾を出した。

名を【旅亭狐雨】という。

場所は大和国帝州内に存在する【千路野木】。帝都から車で二時間半ほどの距離にある帝州の奥座敷の一つであり、山林に囲まれたのどかな土地だ。

客のほとんどは政府官僚や財界の大御所などで、宿泊の他、会合や酒宴などにこの宿を利用する。顧客層の要望により完全貸切状態で宿を提供することが多い。

オーナーはかつて政商で財を成した一族の一人。

儲け度外視の道楽で運営されている。

旅亭狐雨の館内は非常に独創性に溢れており、洒落っ気と摩訶不思議さが合わさった室内装飾が見所だ。雨を想起させる水の絵画やオブジェ、噴水などが至るところにあり、歩いているだけで清麗な空気を感じることが出来る。

所々、壁面に鳥居や狐の面の装飾が描かれているのも印象的だ。また、全室露天風呂付きの客室ということで、宿泊者はゆったりと湯治を楽しめる仕様となっていた。

一般人には中々知られることのない、この特異な宿泊施設を薦めたのは、不動産で富を築いた資産家の祖父を持つ春枢府職員、花葉残雪だった。

剣舞復活の話を聞き、秘密裏に現人神と護衛官が会合し、練習も出来る場所として自ら予約を取ってくれたのだ。

義理の兄が自分を守護してくれていることを知らぬ花葉雛菊にはもちろん内緒だ。

いままであらゆる要人を相手に商売してきた狐雨側も、さすがに現人神一行の宿泊は初めてということで張り切ってもてなしの用意をした。

月燈は部下七名と国家治安機構の機構員を率いて早朝から待機を開始。

要人御用達の近接保護官特殊部隊ということで月燈達はこの旅亭に馴染みがあった。

その為、四季庁保全部警備課職員と動線の確保や緊急時の脱出口などは事前に問題なく確認出来た。緊張の面持ちのまま待つこと少し。

まず初めに旅亭狐雨に足を踏み入れたのは春主従だった。

春の代行者花葉雛菊と、その代行者護衛官姫鷹さくらだ。

帝州帝都、帝都迎賓館に住まいを構える二人の到着が早いのは当たり前ではあった。

「ごめん、くだ、さい」

雛菊が裏玄関から入館してすぐに春の花のかぐわしい匂いが漂った。

出迎えにずらりと並ぶ旅館の従業員達に、春主従は礼儀正しく腰を折り挨拶をする。

「春の代行者、花葉雛菊、です。どうぞ、よろしく、お願い、いたします」

「春の代行者護衛官姫鷹さくらだ。数日間ではあるが、代行者様方の寝食のお世話をどうかよろしくお願いしたい。早速だが、非常口の確認をさせていただきたいのだが」

そこまで言ったところで、さくらが声色を親しい人を見つけた時のものに変えた。

「あ、荒神隊長。お疲れ様です」

「月燈、さん、どこ……？」

月燈とその特殊部隊の姿がお出迎えの人垣から見えたのか、雛菊とさくらは顔を明るくさせて手を振った。臆さず親しみを表現してくれている。

「お疲れ様です！」

月燈は恐縮しつつ敬礼をする。一瞬嬉しさで表情が和らぎそうだったが、仕事中なのできりっとした顔に戻した。人をかきわけ特殊部隊と共に春主従の元へ挨拶に行く。

「ご無沙汰しております、花葉様、姫鷹様」

「お久しぶりです」

「みなさん、おひさし、ぶり、です」

「橋国騒動では本当に不甲斐ない姿をお見せしました。今回の護衛については我々国家治安機構、一丸となって御身をお守りいたします。ですのでどうかご安心ください」

月燈や特殊部隊が綺麗に腰を折って礼をする。雛菊はわたわたと慌てた。

「そんなこと、ありま、せん。雛菊、月燈さんが、また護衛してくださる、うれしいです。橋国のこと、大変だった、のに……また、雛菊たちのせいで、みなさん、あつまって、もらう、申し訳、ありません、の気持ち、あります」

雛菊は本当に申し訳無さそうに月燈を見る。

「そのようなお言葉我々には不要です！　御身の為に馳せ参じることが出来て嬉しいのです！」

今度は月燈がわたわたと慌ててしどろもどろになってしまう。そんな月燈を見て、雛菊はふんわりとした笑顔になる。

「特殊部隊の、みなさまも、どうぞよろしく、お願い、します」

雛菊が言い終わると、さくらも待っていたかのように口を開いた。

「私からも御礼とお詫びを。頻繁にお呼び出しをして本当に申し訳ない。荒神隊長にはきっと色々とご迷惑をおかけするかと」

「ぜひ手足のようにお使いください。色んな護衛陣の方々がいますので指揮系統が複雑かもしれませんが、適宜改善していきます」

「そう言っていただけると、ありがたいです。荒神隊長。あと女性現人神様の部屋の前の配置ですが……」

さくらは急に小声になる。月燈は言わんとしていることがわかり反応を示す。

「ああ、なるべく女性の護衛で固めるという件でしょうか？」

「はい、どうなりました？」

「ご報告遅れて申し訳ありません。ご要望通りです。国家治安機構の者と四季庁の方々で構成されております。配置表もありますのでいまお渡ししますね。時間帯によっては男性も交じってしまう時がありますが、うちもわたし以外は男性なのでそこはご容赦ください」

さくらは月燈から配置表を紙で受け取ると、安心したような顔になった。

「助かります。こういう時、やはり荒神隊長だと話が早くていいですね」

「というと？」

「わがままだと思われないので……」

月燈はきょとんとした顔になってしまう。

「そんなこと思いませんよ。今回は温泉旅館ですし。お部屋に露天風呂もあります。貸切ですが、万が一にも覗きなど、不埒な真似をする者が出ないとも限りません。そもそも今代の四季の代行者様は寒椿様以外女性なのですし、こうした配慮は必要かと」

月燈の部下達も同意して頷く。これは何も女性だけのことではない。月燈が男性を警護する場合、ここからは女性は遠慮して欲しいとプライベートゾーンを区切られることは多々あった。

「そうですよねっ」

さくらは拳を握って力強く言う。

どうやら他ではわがままだと思われたりしたことがあるようだ。

「姫鷹様のご懸念はごもっともです。いままでは突発的な事件のせいでそのような配慮が難しいこともありましたが、今回は場所が国内ですし準備期間もいただいたのでばっちりですよ」

月燈はばっちりというところを表現したくて両の拳をぐっと握ってみせる。

それを見てさくらは破顔した。

「本当に助かります……。私も真面目に警護してくれている男性陣の手前、あまりこうしたことは言いたくないんですが、可能性すら潰すのが護衛官としての務めですので」

月燈はそう言われて、眼の前の彼女が少しだけ声量を落とした理由に合点がいった。

聞かれても問題ないことだが、男性護衛陣が気を悪くしないようにしたかったのだろう。

以前のさくらなら気にせず話しただろうが、いまは冬の男達に大いに守護してもらっている。気持ちの変化があったのだ。

――実際問題、そんな不埒者が出たら我々の前に冬の方々が手にかけてしまいそうだけど。

月燈には冬の代行者寒椿狼星が人間を氷漬けにする様が容易に想像出来た。護衛官の寒月凍蝶はもう少し穏便かもしれないが、相手に社会的制裁は与えるだろう。

――要らぬ殺人事件を増やさぬ為にも、私が気を引き締めねば。

「いつでも頼って欲しいのです！」

月燈はまた拳をぐっと握って言った。

「はい。荒神隊長も私に何か頼みたい時は言ってください。早速ですが緊急避難の経路を一緒に確認してもらっても？　図面はいただいたのですが、実際に見ておきたく……」

「もちろんなのです！　ご案内します」

「よろしくお願いします。雛菊様、雛菊様も一度だけご確認をお願いしてもよろしいですか。すぐお部屋でお休みいただけますので」

「うん、いき、ます。月燈さん、の、おへやは、どこ、ですか？」

「わたしのお部屋は警護の為に代行者様ととても近いんですよ」

「じゃあ、夜におしゃべり、できます、ね」

「え、よろしいんですか。わたし護衛なのに……」

月燈は春主従と共に談笑しながら館内を歩き出した。

非常に好調な滑り出しだったが、月燈はふと思う。

―なんだかさらっと謝罪が終わってしまった気がする。

月燈としては、謝罪、叱責を受ける、謝罪、の流れを想定していた。

だが、そもそも月燈は橋国の事件中ずっと代行者達の傍に侍っていたわけで、既に現人神側に反省の弁を述べるという場面は終わっているのだ。

事件解決後もすぐに大和への帰国が叶わなかった代行者達を護衛し、縁を深めていた。

いわば同じ釜の飯を食い、苦難を共にした仲。いまの春主従の気安さはそこから来ている。

国家治安機構としての月燈の悔恨を気にしているのは当人だけだった。

―秋の方々が来ても、できる限り言葉を尽くそう。

それでも月燈は心の中で自分を戒めた。

「藤堂さん、霜月さん。お久しぶりです。ご挨拶しそびれまして」

春主従には冬から派遣されている藤堂雪見と霜月倫太郎も随行していた。

雛菊達と共に廊下を歩きながら月燈は声をかける。

「いえいえこちらこそご挨拶が遅れました。霜月共々よろしくお願いいたします」

霜月も愛想よい笑顔を見せてから軽く頭を下げる。

「そういえば、冬の方々は少し遅れて来られるようですね。お聞きになりましたか？」

月燈の言葉に藤堂は苦笑して言う。

「聞きました。四季庁所有のプライベートジェットはいま夏主従が使っていますからね。民間の飛行機を予約していたんですが、機材トラブルで欠航になってしまったそうです」

この手の事故はまま発生する。飛行機は天候不良だけでなく、使用する機体の不具合などでも欠航があるからだ。それも当日にならないとわからない事が多い。

「ああ……偶にありますよね。ああいう時絶望してしまうのです。寒椿様、きっと春の方々にお会いするのを楽しみにされていたでしょうに……お可哀想です」

霜月が同意するように頷いてから神妙な顔で言う。

「狼星様の悲しみで空港周辺の気温が少し下がったそうですよ」

「そんな、夏なのに……」

月燈の慄きが面白かったのか霜月は快活に笑う。

「また不幸なことに当日の便を取り直すのが難しくて……。うちの護衛陣は大所帯ですからね。便を振り分けても大変です。結局、色々策を講じて主達は夜に到着となりました。現地の警備達に、くれぐれも春主従をよろしくと言付けがありましたよ」

月燈はその言葉を聞いて姿勢をピッと正す。

「拝命いたしました。全力で警護させていただきます」

こうして、第一陣の客のお出迎えは慌ただしく終わった。

雛菊達が旅亭に足を踏み入れたのは五月三十一日午前十時頃。

それから一時間ほどすると、また違うお客が入ってきた。

秋の代行者祝月撫子とその護衛官、阿左美竜胆率いる秋の一行だ。

「秋の代行者、祝月撫子です。みなさまおせわになります」

「秋の代行者護衛官、阿左美竜胆です。お世話になります」

秋主従もすぐに月燈と部下達の存在に気づいてくれた。

「たいちょうさん、みなさん、こんにちは。きょうからどうぞよろしくおねがいいたします」

撫子が小さな体を更に折り曲げて礼をしてくれた。

「祝月様、とんでもありません。こちらこそどうぞよろしくお願いいたします」

もう何度目かわからないが、月燈は心の中で『我が国の秋、お可愛らしい』とつぶやく。

月燈の部下達も丁寧に礼を返した。

「荒神隊長。部隊の皆さんもお疲れさまです。既に春の方々がいらっしゃるとか？」

続いて竜胆が爽やかに話しかける。いつ見ても美丈夫な青年だ。

「お疲れ様です。はい、いらっしゃいます。お部屋でお休みなのです」

撫子はそわそわとした様子で竜胆に尋ねた。

「りんどう、すぐにごあいさつにいってもいい？」

春主従に会いたいのだろう。いじらしい態度に見守っている全員が笑顔になる。

「撫子、着いたばかりですが休まなくても？」

竜胆は撫子の額に手をあて、熱がないか確認した。撫子は竜胆をとても眩しいものでも見るような視線を送ってから頷く。

「りんどうに言われておくすりのんでたからだいじょうぶよ。それにはやくひなぎくさまとさくらさまにごあいさつがしたいわ。楽しみにしていたの……」

会話の最中ではあるが、月燈は気になって問いかける。

「祝月様、お熱が？」

「今朝、少しだけ。元々、疲労がたまると熱が出る体質なので……。昨日、外遊びの時間が長かったせいでしょう」

「でしたら館内の温度、少し調整してもらいましょうか。冷房が効きすぎているかも……」

「だいじょうぶよ、おふたりとも。ねえ、いってもいい？」

「わかりました。では貴女の望み通りに。そのかわり、無理をしてはいけませんよ」

竜胆は額から手を離し、代わりに撫子の頭を撫でた。彼の過保護さは更に拍車がかかっているように見える。撫子を見つめる瞳、触れる手、どんな仕草にも慈愛が込められている。

無理もないのかもしれない。まだ橋国騒動で負った心の傷はいくらも癒えていないはずだ。

――撫子様、大丈夫なのだろうか。

四季会議の準備の為とはいえ、こうした厳戒態勢の中にいさせるのは少々可哀想な気がする。情操教育に良いとは思えない。だが、撫子自体は物々しい警備に怯えた様子もなく、むしろ周囲を気遣ういつも通りの秋の神様として振る舞っている。

――ご立派だ。

月燈はこの幼い少女神に、改めて尊敬の念を抱いた。

警備に関しては秋の護衛陣も以前にも増して手厚くしており、普段より人数が多い。

そして、秋主従にはもちろん最側近の者達が随行していた。

「真葛さん、荷物ください。持ちます」

「大丈夫、先に行っていいわよ」

最側近の一人である白萩今宵と、撫子の侍女である真葛美夜日だ。夏の姉妹から贈られた護衛犬花桐もペットキャリーバッグの中にいる。

外に出たいのか『くうん』と悲しげに一声鳴いた。

「花桐、待ってろ。部屋についたら出してやれるから」

ペットキャリーバッグを持っている白萩が花桐に声をかける。それから白萩は真葛の荷物をむんずと摑んで軽々と持ってみせた。

「真葛さんは手荷物だけ持ってください」

真葛は観念したように言う。

「うう、ごめんね……どんな不測の事態にも対応できるよう色々持ってきちゃったの」

「撫子様の為なら仕方ないです」

「ありがとう、私って力はあるんだけど腕の長さが足りないのよね。悔しいわ……。来世は白萩くんみたいな長身の男の子になりたい……」

小柄な真葛と高身長の白萩。先輩後輩コンビのやり取りはなんだか微笑ましい。玄関での挨拶が落ち着くと、月燈は秋御一行を館内に導いた。歩きながら意を決して口を開く。

「あの、祝月様」

「はい、たいちょうさん。なんですか？」

撫子は大きな瞳をまっすぐに月燈に向ける。見つめられて、月燈は言おうとしていたことが急に喉から出てこなくなった。

――闇雲に橋国騒動のことを言うのはどうなのか。

誘拐事件のことを思い出させることになってしまう。

「……ええと」

月燈は頭をフル回転させながら適切な言葉を選んだ。

「……わたしが警護でご不安に感じられるかもしれませんが、準備は最善を尽くし、四季庁職員の方々とも何度も打ち合わせをしております」

信じてもらえるよう、しっかりと撫子の瞳を見て言った。

「何があろうとも、この命を懸けて御身をお守りいたします。こちらに滞在中、どうぞお心安らかに過ごされますように」

月燈は言ってから浅く息を吐く。撫子はというと。

「……」

目をぱちくりと瞬いた後に、悲しそうに眉を下げた。

「たいちょうさん…… 橋国のことをきにされているんですね」

せっかく明言を避けていたのに、撫子のほうから言及されてしまった。

月燈は心の中で悲痛な叫びを上げる。

──わたしは大馬鹿者だっ。

悪くはない台詞だったが、『ご不安に感じられるかもしれません』という発言は不要だったかもしれない。敏い少女神はわざわざ国家治安機構のエースオブエースが気を遣ってくれたことから、橋国騒動を頭の中で紐づけてしまった。

「え、いえ、あの」

月燈の背中に冷や汗が流れる。ちらりと竜胆を見た。彼も困っている様子だ。

「申し訳ありません、あの」

月燈はしどろもどろになる。

「ごめんなさい、たいちょうさん……」

「な、なぜ祝月様が謝られるのですか！」

「わたくしがさらわれたせいで、たくさんのかたにごめいわくがかかったので……。たいちょうさんたちもたいへんでしたよね……」

「いいえっ！」

「こんかいもほんとうはえんりょしたい任務だったんじゃ……」

「そんなことはないのですっ！」

月燈は歩みを止め、しゃがんでその場に片膝をついた。頭の中は混乱の嵐だ。

なので、その時口をついて出た言葉は月燈の真心そのままだった。

「わたしは人を守りたくてこの仕事に就きました！　御身をお守りすることで迷惑と思うことは何一つありません！　むしろ、近接保護官としてこの上ない誉です！　そして今回、不甲斐ないわたしを再度起用していただいたことを有り難く思っております……！　祝月様、どうかわたしに挽回の機会をください。必ずや御身の信頼を取り戻してみせます！」

これ以上、あとは何を言えばいいのだろう。顔を青ざめた月燈がそう思ったその時。

「撫子、もうそのあたりで……」

竜胆が助け舟をだしてくれた。

「荒神隊長が困ってらっしゃいます」

確かに月燈は困っていた。今日一番の困り具合と言っても過言ではない。

「ちがうの。わたくしそんなつもりじゃ……」

「阿左美様、すみません。わたしが不要なことを言いました。軽はずみに橋国を思い出させるようなことを……」

「いいえ。荒神隊長、立ってください。こちらはそもそも信頼を失っていませんよ。警備計画にあなた方のチームが入っているのは我々現人神側からの要請です」

　優しい言葉に、月燈の涙腺がぐっと刺激される。

「……そして、ともに橋国騒動をくぐり抜けた仲ですから、『今回こそは』と荒神隊長が仰ってくださるのも理解出来ます。俺も同じ気持ちです」

　竜胆は腰を低くして撫子の肩に手を置いてから言う。

「俺も撫子を守る為なら何でもします。数日間ですがどうぞよろしくお願いいたします」

　姿勢の良い背筋を曲げて、竜胆はわざわざ頭を下げた。

　月燈は恐縮して立ち上がってから『こちらこそ』と頭を下げ返す。月燈の部下達も続いた。

　撫子も慌ててぺこりと礼をする。

「あのね……わたくしたいちょうさんにあたまをさげていただきたかったんじゃないの……。わたくしがわるいと、ほんとうにおもっていったのよ……」

　誰にでもなく、気まずそうにつぶやいた。

「春のときもわかっていたはずなのだけれど、橋国ではとくにそうかんじたの……。おけがをする人もおおかったでしょ」

「撫子……」

「わたくし、みなさまに……みなさまに……」

　これ以上嫌われたくなくて。

　そういう言葉は撫子の口から出なかった。言えば、また周囲の者に気を遣わせるだけだ。

撫子もそれくらいはわかっていた。実のところ、月燈が懸念していた撫子の橋国騒動のトラウマ、というものはもっと違う形で表れていた。

　最愛の護衛官、阿左美竜胆とその父が話していた会話がいつまでも忘れられない。竜胆だけではない、自分という存在がいる限り、他者が害される可能性がある、というのは侍女頭・真葛が身を挺して庇ってくれた経験で嫌でも思い知らされた。

　テロリストなど、いまの撫子なら撃退が容易に可能で問題ではない。

　それよりも、大人達に嫌われるほうが怖いのだ。

「……」

　竜胆は黙ってしまった撫子に声をかける。

「撫子、警護する方々が怪我をされるのが怖いですか？」

　撫子はこくりと頷く。

「そうなった時に撫子は自分が悪いと思っている？」

　また、小さく頷いた。

「……お馬鹿さんですね。それが俺達への配慮だと思われているのなら勘違いですよ。俺達は頼られるほうが嬉しい」

『ですよね？』と竜胆が月燈と部下達に視線を向ける。全員、がむしゃらに頷いた。

「そうですよ、祝月様。警護対象者に頼っていただくことこそ、我らの仕事の喜びです。そして、仕事ぶりを認められ、またご利用していただけることも誇りなのです」

「……たいちょうさんは、じゃあわたくしの警護はいやじゃない？」

「この胸の喜びをお見せ出来ないのが苦しいくらいです。嫌なわけがありません」

　撫子は竜胆を見る。竜胆は殊更優しく撫子の頭を撫でた。

「俺も貴女に頼られることが喜びです。真葛さんも、白萩も……そうですね、おまけに花桐もきっとそうでしょう」

　花桐の名前が出たところ、撫子はくすりと笑う。

「謙虚さは美徳ですが、貴女の場合はもっと……その……周囲に甘えていいんです。前はそうしてくれていたでしょう？　どうして、そんなに早く大人びてしまわれるんですか」

「……だって」

　撫子はもじもじと恥じらう。何も知らなかった頃はそう出来たのだが、ここ一年で大分精神年齢が上がってしまった。竜胆への恋と、現人神に降りかかる苦難が彼女を変えた。

初恋泥棒のほうはそれがわかっていない。

「それが難しいのであれば、今回は『ありがとうございます』と荒神隊長に言いましょうか」

「ありがとう……？」

「撫子が言うように、橋国騒動で大変だったのに、今回も引き続き警護してくれることは当たり前だと捉えてはいけませんね。撫子がそう言ってくださるだけで、きっとみなさんの心もほぐれることでしょう。気持ちよく、警護が出来るはずです」

諭されて、撫子は月燈と部下達に再度視線を向ける。みんなも撫子を見ている。

そして少し恥ずかしそうにした後に笑顔で言った。

「みなさま、こんかいも守っていただきありがとうございます。なでしこはみなさまがいてくださり安心です」

あまりの眩しさに、月燈達は撫子の背に後光を見た。


秋の御一行を春主従の部屋まで送ったあと、部屋の前で月燈と部下達は顔を見合わせる。

特殊部隊一同、撫子の発言に肝を冷やしたが、感動もしていた。

――あんなお優しいお言葉までいただけるなんて。

現人神側は、本当に月燈達を信頼して警護を要請してくれていたのだ。

少なくとも失望はされていない。むしろ働きを期待されている。

月燈は特殊部隊の面々を集め、廊下で軽くミーティングをした。

「みんな聞いてくれ。わたしは誠心誠意、現人神様達にこの身を捧げたいと思う」

胸に手を当て、敬虔な信徒然とした様子でつぶやく。

「隊長がそう言うと宗教観が出すぎてちょっと怖いです」

「でも言いたいことはわかります」

「お役に立ちたいですもんね」

「気持ちが昂ぶって仕方ないですよね」

「円陣を組みませんか。気合を入れましょうよ！」

それはいい、それはいいと月燈含めて八名で円陣を組み極力静かな声で声出しをする。

「代行者様がたの為に頑張るぞっ！」

「「おーっ！」」

春と秋は、部屋の外から聞こえる奇妙な掛け声に一度気を取られたが、再会の嬉しさですぐお喋りに戻った。

それから間もなく、春と秋で昼食を共にすることになった。

主同士を対面するように席を配置したので、雛菊と撫子はずっとにこにこと微笑みを交わしている。

元々、互いに性格が穏やかでゆっくりしている性質なので波長が合うのだろう。

「撫子さま、創紫から朝はやく、きた、んですか？」

「いいえ、きのうから帝州にとまっていたんです……。りんどうがね、遊園地につれてってくれたんです」

「遊園地、すてきです」

「さぷらいずで、わたくしとってもおどろいて……」

「観覧車に回転木馬。あと、とってもたくさんです！」

竜胆が気を利かせて自身の携帯端末の写真をみなに見せた。

ほとんど撫子だらけの画像フォルダには、遊園地を楽しんでいる撫子の笑顔がたくさん収められている。こういう時はとても年相応だ。

「撫子さま、たのしそう。いいお写真」

写真を褒められて竜胆も嬉しそうにする。

「ひなぎくさま、わたくし、あとで遊園地のお土産をおわたししたいです。とっても可愛いものをえらびました。あのね、おそろいのきーほるだーなんです……」

「うれしい、です。ぜったい、つけます。雛菊も、撫子さまにお土産あります。ね、さくら」

「はい、お部屋にあるので後でお渡ししましょう」

和やかな雰囲気で歓談は続いていく。

「雛菊様、お飲み物どうされますか。オレンジジュースがありますよ」

「さくらは、なあに？」

「私はお茶にします。ここのオレンジジュース、特別なもののようですよ」

「ではおれんじ、じゅーす、お願い、します」

「はい、承りました。撫子様はどうされますか？」

「わたくしは……うーん、ちょっとおまちになってください。どうしよう……」

「ゆっくり選んでくださいね。藤堂さんと霜月さんもお茶にしますか？　それともアイス珈琲にしましょうか。ここのオリジナルブレンドだそうですよ」

「撫子、何と迷ってらっしゃってますか？」

「りんどう……桃のじゅーすと梨のじゅーすでまよってるの……」

「では二つ頼みましょうか」

「ううん、のこしたらいけないわ。わたくし桃にします」

「偉いですね。なら俺が梨のジュースを頼みます。俺にはきっと多すぎるので撫子も味見をしてください」

主同士のみならず、護衛同士も見知った顔なのでみなとてもリラックスしている。

まるでほころびが直っていくかのような時間だった。

素敵な時間というのはあとで振り返ると、砂の城に似ている。

築くのにどれほど労力がかかったとしても、壊れるのは一瞬だからだ。

五月三十一日正午過ぎ。春と秋の食事の真っ最中に月燈の携帯端末が鳴った。

最初、月燈はその着信を取ることが出来なかった。

「あら……」

部下に通路周りの警備を指示しているところだった。

指示が終わってから携帯端末を取り出して画面を見る。

着信名は『慧剣くん』と表示されていた。

——慧剣くんだ。

普段の連絡はメールがほとんどなので、電話はよほどの緊急事態と思われる。

——どうしたんだろう。

月燈と慧剣の仲は、一言で説明がしにくいものだった。

まとまった休みがある時は竜宮に行くので、その時は輝矢共々交流する。

最初はぎこちなく話すだけだったが、段々と互いに打ち解けてきて、慧剣に乞われて護身術の稽古をつけるようにもなってきた。守り人として成長したい慧剣にとって、国家治安機構のエースオブエースの存在は心強い。

月燈も意欲がある若者は大歓迎なので、いくらでも稽古に付き合ってやった。

そうして、現在は慧剣が玩具の海賊の剣をあげようとお土産を検討するくらいには親しい関係を築いている。年の離れた友人のような、師弟のような二人。

だが、かつては追う者と追われる者だった。

暗狼事件が解決したのち、月燈は自分が彼へ怒りを抱いたことをとても後悔していた。

真相を知ってしまえば、月燈にも彼を狂わせた原因があったからだ。

慧剣は輝矢を守らんと奔走したあげく巫覡の大人達に騙され、いわゆる心の病院に強制入院。

主に会いたくて一人で脱走。その果てに輝矢が月燈や警護部隊と談笑しているのを見た。

そして、勘違いをする。

『輝矢様はもう新しい守り人を選んでしまったのだ』と。

だから狼になりましたと聞かされた時には、月燈はしばらく何も考えられなくなるぐらいには茫然自失となった。

慧剣への申し訳なさで大好きな食事が遠のいたほどだ。

頼る大人もおらず、必死に追っ手から逃げ回り、その光景を目撃した男の子。

神の下僕とはいえ、まだ十代の子どもがどれだけ傷ついたかは想像に難くない。国民を守る為に存在している自分が、どうしてもう少し彼に寄り添う想像力を持てなかったのかと後々激しく自身を責めた。故に、事件後は月燈のほうから積極的に慧剣に関わるようになった。

傷つけた分、守りたいと思ったのだ。その慧剣から電話がかかってきた。

——これは、きっと何か起きてる。

任務中ではあったが、月燈はほとんど反射的に電話を返した。

「もしもし？　慧剣くん、どうしましたか？　電話なんて珍しい。何かありましたか？　ごめんなさい。いま仕事中ですぐ電話が取れなくて……」

『月燈さん、助けてください』

ここでようやく月燈と慧剣の時系列がつながる。

月燈は『助けて』という言葉に一瞬戸惑った。

——一体何が。

だが、困惑はすぐに消えた。妙に切羽詰まった慧剣の声から、これは事件だと判断して仕事の顔になった。

「何がありましたか。出来るだけ端的に、結論から教えてください」

月燈の変化を慧剣も感じたのか、精一杯報告の体で話す。

『輝矢様が賊に攫われたかもしれません！　いま、いま、竜宮ユートピアっていう場所にいるんですけど、姿を消して、連絡も取れなくなったんです！』

——輝矢様が？

想定より最悪な事件報告が来て、月燈は全身に緊張が走る。

「携帯端末に連絡は⁉」

『携帯は駐車場に落ちてました！　いまおれが持ってます！』

連絡が繋がらない。携帯端末は持っていない。

ただそれだけなら不慮の事故だが。

『絶対におかしいんです！　園内のパレードを見る予定だったのにおれに何も言わず外に行くなんて……！　それに、輝矢様の車は残ってるんですよ！』

輝矢の人柄を考えて、未成年の慧剣を置いてどこかに行くことはありえない。

——確実に何かトラブルに巻き込まれてる。

月燈は一瞬目眩がしそうになった。輝矢は月燈にとって尊敬すべき現人神。

——輝矢様。

そして恋心を捧げている相手でもあるのだ。

その人が攫われたと言われて、正気でいられるわけがない。

「……了解です。慧剣くん」

正気でいられるわけがないが、ここで感傷に浸るわけにもいかなかった。

助けを求めている人がいるのだ。

それも、かつて自分の愚かさで何もしてやれなかった子どもだ。

「このまま絶対に通話を切らないでください」

月燈は国家治安機構に入った時に、国民の為、国家の為、国防に努めると宣誓をした。

いまやるべきことは『恋』ではない。

「あなたを現地の国家治安機構にまず保護させます。それから連携して輝矢様の捜索を行ってもらいます。いま、慧剣くんは安全な場所にいますか？」

やるべきことは『仕事』だ。

特殊部隊の部隊長にまで選ばれた女の腕の見せ所だった。

『周囲に人はいません。竜宮ユートピアの外に出てしまいました……』

携帯端末越しに聞こえる音は風や草木の音しかしない。恐らく、慧剣は人があまりいない場所で電話をかけているのだろうと月燈は見当をつける。

「慧剣くん、では戻って竜宮ユートピアのスタッフに保護を求めてください」

『え、戻るんですか？』

慧剣は驚いた声を上げた。

「はい。今すぐに国家治安機構から入電させます。慧剣くんの保護が竜宮ユートピア側に要請されますから待機しててください」

『でも！　輝矢様を探さないと！』

「もちろんです」

『じゃ、じゃあ……！』

『大丈夫。考えがあるので聞いてください。慧剣くんには園内の監視カメラなどを国家治安機構の機構員と共に見てもらいたいんです。輝矢様がまだ園内にいる可能性はありませんか？』

月燈の意図が伝わったのか、慧剣は困惑を引っ込める。

『……無い、とは言い切れないです……』

「もしいなかったとしても駐車場に携帯端末が落ちていることから、輝矢様が何者かの車に乗せられた場合、行き先の方向がわかるかもしれません。まず、その可能性を探りましょう」

『そうですね……。そうか、まずそれが先ですね』

慧剣が鼻をすする音が聞こえる。彼が泣いている様子なのは、声を聞いていてすぐわかることだった。月燈はすぐに慧剣の元へ駆けつけられないもどかしさに胸が苦しくなる。

「すぐそちらに行ってあげたいのですが、わたしも帝州で任務中なので……でも最大限援護をします。信じてください」

『はい……。ああ、もう……全部おれの勘違いならいいのに。月燈さん、もしおれの勘違いだった場合、大事になりませんか？　月燈さんが何か責任を取らされるとかはないですか？』

「輝矢様と数分でも連絡が取れず、携帯端末を本人が所持していないという時点でとっくに大事ですよ。あなたがお仕えしている方はこの国の夜なのです」

慧剣はほっと息を呑み、言葉に窮してしまう。

「そうでなくとも、国民は大切な人が行方不明になったと思ったら国家治安機構を呼んでいいんです。慧剣くんの判断は何も間違っていません。我々、国家治安機構はあなた達を守る為に存在しています。よくぞわたしに連絡してくれました」

『……はいっ』

安心させるように言う月燈の言葉に、慧剣が嗚咽を漏らす。

『……月燈さんしか、思い浮かびませんでした……』

「ありがとうございます。それにですね、何か問題が起きたとしても責任なんてものは大人が取るものです。慧剣くんが気にすることではありません。慧剣くんが電話したのはいまのところわたしだけですか？」

『はい、月燈さんにだけです……。まだ巫覡の一族にも連絡してません』

「では巫覡の一族への連絡もこちらが行います。大変申し訳ありませんが、彼らが慧剣くんにした仕打ちを考えてあまり信用出来ません」

『それはおれも同じ気持ちです……』

「輝矢様も、離れてしまった慧剣くんが安全な場所にいるか、きっと気にされているはずです。まずはわたしのほうで君の安全を確保したい。それでいいですか？」

『はい。月燈さん……何から何までごめんなさい』

「慧剣くん、謝らないで。何度も言いますが、慧剣くんはいま最善の選択をちゃんとしてくれています。あとはわたしの仕事です。少し待っててくださいね。電話を切っちゃ駄目ですよ」

慧剣が震える声で『はい』と返事をしたのを聞いてから月燈は携帯端末を操作した。

——位置確認をしなくては。

昨年の夏の事件後、月燈と慧剣は連絡先を交換した。

その上で、月燈は万が一の為にと彼の携帯端末の位置情報を把握出来る許可を本人からもらっていた。輝矢にも同じくお願いして了承を得ている。慧剣が言った通り、場所は竜宮ユートピアを示していることを目視で確認した。

——空港からは遠い。

現地の人間でも行くのが少し骨が折れる場所に竜宮ユートピアはある。

——なら検問を強化すれば引っかかるか？

事件発生からまだそれほど時間が経っていないのなら、輝矢は竜宮にいると考えていい。

万が一賊に拐かされている場合、空港で犯人の動きを捕捉することが出来るかもしれない。

月燈は片手で合図して部下を呼び寄せた。

まだ四季側には共有していない為、極力抑えた声で、だが全員に聞こえるように言う。

「『流星』がロストした。これは訓練ではない。『流星』がロストした。これは訓練ではない！」

びりり、と電撃のような緊張が走る。

輝矢の近接保護官をしていた時に、特殊部隊の中では輝矢の護衛に関する隠語が決められていた。その為、部下達には瞬時に事態が理解出来た。

「巫覡慧剣様の要請により我が隊は一時的に協力態勢に入る。本件はまだどの機関も通っていない依頼だが、わたしが責任を取る。各自命令通りに動け」

すうっと息を吸い込んで、月燈は言い放つ。

「天草、青山、国家治安機構本部に緊急連絡！　二名態勢で情報の集約に努めろ！　後藤、国家治安機構竜宮支部に緊急連絡、捜査協力を依頼、並びに竜宮空港に検問の強化を呼びかけろ！　石田、竜宮ユートピア側に直ちに巫覡慧剣様の保護を依頼！　場所は位置情報を今から共有する！　竜崎、巫覡の本山に連絡、あちらと連携しろ！　赤澤と山上は引き続き廊下で待機！　わたしは代行者様方に事態のご説明をする。以上！」

男達は一斉に返事をする。

「「了解！」」

月燈はぎゅっと痛くなるくらいに自分の拳を握った。

何故、今なのか。どうしてこんな時に。そんな言葉が頭の中に思い浮かぶ。

考えたって仕方がない。

起きた事実を変えることは、この世界に生きる神様だって出来ないのだから。

第三章

烽火連天

(ほうかれんてん)

時と場所は変わって、大和国最北端の大島、エニシ。

五月三十一日。黄昏の射手巫覡輝矢が羽形鎮守衆と名乗る者から接触された頃。

暁の射手の元にも異変は起きていた。

朝を齎す少女神が、とある女学校の応接室にて隔離されていたのだ。

「……」

とは言っても彼女に問題があるわけではなく、あくまで外的要因によりそうした処置を取られていた。

——何でこんなことに。

今代の暁の射手、巫覡花矢は気だるげに髪をかき上げる。輝く黒真珠とも言うべき長髪がさらりと音を立てた。調度品が整えられた一室で、ちょこんと長椅子に腰掛けている様はまるで人形のようだ。新雪の肌も、牡丹の花のような色をした唇も、すべてが品良く輝いている。

——誰に苦情を言えばいいんだ。

不機嫌な朝の神様は応接室の長椅子に座りながら足をぶらぶらとさせて携帯端末を眺めた。

ここに閉じ込められてからどれくらい時間が経ったか確認して、うんざりし、ため息をつく。

本日の花矢は少々可哀想だった。学校に登校してからまだいくばくもたたない内に担任の教師から呼び出され、そして待機するように命じられていた。

理由はこの女学校に男の声で『在校生に花矢という名前の娘はいるか』という問い合わせがあったからだ。

ただそれだけのことで生徒を隔離するのは如何なものか、という声もあるだろうが女学校側は問題を甘く見なかった。

何せ花矢は現人神。そして女学校側は巫覡の一族との密約により花矢を任されている責任がある。速やかに守り人の巫覡弓弦に連絡をし、嫌がる花矢を説得してこの日は念の為早退させることにした。

――こんちくしょう。

他の高校生なら授業を休めることを嬉しがるかもしれないが、花矢は違った。どこにでもいる只人、普通の少女でありたい少女神は学校に通うことが喜びだった。

「……はあ」

ため息ももらしたくなる。クラスメイトへの言い訳を考えて憂鬱にもなっていた。

――みんな驚いた顔していたな。

何も事情を知らない同級生達の視線が忘れられない。ただでさえ学校を休みがち、修学旅行にも行かない花矢は学校内で少々浮いている。

そして教師が血相を変えて呼びに来たのだから、益々謎の人物扱いに拍車がかかりそうだ。

──なんて誤魔化そう。

信憑性を問われない嘘をつかなくてはと、いくつか案を考えたところで応接室の扉が開いた。

「花矢さん、校門前に巫覡の一族の方が来たようです。帰宅の準備は整いましたか」

教師に声をかけられて、花矢は声のほうへ顔を向ける。

「はい、先生。でも早退までしなくてもいいんじゃゃ……」

「いいえ、絶対に警戒して損はありません」

花矢を連れ出した女性教師がハッキリと言う。

「今回のような場合は花矢さんじゃなくてもご家族の方にすぐお知らせして迎えにきてもらうんです。……うちは女学校だからなのか、生徒が変な人に目をつけられやすいんですよ。こういう事も初めてではありません。本当に可哀想だけど、自衛だと思って我慢してください」

「……うう」

下校時を狙って拐かしなどが起きたら大問題だ。警戒するのは学校側の義務だった。

早退する時間はもう少し後でも良かっただろうが、花矢は暁の射手。神事に触りが出てはいけない。

──でも登校してまだ数時間しか経っていないのに。

不満な気持ちが隠しきれない。

「……村田先生、教室にいなくて大丈夫なんですか？　私、一人で玄関までいけますよ。私が巫の射手だからって特別対応してくれなくても……」

花矢は遠慮しつつ言う。村田と呼ばれた女性教師は花矢が現人神であることを把握している教員の一人だった。三十代と思しき清楚な女性だ。

「ちゃんとご家族と引き合わせるまで送り届けないと先生が心配でその後の仕事が手につかなくなるんです。あと、授業は自習にしているから大丈夫ですよ」

他の生徒は授業中ということもあって、校舎内はとても静かだ。二人の足音だけがいやに大きく聞こえる。花矢は少しだけ世界から仲間外れにされている気持ちになる。

「……私、学校もしばらくお休みになってしまうんでしょうか」

声は自然と元気が乏しいものとなった。

村田は花矢が気落ちしているのを見て励ますように言う。

「もう国家治安機構には連絡したたし、明日からは登校と下校の時間に巡回してもらうことになりました。だから、学校側としては来てください、という答えになります」

「でも、巫覡の一族が駄目って言ったら駄目ですよね」

「……うーん」

村田の返答は歯切れが悪い。

「去年お休みしていた分、せっかく先生が色々と面倒みてくださってなんとかなったのに、また欠席日数を増やしたくないです」

村田は少し考えるような顔になってから答える。

「出席日数が足りない分は、こちらでどうにか出来るはずだからそこは心配しないでください。花矢さんの場合は事情が事情ですから、先生も上の人に掛け合います」

「……現人神が行使できる超法規的措置とやらが通りますか？」

「いえ、普通に宿題とか、夏休み中にリモートで補習授業をするとかで補塡をする形になると思います」

花矢は『人生甘くないな』とげっそりとした顔つきになった。

「花矢さん、あまり悲観せずに。先生、花矢さんの進学の為に色々準備を進めていますから、論文の勉強はやめてはいけませんよ」

「はい……」

村田は花矢が普通の女子高生として過ごせるよう苦心してくれている大人の一人だった。

花矢が高校一年生の頃から、守り役として接してくれている。

「こんなに頑張って学校に通っているのに、進学と卒業をさせてあげられなかったら教師の名折れです。絶対になんとかします」

何か大きな国家権力を持つわけでもない。特別な家の出身でもない。だが、こういう善良な人の優しさや努力で花矢の日常は守られていた。

「……先生、ありがとうございます」

宿題は嫌だなと思いつつも、花矢は村田の配慮に感謝した。

やがて二人は校舎玄関までたどり着いた。

「迎えの車はあちらでしょうか……？」

村田が花矢に尋ねる。校門前に車が停車しているのが見えた。青色の車だ。

弓弦が立っている姿も確認出来た。

――弓弦にも悪いことしちゃったな。

数時間前に会っているので久しぶりという気もしない。弓弦は花矢を学校に送り届けて、またすぐ呼び戻された形となる。花矢が気の毒がるのも当然だ。

――これも全部不審電話のせいだ。

花矢は内心大いに不満に思いながらも返す。

「はい、うちの弓弦もいます。先生、ここまでで大丈夫ですよ」

「一応、校門まで一緒に行きますね。先生、迎えの方にご挨拶してから戻ります」

二人は玄関で靴を履き替えて外に出た。

花矢が近づいてくると、弓弦はまっすぐに彼女を瞳で捉えた。

「花矢様」

まるで宝石の名をつぶやくようにそう言う。

弓弦は明らかに花矢を心配している表情だった。

「弓弦、待たせたな」

「いいえ、大丈夫ですか？」

「いまは何も起きてないから大丈夫。弓弦こそ大丈夫か。私を送って、屋敷に着いた時ぐらいに連絡入っただろう。本当に面倒をかけてごめん……。あ、こちらは私の担任の先生だ」

弓弦は綺麗に腰を折って礼をしてみせた。

「村田先生ですね。いつも花矢様がお世話になっております。花矢様の守り人を務めております、巫覡弓弦です」

少し人を遠ざけるような空気を持つ美貌の青年従者に挨拶され、村田は若干気圧される。

「いえいえ、こちらこそいつもお世話になっております。緊急とはいえ、携帯端末にご連絡してご迷惑ではなかったですか？」

弓弦は外向きの笑顔を見せながら言う。

「とんでもない。すぐ呼んでいただき助かりました。主の事でしたらいつでもおかけください」

村田も微笑みを返し、それから周囲を見回す。

「守り人さんの車しかないようですが、国家治安機構の護送は……」

「あります。あちらですね一応、遠くから離れてついてきてもらうことになっています」

弓弦が指差した方向には国家治安機構の徽章がついた車が駐車していた。それを見て、村田はやっと安心した顔をする。

「なら大丈夫ですね。あの、守り人さんだけだと不安というわけではないんですよ……。ただ事が事なので……」

「わかっております。先生が主を案じてくださっていることに感謝申し上げます。ところで、すぐ屋敷を出たのであまり詳細を聞けなかったのですが、不審電話の相手は名乗りなどはしていたのでしょうか？」

　これには花矢が答える。

「巫覡の一族じゃなかったらしいぞ。ねえ、先生」

　村田は補足を兼ねて言葉を続けた。

「はい、巫覡の方はみな姓が巫覡さんですよね？　電話の相手は【南雲】と名乗っていたそうです」

「南雲……」

　弓弦は自分の記憶の中に該当人物がいるか考え込む。

「思い出せる限りではそんな知り合いはいません。花矢様は？」

　花矢は首を横に振る。

「知らない。父さんと母さんにも聞いたけど知らないって。ただ、巫覡の一族の可能性はあるから一応調べてもらっている。うちの一族は表では別の名字を使うから。私も学校では巫覡を名乗ってはいないし」

「そうですね……。正直、花矢様に狂信的な熱意を持つ巫覡の一族の者なら、こちらでいくらでも追跡、処理することが出来るので助かるんですが……。嫌なのは、貴方をどこかで見かけて好意を持った不届き者の場合ですね。特定しづらい」

「すごく嫌だ……」

「あとは、最悪な想定ですと……賊ですね。本名を名乗るとは限らないので偽名を名乗って情報を取ろうとしたのなら、ありえなくはない」

花矢は思わず拳をぎゅっと握ってしまう。

「……賊、か」

巫の射手は秘匿されし現人神。賊と対立するという構造があまりないのだが、危害を加えられた歴史がないわけではない。やはり争いの過去はある。

——嫌だな。

表情が曇った花矢を見て、弓弦は続けて言う。

「大丈夫ですよ。おれがお守りします」

「……それが嫌なんだよ」

「嫌とはなんですか」

弓弦は静かに立腹し始めたが、その怒りはすぐ鎮火した。

「お前が傷つくような事態が起きて欲しくないってことだよ」

花矢の本音が、あまりにもまっすぐ彼の胸に飛び込んできたからだ。

「……花矢様」

少し戸惑ってしまうくらいには、まっすぐだった。

「私が一番嫌なことは、お前が私のせいで危険な目に遭うことだ……」

花矢の言葉を茶化す人間はこの場では誰もいなかった。

弓弦は昨年、不知火岳で重傷を負って花矢を心底心配させている。

村田は村田で、花矢が弓弦の負傷事件で学校を休まざるを得なくなった為、その分の補習を行ってくれていた。

進学に対するあらゆる便宜を図ろうとしているのも、こうした事情を知っているからだ。

花矢の小さな世界の中では、本当に大きな出来事だった。

「賊ではなく不届き者だったらいいな。それならお前、勝てるだろう。ねえ、そう祈ろう」

「……おれは貴方をつけ狙う者はすべて嫌ですが」

弓弦は少し照れた口調で返す。村田は花矢を励ますように言う。

「花矢さん、ただの悪戯の可能性だってあるんですから今はあまり深く考えすぎないようにしましょう。御心が乱れると神事にも影響があると聞きましたよ」

「そうだった……深呼吸します」

花矢は胸に手を当てて深く呼吸を繰り返す。

「学校のほうでも電話をした相手を引き続き警戒します。本当に……ろくでもないことをする人にはその報いを受けて欲しいものですね」

村田は悪態ともとれる態度を見せてからさっと表情を変えて尋ねた。

「私のほうであと出来ることはあるでしょうか」

村田の問いかけに、弓弦が答える。

「いいえ、十分していただきました。先生も授業があるでしょうしどうかお戻りください」

村田はちらりと花矢を見る。

「……花矢さん、大丈夫？」

「大丈夫です」

「わかりました。では花矢さんがもしお休みをされる場合はご連絡いただければ……」

「はい。先生、本当にありがとうございます。主のことはお任せください。ほら、花矢様」

弓弦は再び深く腰を折り、礼をする。そして花矢にも礼をするよう促す。

「先生、さようなら。ありがとうございました……」

花矢は頭を下げてから、村田が校舎に戻っていくのを見送った。それから二人は弓弦の車に乗り込んだ。

「弓弦、私、今日は助手席な」

いつもなら花矢は後部座席に座るのだが、問答無用で助手席に入ってきた。

「珍しいですね」

「今日は後ろに座るのやだ」

弓弦は花矢の思考がすぐ読めた。後部座席だと弓弦との距離が遠いので不安に感じたのだろう。普段の登下校ならだらりとくつろげる広い席を選ぶが、いまはもっとも信頼している人と少しでも距離を縮めていたいのだ。

「良いですけど……しっかりシートベルトしてくださいね」

「うん。ほらちゃんとした」

シートベルトをしっかりしたところを見せる花矢に、弓弦は苦笑する。

弓弦は『安全運転で行きます』と言ってからゆっくりと車を発進させた。


花矢が通っている高校は【天川】と呼ばれる土地に存在した。

広大なエニシの中では珍しく各都市へのアクセスが整備されており、多くの企業の物流拠点ともなっている。街自体に目玉の観光地があるわけではないが、少し足を伸ばせば各地の観光地へ行けるという点も魅力の一つだ。天川出身の芸術家や著名人も多く、文化的な活動にも精力的な面がある。大都会ではないが、住みやすく愛されている街と言える。

そして、花矢と弓弦の居住地は天川ではなく【不知火】と呼ばれる場所だった。

天川から車で約一時間半の距離にある。

不知火に近づけば近づくほど、人家は減り牧歌的な風景になっていった。

花矢も最初こそ緊張していたが、何も起こらない時間が続くと段々と平静を取り戻した。

—冷静に考えると、こんな田舎まで不審者がついてくるわけないんだよな。

変な電話があったが、ひとまず今日はおかしな接触などなさそうだと安堵していく。

—しばらくこういう生活が続くのかな。

不自由になることは確定事項だ。

—あまり外出もさせてもらえないのだろうか。

ちょっとした買い物さえ、控えなくてはならなくなるかもしれない。

そう思ったところで、花矢は『あっ』と声を上げた。

「花矢様？」

弓弦が怪訝そうに言う。

花矢は後ろから国家治安機構の車がついてきているのを確認してから弓弦に声をかけた。

「なあ弓弦、コンビニ寄りたいって言ったら怒るか……？　国家治安機構の人も怒るかな。すぐ済む用事なんだけど」

「おれが後で買いに行くのでは駄目なんですか？」

「……駄目じゃないけど、本当にすぐ済む用事だからぱぱっと行けないかなと思って。どうしても自分で見つけて買いたいものがあったんだ」

「……」

弓弦は『こんな時に？』というまなざしで花矢を見る。

「……わ、わかったよ。そんな目で見るな。すぐお屋敷に帰ったほうがいいよな。やっぱ諦める……」

花矢はすごすごと諦め、主張を引っ込めた。昨年春あたりの花矢ならもっと文句を言っただろうが、いまの花矢は弓弦が自分にどれだけ献身的か嫌というほど理解している。

故に、主を第一に考えてくれている従者を困らせてまでコンビニエンスストアに行きたいとは言えなかった。

「……」

殊勝な姿を見ると、弓弦も可哀想に思ってしまう。

——それくらいは連れて行ってさしあげるべきなんだろうな。

今日は花矢にとって散々な日だった。

他の女子高生と違って、花矢は朝に起床していない。

彼女の一日はというと、学校から帰宅してすぐ睡眠。夜に起床して真夜中に神事を行う為に山登り、神事を終わらせてからは学校へ登校。といった流れだ。

そして現在、学校に登校したと思ったらおかしな電話が来て早退させられている。

頑張って神事をした神様に、あんまりな仕打ちだ。

おまけに、これから数日間は巫覡の一族の命により自宅待機させられるかもしれない。

そうすると彼女は学友との時間が奪われ、授業にもついていけなくなり、本当にお役目をする為だけの毎日になってしまう。

それが、何処の誰ともわからぬ不審者からの電話一本のせいで起きた。

——主のささやかな願いくらい叶えてやりたい。

弓弦は釘を刺すような雰囲気を醸し出しながら言う。

「花矢様……一応、帰り道にどこか寄る場合の許可は国家治安機構の方からもらってますから大丈夫ではあるんですが」

花矢がぴくりと反応する。希望を持った瞳で弓弦を見る。

「でも、おれが心配なんです」

弓弦は短い言葉に、強く感情を込めて言う。

「わかってる」

花矢もしっかりとその気持ちを受け止める。

受け止めたが、顔には『それで？』と続きを促す様子がありありと描かれている。まるでご褒美をもらう前の子猫のようだ。主の待ちの姿勢を見て弓弦は根負けした。

「お連れしますが……御身はいま安全なところへ移送されている最中だとわかってくださいね。……すぐ、済む用事なんですよね？」

「うんっ」

「お外に出たらおれの言うことを聞いて行動してくださいますね」

「する」

「わかりました。じゃあ向かいましょう」

「やった！」

惚れた娘には敵わない。弓弦は目的地に向けて進路を取った。

しばらく走らせていると、道路沿いにコンビニエンスストアがあるのが目に入った。

弓弦と花矢にとっては通学コースなので花矢が『コンビニに行きたい』と言った時は大抵ここに行く。車から降りると二人はすぐ店内に入った。

「売っているかなぁ……」

花矢は探し物があるのか弓弦を置いて店の中を歩き回る。

「花矢様、何を探しているか教えてください。闇雲に探しても時間が……」

「ごめん。あのな、スイーツコーナーにあるはずなんだ。マグカップの……。あった！」

花矢は陳列棚に手を伸ばす。弓弦はかがんで花矢が手に取った物を見た。

それは可愛らしいマグカップの中に個包装のチョコレートが入っている商品だった。

どちらかと言えば、チョコレートよりもマグカップが主役の商品のようだ。

チョコレートをよけてしまえば通常通り食器として使用出来る。

「……ああ、また怪盗王子シマエナガですか」

弓弦は思わず呆れた声が出る。彼の目線の先には、怪盗王子シマエナガの愛らしいイラストが見えていた。

――最近はすっかりこの作品にご執心だな。

「花矢様は本当にそれがお好きですね……」

弓弦自身は怪盗王子シマエナガにまったく興味がなかった。

「なんだよ『また』って。あのな、これ各店限定なんだぞ。貴重なものなんだ」

花矢は弓弦にマグカップをずいと近づける。

「貴重って……。これ、前も買われていませんでしたか」

「それは主人公のイコロのやつだろ。こっちは従者のレラのマグカップだよ。全く違うだろ。イコロがシマエナガ。怪盗らしくマントを羽織っている。そしてレラはエニシ固有の鹿であるエニシ鹿がモチーフ。これはレラ」

どうやら種族の違う主従がメインキャラクターということらしい。とても愛らしいが、やはり弓弦の趣味ではなかった。そもそも普段からキャラクターデザインの物を身につけない。

「マグカップ、家にそんなに要らないでしょう」

従者が渋っているのがわかったのか、花矢の声は少し小さくなった。

「弓弦、そんなにこれ嫌なのか？」

「嫌ではありません。コンビニに寄りたい理由がこれであることには驚きましたが……」

花矢は気まずそうに口ごもる。

「だって……すぐ売れちゃうから」

「どうせ買うなら地元の陶芸家のものなどにしませんか。素敵なものがたくさんありますよ」

「それじゃ意味ないんだよ……」

「何で意味がないんですか」

花矢は段々とふてくされた態度になった。唇をつんと尖らせて言う。

「私がイコロ、弓弦がレラのマグカップで一緒に使いたかったんだ」

弓弦は虚を衝かれる。

「え」

　思ってもいなかったことを言われた。

「そしたら、一緒に珈琲を飲む時に楽しいと思ったんだ……」

「……」

「でもお前が言うように、どうせお金を落とすなら地域に還元をすべきなのかもな……」

「か、花矢様。じゃあこの鹿はおれ専用なんですか」

「この鹿って言うなよ。レラだ」

「レラのマグカップはおれの為に探していたと？」

「うん。そうだよ……」

弓弦は自分の心に花が咲いたのを感じた。一気に歓喜に包まれる。従者の気持ちの変化に気づかぬ花矢は、名残惜しそうにレラのマグカップを陳列棚に戻そうとする。

「でも、お前が嫌なら諦める。これは他の有志に譲ろう。人気だからすぐ売れるだろう……。ごめんな弓弦。他に買う物はないから帰ろう」

「花矢様っ」

弓弦は慌てて腕を摑んで引き止めた。今度は花矢が驚く。

「わ、何だ。落としちゃうだろ！」

「……」

「もう、何なんだよ、弓弦」

弓弦は少しくぐもった声で言う。

「……別に、使ってもいいですよ」

思わぬ返事に、花矢は『は？』と聞き返した。

「別に、使ってもいいと言ったんです。そのマグカップ……」

二人の間に、妙な沈黙が流れた。

「え、いいよ。無理強いしたくないし……」

花矢は冷静にそう返したが、弓弦は受け入れない。

「いいえ。おれ達は主従なんですし、仰る通り花矢様がイコロ、おれがレラのマグカップを使用すべきでしょう。非常に親和性があります」

「さっき嫌がってたのに」

「嫌がってません。御身の意図がわからなかっただけです」

　言われて、花矢は弓弦をじっと見る。

「じっと見ないでください。どういう感情ですか、その視線は」

「急に考えが変わったなと思って……」

「そんなことはありません」

「お前、偶に気まぐれ屋さんな時あるよな……」

「失礼な。おれは気まぐれ屋さんではありません」

――嘘つき弓弦。

　行動に矛盾がありすぎると花矢は思ったが、この好機を逃すべきではないと畳み掛けた。

「……じゃあ、とりあえず買ってもいいんだな？　いいよな？　一緒に使ってくれるんだろ？　買うだけ買って食器棚の中にしまい込むのは嫌だよ」

「買いましょう。美味しい珈琲を淹れてさしあげます」

　弓弦は強く返事をしてから、花矢から手を放しそっとマグカップを受け取る。とても大事そうな持ち方をしている。先程までは買うことを渋っていた代物なのに。

花矢はあまり腑に落ちない様子だったが、段々と嬉しくなってきたのか弓弦に笑いかける。

「なあ、弓弦。この作品を嫌いじゃないなら、今週末、隣町の山鈴でやる催し物を一緒に観に行かないか？」

「山鈴で……？　何かあるんですか」

山鈴とは不知火から車で三十分ほどの距離にある小さな町だ。

「お祭りがあるんだ。町興しの一環でイコロとレラの着ぐるみショーも来るんだって。地元密着の神として私も応援すべきでは？　行こうよ。屋台も出るんだって！」

花矢は自分が好きなものについて語れるのが嬉しくてわくわくと心が躍った。

「花矢様……」

「ねえ、行こう。一緒にお祭り行きたいよ。着ぐるみも見たい」

「いえ、その気持ちは俺にもあるんですが……」

弓弦は困ったように眉を下げて返した。

「その頃に外出許可が出ていたら行きましょう。お忘れかもしれませんが、御身はいま不審者に狙われているお立場ですから」

無慈悲な現実を突きつけられて花矢は肩を落とす。熱に浮かされすっかり忘れていた。

――そうだった。

ついつい、いつもの帰り道のような気になっていたが、花矢は早退をしている身の上なのだ。

「お祭り……」

「行けたら行きましょう」

「それは、ほぼ行けない時の台詞……」

「問題なさそうなら連れていきますから。会計してきます。他に買い物はないですね」

弓弦は『ここで待っていてください』と言ってからレジ前の列に並んだ。

花矢は花矢で、人の邪魔にならないよう、レジから少し離れた場所へ移動する。移動しながら花矢は思う。

――あの電話が本当にただの不届き者からなら。

それまでは面倒な気持ちと怖い気持ち、その二つが強かったのだが、ここにきて怒りが増してきた。

――そいつ、ぶっ飛ばすべきでは。

なぜ見知らぬ者からの不審な電話で自分の行動が制限されなくてはならないのだろう、という疑問が生まれる。

本当はもっと前から生まれても良かったのだが、なまじ運命に翻弄されるのが当たり前の人生を生きているので、なんだかんだと受け入れてしまっていた。

――きっと電話をかけた者は自分が悪いとは少しも思ってないに違いない。

花矢は口を尖らせて、誰にでもなく静かに遺憾の意を表明する。

そうこうしていると店内がにわかに混雑してきた。入り口付近にいたのがまずかったのか、ガヤガヤと喋りながら店に入ってきた者達と危うくぶつかりそうになる。

「わっ」

花矢は驚きで声を上げる。

その様子が大げさだと思われたのか、相手のほうが前方不注意だったというのに舌打ちをされた。それもわざとこちらに聞こえるように。

見ると、相手はガラの悪い若者達だった。どこかの高校の制服を着ている。

彼らもまだ学校に行っている時間のはずなので、さぼって遊んでいるようだ。

花矢はムッとしたが、怖くなってすぐに店外へ逃げた。

――ふ、不良だ。

品行方正が基本精神のお嬢様学校に通う花矢にはあまり馴染みのない存在だった。恐る恐る振り返ると、若者達は追いかけてはこなかった。

「……ふう」

相手は気分を害したかもしれないが、因縁をつけられる前に逃げるが勝ちだ。問題は弓弦がまだ会計の途中だというのに一人で動いてしまったということだった。

怖さが頭を支配して、そうしてはいけないということを忘れていた。

すっかりいつものように行動している花矢は外の景色を見て目を細める。

店外は眩しい光に溢れていた。

——混んでるな。

店の前の駐車場は満杯だった。

道路沿いということで、このコンビニエンスストアは長距離ドライバー達がよく利用する。曜日関係なく頻繁に人の出入りがあるのだ。働く社会人達に心の中で敬礼しながら花矢はきょろきょろと辺りを見回す。

——車どこだっけ。

弓弦の青い車は一番端の駐車スペースに置かれていた。近寄るが、弓弦が鍵を持っているので中に入れないことに気づく。しばらく待機していると、後ろから声をかけられた。

「あの、失礼ですが」

花矢は声のほうへ振り向いた。二十代後半ぐらいの年齢に見えるスーツ姿の男が立っていた。

「あ……」

花矢はまた人の進行方向を邪魔してしまったとその時思った。前述の通り駐車場は満杯。花矢達の隣には男の車と思しき赤い車両があった。こういう時、通路は譲り合いになる。

「すぐどきます」

せっかちな人が早くどけろと言っているのだろうと、そう思ったのだ。

「いいえ、違います」

だが、男は違うと言う。次に放たれた言葉で、花矢(かや)は驚愕(きょうがく)した。

「射手様……ですね？」

しばしの思考停止。部外者、それもまったく知らない人物から自分の正体を口にされたことに衝撃を受ける。

嫌な予感がした。

「ようやくお会い出来た。この私が来たからにはもうご安心ください」

そういう男の笑みは酷(ひど)く不気味だ。

花矢(かや)はすぐに弓弦(ゆづる)を探した。

――弓弦(ゆづる)。

ちらりとコンビニエンスストアの方を見る。まだ弓弦(ゆづる)が出てくる気配はない。客が多かったのでレジが混んで時間がかかっているのだろう。

では国家治安機構(こっかちあんきこう)の者はと更に視線を右往左往させると、幸いなことに近くに停車してこちらを見守ってくれていたようで、花矢(かや)の身に起こった異変にすぐに気づいてくれた。

花矢(かや)は目線でアイコンタクトを取る。見知らぬ男に話しかけられて怖い、という心情をなるべく含ませた。後は駆けつけてくれるまで大人しくするしかない。

花矢(かや)はなるべく低い声で返した。

「私が誰かわかっているならまず名を名乗れ」

「え……」

男は一瞬呆けた後、顔を赤くする。

「あ、ああ！　すみません。お会い出来た高揚感で名乗りを忘れていました。お恥ずかしい。私は帝州北部の【葵野】からやって参りました。【葵野鎮守衆】の南雲と申します」

「……お前が！」

「はい、私が南雲です」

南雲は悪びれもなく笑顔を見せた。不審電話を学校にかけておいて、何故、そんな朗らかに挨拶が出来るのか。

「射手様にお会い出来て興奮のあまり名乗りすら出来ていませんでした。お許しください。エニシには初めて来たのですが、こちらはやはりまだ寒さがありますね。葵野も雪深い土地ですが、空気感が違います」

南雲は花矢が戸惑っているのにも構わずぺらぺらと喋り続ける。

――この男が電話の。

花矢は困惑し、心臓が嫌な音を立てる。

――私が暁の射手だと知っている。

相手は自分のことをわかって当然という形で話しかけているが、花矢は彼の素性がさっぱりわからなかった。

——葵野？　鎮守衆？

賊なのか、そうではないのかもわからない。

すぐに攻撃してこないことを鑑みると賊ではないように思えるが、穏健派の賊とも限らない。

花矢は鎮守衆という単語すらわからなかった。

何にせよ、警戒を緩めるべきではない。

花矢はじりじりと後ろに下がり、南雲と距離を取った。

「近寄らないでくれ。学校に不審電話をかけたな」

「不審電話……？」

南雲ははて、ととぼけた顔をする。

「ああ、御身をお助けする為に本当に在籍されてるか確認しただけなのですが、そう捉えられてしまったのですね……すみません、配慮が至らず。しかしこうでもしないと身元を特定出来ませんでしたので」

「特定……？」

「はい。そうしないとお傍に馳せ参じることも出来ませんし」

花矢はぞくりと肌が粟立つのを感じた。

益々距離を取ろうとするが、そうすると南雲が近づいてくる。逃げ場がない。

「やだ、来ないで」

「花矢様……」

湿度の高い名前の呼び方に、花矢は恐怖で身が縮こまる。それでも叫んだ。

「くるなよっ！」

「花矢様、そんな……大丈夫です。私は敵ではありません」

南雲の声は優しいのだが、表情が不気味で怖い。というか、どうも目の焦点が合っていないように見えた。花矢はほとんど悲鳴に近い声が出る。

「くるなって！」

そこでようやく国家治安機構の男性機構員が間に入ってくれた。

「ちょっと君！　その方から離れなさい！」

男性機構員は流れるように体術を繰り出し、南雲を羽交い締めにする。南雲も大人しく捕まらず抵抗するので、男同士の激しい力のぶつかり合いが間近で繰り広げられる。

ドラマや映画の中だけのものではない。本当の暴力がそこにはあった。

——怖いっ。

片田舎で生きている少女神には要らぬ刺激物だ。花矢の心臓は恐怖で激しく脈打つ。

「花矢様！」

弓弦も店から飛び出してきた。慌てて花矢の腕を引っ張り、自身の後ろに隠した。

「何で勝手に外に出たんですかっ！」

花矢を思うあまり、弓弦の口から怒声が響く。

「ご、ごめん……」

花矢は涙目で謝る。それを見た南雲が、途端に大声を上げた。

「貴様ああああああっ……！」

いきなり激昂し、弓弦に摑みかかろうと大暴れを始めた。

「何だこいつ……！」

「弓弦、危ないっ！」

南雲の手が弓弦の身体を摑もうと空を切る。

「弓弦！　弓弦！」

「大丈夫です！」

弓弦はほとんど花矢を抱きかかえるようにして南雲から距離を取った。何があっても花矢を守らなくてはという思いが、本能的に身体を動かす。

「放せ！　放せ！　天誅だ！　天誅が必要なんだっ！」

一方、南雲は手足をジタバタと動かし、どうにか拘束から逃れようとする。だが男性機構員も負けない。気合で押さえる。

「ふっ……くう……！」

苦しそうな声が機構員の唇から漏れた。普段からこうした荒事に巻き込まれることが多いであろう国家治安機構の人間でも苦労するほどの暴れっぷりを南雲は見せている。

「射手様、守り人様、とにかく先に車で移動してください！」

なんとか南雲を押さえた機構員は早口でそう言う。

「行きなさいっ！　早く！」

躊躇っている二人を、機構員の怒声が追い立てる。弓弦はすぐに車のキーを取り出す。

「射手様！　お待ちください！」

南雲は羽交い締めにされているというのに声高らかに言う。

「葵野鎮守衆が御身をお助けします！　私は、私だけは御身の味方です！」

機構員が慌てて口をふさごうとするが、南雲は止まらない。

「どうか葵野へいらっしゃってくださいっ！　不知火鎮守衆のような不甲斐ない真似はけしていたしません！　御身があるべき場所は葵野です！　お助けします！」

駐車場にいる人々が騒然としだす。

あの男は何をしているんだ、と注目が増していく。秘匿されるべき現人神がこの場にいるのはまずい。弓弦は花矢を素早く車に押し込んだ。

国家治安機構が南雲をその場に留めている間にここから去ってしまわないといけない。

「待てえええええっ！　卑怯者おおお！」

南雲が絶叫する。獣が出すような雄叫びだった。

「卑劣な奴め！　その方を誰だと思っている！」

「……黙れっ！」

機構員が南雲の顔を殴る。南雲の口から、たらりと血が出た。

「この罰当たりめ！　よくもその方を乱暴に扱ったな‼」

だが、尚も南雲は弓弦を口汚く罵る。

—何なんだあいつは！

弓弦は運転席に乗り込み、素早く車を発進させた。

車のサイドミラー越しに南雲が暴れている様子が見える。付き添いで来てくれていた国家治安機構の機構員は一名だった。もしかしたら手に余るかもしれない。

—頼むから彼が無事でありますように。

弓弦は奮闘してくれた機構員の武運を祈った。

走り出してすぐに、車の中で異常な音が鳴っていることに気づく。

弓弦は助手席にいる花矢を見た。彼女も機構員の安否を心配しているのか、放心したまま窓ガラス越しに外を見ている。

「花矢様、シートベルト！　シートベルト」

花矢は言われてハッとした。シートベルトをしていないせいで車から警告音が鳴っていたのだ。慌ててシートベルトを締めた。

コンビニエンスストアから数百メートル離れると、ようやく二人共ほっと息を吐いた。

「弓弦、ごめん……」

花矢は弓弦の顔を窺いながら言う。彼に申し訳なかった。

「……はあ」

弓弦は腹に溜め込んだものを吐き出すようなため息をついた。

主が外で男に絡まれているのを見て、随分と肝を冷やしたはずだ。彼は確かに『ここにいて』と花矢に言っていたのだから。

「……正直、貴方のほっぺたを伸ばしに伸ばして伸ばしまくってやりたいですが……」

花矢はそれを聞いて運転席の弓弦に身を寄せ、素早く頬を差し出した。つねってもいいよ、と無言で言っている。こういうことを素でやるから憎めない。

「……」

優しい従者は主の頬をつねることはしなかった。

「もういいですよ。でも次からは本当に傍を離れないでくださいよ。約束してください」

花矢は頷き、罰として自分で頬をつねった。なるべく力を込めて。

「うん……約束する。ごめんな。見て、ほら。いま自分でつねってる」

「やめてください。肌に傷がつく」

弓弦は花矢が頬をつねる手を片手で摑んで下ろさせた。

「花矢様だけが悪いわけではないです。おれも、まさかこんなに早く不審者が接触してくるとは思いませんでした。油断していたところがあります。お許しください……」

花矢は首を大きく左右に振る。

「弓弦は何も悪くない。私が悪いんだ……」

言い訳はしなかった。少しの無言の後、弓弦がまた話を切り出した。

「先程の男。御身が巫の射手だと知っていたようですが、何か言っていましたか？」

花矢は車の中ではあるが姿勢を正す。

「言ってた。あの男が南雲という人物のようだった」

「あいつが？」

弓弦は不快感をあらわにする。

「うん。あとこうも言ってた。『帝州北部の【葵野】からやって参りました。【葵野鎮守衆】の者です』って。葵野に来てくださいって。私を助けるって。弓弦、言ってる意味わかるか？」

「葵野鎮守衆……」

弓弦は思い当たることがあるのか、ハンドルを回しながら言う。

「どうやら賊ではないようです。鎮守衆は……簡単に言うと霊山を守る方々ですね」

「霊山を？」

「はい。不知火にも不知火鎮守衆がいます。不知火神社の神主さんがその長になられているので、うちからすると地元の神社の方々、ということになります」

不知火神社は不知火岳麓にある由緒正しき神社だ。

四季の代行者も季節顕現の際には立ち寄り、休憩に利用させてもらう。

不知火自体が自然の力の流れる場所、霊脈が豊富な土地ではあるので、そのような環境を守ろうとする組織がいること自体はあまり不思議ではない。

「霊山を守るって具体的に何をするの」

「自然信仰と自然保護、でしょうか」

弓弦は車のサイドミラーで周囲を警戒しながら言う。

「自然信仰と自然保護？」

「はい。大和は山々に囲まれた土地です。古くから、自然と山岳信仰が盛んになりました。山岳信仰とは、山というのは単なる自然の集合体ではなく神が御座す崇高な場所。もしくは神そのものだという考えだと思ってください」

「ああ、それはわかるかも。昔からよく言うよな。山を汚くしたら山神様が怒るぞ、とかって」

「そうです。昔の人々にとっては、山は異界だったのかもしれませんね。海も同じようなことが言えます。人間は大自然の結晶に畏敬の念を持ち、神格を付与し、祀っていた。大和は千万神の概念がありますし、それが浸透しやすい地形の国だったとも言えます。花矢様が言うように、異界に罰当たりなことをしてはいけないという教えは、それこそ宗教観の一つでしょう」

大和という国は説明するにあたって島国という形容がされやすいが、山国でもある。平地の中に山々があるのではなく、山々の中に平地が存在するのだ。

都市などに住んでいる者からすると実感が湧かないかもしれないが、ひと度地方に足を向ければ鬱蒼とした木々の存在に目が吸い込まれるはず。

そして古来より人々は山という存在に山神を、海という存在に海神を見た。

「自然信仰が生まれやすい土壌、かつ、実際現人神という霊山の霊脈を利用する神々もおられる。山を崇め、守る大義名分は十分にあります。霊山を守ることは、最初は個人が始めたことだったかもしれませんが、理念に共感し共に活動する仲間が増えていき、活動地点を決め、やがて集合体に名がつけられた。そういう存在が鎮守衆と思っていただくと良いでしょう」

「じゃあ海には海の鎮守衆がいるの？」

「確か名前は違うはずですが、同じような存在がいるはずですよ」

「何でそんなこと知ってるんだ。誰に習ったの」

素朴な質問に弓弦は苦笑いをする。

「誰って……貴方の元守り人から……」

「蒼糸か！」

「はい。父曰く、鎮守衆の方々とは仲良くせよと」

「まあ、仲良くはしているよな……？　うちと不知火神社の関係って、ご近所付き合いというか……。父さんや母さんも四季の代行者様が季節顕現で立ち寄る時期は掃除の手伝いに行ってるし。あの夏の暗狼事件で四季の代行者様に連絡を取れたのは、不知火神社が連絡を経由してくれたからだろう。今年の春も雛菊様達にご挨拶の橋渡しをしてくれた」

「そうですね……おれ達は不知火神社が何か困った時に手助けに行く。逆に神社の方々もこちらに何かあった時に要望があれば受け入れてくださる。いわば相互扶助の関係です」

弓弦は前方にも見える雄大な山々に視線を向けながら言う。

「ただ、おれ達から見た不知火神社の方々は神職としての部分が多いでしょうから、知らない面はあるのかもしれません。あくまで推測ですが」

「悪い面があるかもしれないと……？」

「……どうでしょう。彼らがする悪事はあまり思いつきませんけどね。山というのは年中何かしら問題が起きます。天災だけでなく、人災もです。無断伐採、不法投棄、密猟……彼らはそうしたことを集団で結束し解決に導きます。我々の生活では目に見えない活動ではありますが、とても大事な活動です。そうしたことをしてくれているのが鎮守衆なんですよ」

「立派な人達じゃないか」

「はい。そして、あちらからすると我々現人神の子孫は自然界の循環をさせる重要な存在です。信仰対象とまでいかなくとも敬意を持ってくれます。つまりおれ達が敵対することはまずありえないんです」

「でも、私を脅かしているぞ。そんな良い人達のはずの団体が」

弓弦も言葉に窮する。花矢に説明しながらも矛盾している部分が否めない。

「そこですよ……だからおれも困っているわけです。あと……あの男が『助ける』と言っていたこと、おれを敵対視していたことが気になります」

「私もそれは思った。意味がわからないよな」

「……本当に。しかし鬼気迫る表情でしたし何か事情があるように思えます。国家治安機構に拘束されたでしょうし、落ち着いたら鎮守衆のこと含め、南雲のことも調べてみましょう」

花矢と弓弦はそこまで話したところで議論することが尽きた。

なんとなく互いにしばらく黙り込む。弓弦は花矢を案じるように『しばらく目を瞑って休んでいていいんですよ』と言った。

沈黙が流れて気まずい仲ではない。花矢は弓弦の言葉に甘えて、少しだけ目を瞑った。

コンビニエンスストアから車で十分ほど飛ばしたところで、不知火の町が見えてきた。

勾配が急な坂道を下りていくと、町並みが目に入る。人通りも多くなり、車の流れも増えてきた。人里に入った安心感というものが生まれる。

「もう着いた……？」

目を休ませていた花矢はぱちりとまぶたを開く。おさなげなその様子に弓弦は微笑む。

「屋敷まではもう少しかかりますが、不知火に入りました。お疲れ様です。ここまで来ればきっともう……」

大丈夫、と弓弦が言いかけたところでサイレンの音が聞こえた。普段ならあまり気にしないが、今日という日は些細なことでも非日常の部分が目に付く。

──何だ？

弓弦は車のミラーで周囲の様子を確認する。他の車におかしな挙動は見当たらない。少し遠くから鳴っているので、まだ何もわからなかった。

「国家治安機構？　それとも消防かな？」

花矢は助手席から首を捻り後ろを確認する。

サイレンの音だけではどこの組織かすぐ判別がつかなかった。しばらく弓弦は運転を、花矢が周囲の警戒を担当していると事態が進展した。

「弓弦、サイレンは国家治安機構の車のようだ」

花矢の言葉に、弓弦は反応する。まだバックミラーから見える範囲に来てはいない。

──護送してくれていた国家治安機構の車では、ないな。

サイレンを鳴らす意味がない。何にせよ、弓弦はいざという時に道を譲れるように速度を緩める。他の車のドライバーも近づいてくるサイレンの音にソワソワした様子だ。

「……弓弦」

ずっと後ろを見ていた花矢の声音が変わった。

「どうしましたか」

「国家治安機構の車とは別に……なんかすごいスピードで走ってくる車がある」

「え？」

「多分、あれを追いかけてるんだ、国家治安機構の車は。しかもあの暴走車、コンビニでうちの車の隣に停めてたのと同じ色の車だと思う。赤くて、派手なやつ」

花矢は急いで前に体を向き直した。

そして真顔のまま言う。

「南雲の車かもしれない」

車内に緊張が走った。一拍遅れて花矢は叫ぶ。

「やばいやばいやばい！　どうする弓弦！」

「スピード上げます！」

弓弦はアクセルを踏む。とは言っても、既に町中に入ってしまっているのでそれほど加速することは出来ない。

不知火はのどかな町だが観光地でもある。地元の民のみならず、町をゆったりと歩いて楽しんでいる人々はそこかしこにいる。弓弦の運転技術が求められていた。

「弓弦、民を轢いては駄目だぞ。絶対に駄目！」

「わかってます！」

弓弦は四苦八苦しながら曲がり角を何度も曲がる。

とにかく相手から姿を隠して逃げ切りたかった。

しかし、弓弦の願いも虚しく、花矢が言っていた赤い車は段々と距離を縮めてきた。弓弦にもバックミラー越しにようやく姿が見える。

——あんな馬力の違うもん乗るな！

弓弦は心の中で叫んだ。どうやら追跡されているのは間違いないようなので、相手は花矢が推測する通り南雲で合っているのだろう。でないと追ってくる理由がない。

南雲は花矢に葵野から来たと言っていた。ならば乗っている車はレンタカーだと思われるが、選んでいる車両は国産車の中でも加速性能が高いことで有名な車だった。

一方、弓弦の車は安全性能に特化した車両だ。花矢を毎日安全に送り迎えする為に、それだけ考えて選んだ。走りに特化はしていない。

花矢達を追う赤い車は狩りを覚えた猟犬のようについてくる。国家治安機構の車は一台、また一台と投入されて増えていくが、この逃走劇を終わらせられる様子はない。

「……くそっ！　何なんだ！」

弓弦が運転に集中していると、携帯端末の着信音が車内に響いた。どちらの携帯端末かわからず、とりあえず弓弦は言う。

「花矢様、俺の携帯端末なら相手は国家治安機構かもしれません、出られますか⁉」

花矢は足元にあった自分の鞄から小さな光の点滅が出ているのを見て返事をする。

「いや、お前のじゃない！　私のだ！」

花矢は慌てて鞄から携帯端末を取り出す。画面を見ようとしたが、同時に弓弦が警告の為に大きな声で言った。

「曲がります！」

「……わっ！」

弓弦の華麗なドライビングテクニックで、後続の車のみならず花矢も翻弄される。

花矢は携帯端末をぎゅっと抱きしめながら車の揺れが収まるのを待つ。

──死んじゃうっ！

心の中では大混乱だ。

「すみません！　花矢様！」

「……だ、大丈夫だ！」

その間も携帯端末は着信音を響かせていた。曲がり角を過ぎるとようやく端末の画面を見ることが叶った。相手は予想した人物の誰にも該当しなかった。

「……え」

そこに表示された文字を見て、花矢は言葉を失う。

「花矢様！　誰でしたか？」

「……」

「花矢様？」

「……やんごとなき御方だ」

花矢はそれだけ言って考える。こんな時に会話をする相手ではなかった。

――でも、出ない選択肢はない。

非常事態であっても出るべき相手だと思った。花矢がそう思うほどの人物とは一体誰なのか。

花矢は躊躇わず応答ボタンを押す。

少ししてから、相手の声はすぐに聞こえた。

『花矢、さま』

砂糖菓子のように甘い声。

『花矢、さま、聞こえて、ますか』

途切れ途切れの特徴的な喋り方。

『春の、代行者』

一生懸命話している姿が目に浮かぶ。

この大和に於いて、花矢と同じく高貴な身分である女性。

『花葉、雛菊です』

今年の春から知り合いになった、春の代行者花葉雛菊からの電話だった。

「雛菊様……！　こちら巫覡花矢です」

今度驚いたのは弓弦だった。『何故、花葉様⁉』と運転しながらつぶやいている。

『いま、大丈夫、ですか』

雛菊の問いかけに、花矢は反射的に答えた。

「大丈夫です。お久しぶりですね……あの、近くでサイレンがうるさいかと思いますがお気になさらずに。どうされましたか？」

まったく大丈夫ではないのだが、まずは彼女の用件を聞かなくてはという意識が働く。

『あ、あの……いま、大変なことになってて、それで、あの、雛菊、花矢さまの携帯端末の番号知ってた、から……雛菊、かける、ことに……』

――四季側でも異変が？

火急の用だと判断し、花矢は問う。

「大変なこととは？　私にお助け出来ることだろうか？　何でも言って欲しい」

「花矢様、おれ達はそんな場合では……！」

弓弦が苦言を呈すが、花矢は『だって雛菊様なんだよ』と言い返す。

――また橋渡し役とかだろうか。

花矢と四季陣営は、互いに苦難に陥った時に助け合いをした過去がある。

この非常事態に電話に出たのもその事が頭の片隅にあったからだった。四季と違って同盟を組んでいるわけではないが、同胞であるのは間違いない。

『……ありがとう、ござい、ます。あの……でも、お助け、お願いしたい、わけではなく……その……ご忠告、なんです』

「忠告？」

『はい、輝矢さま、が』

「輝矢兄さんが何か？」

雛菊は言うのを一瞬躊躇う。だが、何の為に電話をしているのかと奮起したのか、彼女なりになるべく平静を装った声音で言った。

『……行方不明、なん、です』

花矢の呼吸が数秒止まった。

「え……？」

もしかしたら心臓も一瞬止まったかもしれない。

「……え？」

もう一度戸惑いの声を上げてしまう。

花矢は最初、聞き間違えをしたのだと思った。車内はいつもより騒がしい。何せ弓弦が速度を出して走っているし、国家治安機構のサイレンが聞こえる。

だから自分の耳が誤情報を拾ってしまったのだと。

「……雛菊様、もう一度お願いします」

そう思ったのだが、しかし雛菊の唇から漏れる言葉は残酷で、救いがなかった。

『輝矢さま、お姿が見えなく、なった、そうなん、です。でも、でも、みんなで、捜索、しています』

雛菊は心痛が滲む様子で話す。

——うそ。

花矢は嘘だと言いたかったが、雛菊がこんな酷い冗談を披露するとは思えなかった。

——うそって、言って。

そういう人間ではないことくらい一度会えばわかる。花矢を気遣って、なんとか混乱を招かないようにしている雰囲気も伝わってくる。

「……ほん……と、に？　行方不明なんですか……？」

自分で聞いても、あまりにも頼りない声が口から漏れた。

つまり、いま聞かされたことは真実だ。花矢は血の気が引いていくのを感じた。

こんなに顔が青ざめていくのは、弓弦が重傷になった時以来だ。

『……はい、守り人の、慧剣さまが、国家治安機構の、近接保護官、荒神月燈さん、に、ご相談して、本当にさっき、雛菊も、知りました』

「……」

『花矢さま……？』

花矢は二の句がつげないまま押し黙る。

花矢にとって輝矢は射手の先輩であり、慕う存在だった。

——輝矢兄さん。

射手の在り方に一石を投じ、この子の代からはもう少し良くなるようにと声を上げてくれた。

そのおかげで花矢は両親から引き離されず、高校にも通えている。いわば恩人だ。

——賊に拐かされたのか。

互いに囚われの身。聖域がある霊山近くから離れられない。何度も電話したり、画面越しに会話をしたり、手紙のやり取りをしているのに一度も会ったことはない。

だが、輝矢はその会ったことのない男に全幅の信頼を寄せていた。

血縁関係もないのに『兄さん』と呼んでいるのは。

——無事なの？

彼から家族のような無償の愛情をもらってきたからだ。

「た、助けなきゃっ……！　輝矢兄さんの為に私が出来る事は!?」

花矢は気がついたら叫ぶようにそう言っていた。

焦燥感に身を焼かれそうな気持ちになる。

『ま、まだなにも事件が、進展、していなくて』

「相手は賊なんですか？　暁の射手として声明が必要なら出す！」

『それも、わからなくて……。もし、賊なら、犯行声明あると、思いますが、ない、です』

「そんな……」

絶望が花矢の体を支配する。雛菊は励ますように返した。

『とりあえずのお知らせ、なんです。お力お借りする、こと、あれば、すぐご連絡、します。ひとまず、同じ射手の、花矢さまの、安全を確認したく……お電話を……。おそらく、巫覡の、一族の、かたからも、すぐご連絡、入ると思います。雛菊は、たまたま、いま、月燈さんに、警護、してもらっているから、一番に、知ったんです』

情報の最前線が正に自分達だったから、先んじて連絡したということなのだろう。輝矢の失踪だけでも大事件だというのに、その時にちゃんと花矢を思い出して案じてくれたのだ。

他の者に任せてもいいだろうに、わざわざ春の代行者自らかけてくれた。

「……なるほど、ありがとうございます雛菊様」

そこまで言ったところで、花矢ははたと気づいた。

——じゃあこの襲撃は射手を狙ったテロってことなのか？

雛菊が言うように、いまは射手も警戒せよという状況なのだ。

『花矢さま……だから、花矢さまも、気をつけて、欲しくて……』

雛菊がまさにそう言った瞬間、また車が急カーブを曲がった。車のタイヤが道路を焼き尽くしているような音が車内に響く。花矢は重力に負けて窓ガラスに頭をぶつけた。

「花矢様！　ご無事ですか！」

鈍い音がした。弓弦が慌てて声をかける。

「だ、大丈夫！　私のことは気にせず運転に集中してくれ！　逃げ切って！」

それからなんとか手放さずにいた携帯端末にまた話しかける。

「雛菊様、お話し中にごめんなさい……！　とにかく、こちらも続報を待ちます。お手数おかけしますが何か分かり次第ご連絡をいただけますか？」

『花矢さま、いまのは？　だ、だいじょぶ、ですか？　な、にかに、追われて、ますか？』

「いえ、今は窓に頭をぶつけただけです。大丈夫です。追われてません」

『窓に……？　どし、て……？　うそ、いやです……』

「……それは」

――言うべきか？

最初こそ雛菊を気遣って黙っていたが、さすがにここで言わないのはおかしい。

観念して、花矢は自分達の状況を話すことにした。

「ごめんなさい……。その、実は私もいま襲撃されている。知らない男につけ狙われて、車で逃げているんです……」

放たれた台詞は雛菊の思考を空の果てまで飛ばしていった。

数秒の後に、いつも穏やかで優しげな彼女にしては珍しく大きな声を出した。

『ど、どして、それをはやく、言わない、ですか⁉』

「ごめんなさいっ！」

『花矢さま、ぞ、賊の、ひとに？』

「いえ、賊ではないと思うんですが何だか怖い男に追われていて……」

『怖い……おとこの……ひと……』

雛菊の声が震え出す。相当動揺していた。まさか快く電話に出てくれた相手が現在進行形で襲撃されているとは思わないだろう。

『花矢さま、ぜんぜん、大丈夫じゃ、ないです！』

いまにも泣き出しそうな声になってしまった。どうして隠していたの、という感情が込められている。花矢は申し訳なくなってぎゅっと目を瞑った。

「そちらも大変そうだったので……！」

『関係、ない、です！』

「私が大変なのは言わないほうがいいかなと……」

『だめ、です……！　お友達、なのに……！』

「……っ！」

その言葉は、今年初めて雛菊という同性の現人神友達が出来た花矢にはよく効いた。

花矢は気がつけば謝罪で叫んでいた。

「雛菊様……！　私が浅慮だった！　謝罪させてください！　そうですよね！」

『いいえ、いいえ……花矢さま、ごめん、なさい。雛菊、花矢さま、大変なの、知らず……』

「いや、御身は何も悪くない。知らなかったのだから当然です！　私は最低な友達だ！」

雛菊は何か考えているのか、少し間を置いた後に真剣な声で言う。

『花矢さま、雛菊、おたすけ、できないか、考え、ます。お待ち、ください。さくら……！』

電話の向こう側が急に騒がしくなる。どうやら雛菊のいる場には様々な人物が同席しているらしい。何やら大事になってきた気配がする。花矢は生唾を飲み込んだ。

「あの……雛菊様」

『花矢さま！　いまどこに、いますか？　おうちは、不知火、ですよね？』

「あ、はい。今も不知火の町中を車で逃走中です！」

『不知火、だって。車で、逃げてるって！』

雛菊は周囲の者に情報を伝えているようだ。

「弓弦が運転してくれています。あの、ですのでこちらも一旦落ち着いたらまたご連絡を……」

最後の言葉を聞かずに雛菊は言う。

『弓弦さま一緒！　そう、守り人の、弓弦さま……あ、花矢さま、ごめん、なさい。まだ、まだ、待ってて、ください！　お電話、きらないで、ね！』

雛菊のほうでまた護衛官の名を呼んでから携帯端末を床に落とす音が聞こえた。

——どうしよう、さっきのやらかしで雛菊様に嫌われちゃったら。

そんな場合ではないのだが、花矢は胸を痛める。

「花矢様、行方不明って何ですか？」

弓弦が不安げに尋ねてきた。

花矢は弓弦にも動揺を伝染させないよう、極力言葉を選んで言う。

「輝矢兄さんが姿を消したらしい。慧剣君が捜索願いを国家治安機構に出したそうだ。雛菊様はうちにも警戒せよと言いたくて連絡をしてくれた」

弓弦は思わずハンドル操作を間違うところだった。

「もう事件は起きてしまってるんですが！」

弓弦は半ば叫ぶように返す。

「本当、そうだよな！　ごめん！」

「何故貴方が謝るんですっ！　あの男が悪い！」

「……でも、それも私のせいで起きてるから……」

ややあって、また電話口から声が聞こえた。だが、それは雛菊の声ではなかった。

『お電話代わらせていただきました。春の代行者護衛官、姫鷹さくらです。花矢様、状況を確認させてください』

雛菊との初対面の時に春陣営も当然同席していたので、さくらと花矢は既知の仲だった。

「あ、さくら様！　あの、輝矢兄さんの為に私が出来ることは……？」

『花矢様、混乱されているのでしょうが、まずは御身の安全確保が先です！』

さくらが焦った声で言う。これで春主従両方に怒られる結果になってしまった。

花矢はしどろもどろになりながら言う。

「その、すまない。確かに貴女の言う通り混乱している。私はこうした襲撃を受けるのが初めてで……」

『そうですね、ですから……』

「ゆ、弓弦はいま頑張って運転してくれていて、私は迷惑をかけるばかりで、でも私は何も出来なくて」

『花矢様……』

「人様にもこうして迷惑をかけて……」

『いえ、そんなことは』

「……自分が思っているより、かなり駄目なやつなんだと思う……ごめん……」

さくらは花矢の精神状態が思ったより不安定だと気づき、すぐに声を和らげた。

『……大きな声を出して怖がらせました。御身が心配で思わず……。謝るべきは私のほうです。申し訳ありませんでした』

「い、いえ」

『輝矢様のことで御心を乱されているでしょうが、まずはご自身と弓弦様の安全を最優先にお考えください。輝矢様も花矢様まで危険な目に遭うのはお望みにならないはずです。私も、私の主も、いま本当に心配しています』

「……うん」

『急かすように聞いて申し訳ありませんが、いまは不知火のどちらにいらっしゃいますか？』

花矢は車のナビの画面を見て答える。

「不知火の町から出ようとしている。弓弦、これは山鈴の方向か？」

「はい。国家治安機構の車も来てくれているので、どこか袋叩きに出来るところへ誘導しようとしています。おれの能力……ええと、『神聖秘匿』を使ってお縄にすること自体は可能ですから。ただ、さすがにこんな逃走劇をしているのにいきなり町中で停車出来ません。後続車が追突してきて交通事故、なんてことになりかねない」

花矢が弓弦の話している内容を伝えると、さくらから提案があった。

『すみません花矢様、携帯端末をスピーカーに出来ますか』

「あ、はい。えっと……いま変えた！」

『ありがとうございます。少しお待ちを……雛菊様、そのまま電話を繋げていてください。弓弦様、ならば国道三号線に入れますか？　入ってすぐ右側に白樺群生地があります。細い私道が見えるはずです。そこに進んでください。味方がいます。いま、雛菊様が電話をして状況を伝えています。……先方は迎撃が可能と言っています』

「それって……」

花矢は不知火にとある建物があることを思い出した。弓弦のほうを見た。

「弓弦、出来そう？　さくら様がここまで言うのだからそちらに賭けたほうが……」

常に賊を警戒している四季陣営が『迎撃が可能』と言うのであれば、ある程度信頼の担保というものがある。

「どのみち、停まる場所を探していたので構いませんが、相手方にご迷惑がかかるのでは？」

弓弦も手助けしてくれる相手が誰かわかったようだ。

『弓弦様、お気になさらずに。彼らが出来ると言ったら必ず出来ます。四季の威信をかけてお守りしましょう。信じてください』

ここまで言われて断る理由はない。弓弦が迷ったのは数秒だった。

「……では助太刀をお願いいたします」

弓弦は返事をしてからさくらの言う通りに国道三号線と呼ばれる道路に進み、右方向を注視しながら車を走行させた。非常に視認しにくいが、轍のある道が見えてくる。

「あそこだ、弓弦！」

花矢が声を上げる。弓弦は背後を気にしながら急カーブをした。

追跡車がついてこられないことを一瞬願ったが。

「赤い車もついてきてる！」

花矢の一言で希望は崩れ去る。

私道は一見ただの獣道に見えたが、入っていくと、ある程度整備された道だと感じられた。砂利などで舗装されているわけではないのだが、車内の揺れが少ない。

『そのまま進んでください。確認したいのですが、花矢様達が乗ってらっしゃる車と、追跡してくる車の車種や色は言えますか？』

さくらの確認に花矢は答える。

「うちは青い普通の車だ。相手は赤い車。スポーツカーみたいなやつで……すまない、車に興味がなさすぎて車種などはわからない。赤い車の後ろに続いているのはすべて国家治安機構の車だ。攻撃してはならない！」

『了解いたしました。それで十分です』

さくらは短く返事をした後に、別の電話口に同じ内容を伝える。そうこうしている内に道は進入禁止と書かれた看板を通り過ぎた。途中、警備小屋と思しき建物があり、待機していた警備員が前へ進めと大声で指示してきた。指示通り、車は突き進み続ける。

『花矢様、弓弦様、数秒後に迎撃が開始されます。多少、衝撃があると思いますが気にせず走り続けてください』

「気にせずとは……さくら様」

『可能であれば耐ショック体勢を取ってください。攻撃が開始されます！』

それを聞いて弓弦が慌てて片手ハンドルになり、花矢の頭を下に向けさせた。

──耐ショック体勢って何！

花矢は心の中で叫ぶ。周囲は鬱蒼とした木々があるのみ。どこから応援がやってくるのか。

その疑問を花矢が口にする前に、さくらの号令が暁陣営にも聞こえた。


『狼星、やってしまえ』


瞬間、地面が揺らいだ。

体が、車体が、一瞬ふわりと浮く。そして背後から大きな硝子が、いや、何かとてつもなく大きな結晶のようなものが割れた響きがした。

同時に身の毛がよだつような冷気が周囲を包む。

「……っ！」

車体が音を立てて着地した瞬間、花矢は弓弦の手を振りほどいて後ろを振り向く。そして起こった出来事を目の当たりにした。地表から突き出た巨大な氷柱が、赤い車を無惨にも串刺しにして宙に浮かせていた。

花矢からは見えぬ位置ではあったが、後続の国家治安機構の車は衝突を防ぐ為かその場で氷漬けにされ走行を止められている。何ともまあ、天晴な『迎撃』だ。

死者は出ていないだろうが、みな仲良く凍えているはず。

「……寒椿様からの助太刀だったのか」

花矢は驚いた様子のまま言う。

「私、てっきり、冬の護衛陣の方が銃かなんかの武器を持って待ち受けているのかと……」

弓弦もバックミラー越しに外の様子を見て唖然としている。

「おれもそう思っていました。まさかご本人がいらっしゃるとは」

二人共、狼星の攻撃性能の高さに畏敬の念を抱いてしまう。

この不知火という土地には、居を構える現人神が二人いた。

一人が暁の射手である巫覡花矢。もう一人が冬の代行者である寒椿狼星だ。

エニシは冬の代行者のホームであり、冬の里と冬離宮がある。

不知火に建てられているのは冬離宮のほうだった。昨年起きた不知火岳の地すべり事故で、狼星と花矢は少なからず縁が出来ており、何か困ったことがあれば頼ってくれと連絡先と冬離宮の住所も教えてもらっている。

なので、さくらから道を誘導された時点で『冬』が守護に入ってくれるというのはわかっていたことだった。ただそれが、冬の代行者本人だとは思っていなかったのだ。

姿が見えなかったこと。さくらを通じて車種などを確認してきたことから、狼星は道の横に広がる木々の中に隠れ、車が来たのを目視した後に【生命凍結】の権能を使用し攻撃したのだろう。花矢達が気づいていないだけで冬の王の真横を通り過ぎていたのだ。

――何ともお強い力だ。

弓弦は狼星の強さに驚くと同時に羨望を抱いた。

彼が持つ権能、【神聖秘匿】は対象に幻影を見せることが可能だが、多大な集中力を要するので車を運転しているような状態で幻を作るのは非常に難しい。熟練の使い手になれば可能かもしれないが、いまの弓弦ではそれは叶わなかった。

――おれ一人で花矢様をお守り出来なかった。

それが悔しい。口惜しい。辛い。

――守ると言ったのに。

従者が自らを恥じていることなど知らず、花矢は言う。

「国家治安機構の人達大丈夫かな……」

「……」

「弓弦？」

「…………くそが」

「おい、弓弦？　大丈夫か」

「……あ、はい。寒椿様は輝矢様に次ぐ在位年数の現人神です。そこらへんは抜かりないかと」

花矢達が話していると、まだ通話中だった花矢の電話からさくらの声がした。

『国家治安機構の車は地面からタイヤを無理やり氷漬けにして停止させただけだそうなので問題ありません。狼星が術式を解除するまでは寒いでしょうが……。とにかく、御二人共、お疲れ様でした。速度を緩めてゆっくりお進みください。間もなく冬離宮が見えるはずです。出迎えの者が待っていますので、ご安心ください』

「さくら様ありがとう……」

「ありがとうございます、姫鷹様。おかげで助かりました」

『いえいえ、お助け出来て本当に良かったです。一旦お電話切らせていただきますが、こちらで輝矢様の件で進展がわかり次第ご連絡します。最後に、主と代わらせてください』

電話がさくらから雛菊に代わると、雛菊は花矢と弓弦が無事で良かったと何度も言った。

『あのね、ほんとうに、こんなこと、じゃ、なくて……もっと、落ち着いた時に……』

「はい。ぜひまたゆっくりお話しさせてください。不知火に避暑で来てほしいです」

『うん……いき、ます。花矢さま、どうか、ご無事で、いて、ください、ね』

花矢は通話を切った後に、春主従への感謝の念でいっぱいになった。

やがて花矢達はログハウス風の豪邸を目にした。冬離宮の前では黒いスーツを来た者達がずらりと並んでいた。

「花矢様、弓弦様ですね。お待ちしておりました」

恐縮しながら車から降りると、品の良さそうな高齢の男性が代表して発言した。彼は自分を冬離宮の管理人だと名乗った。

管理人と話している最中にも、通り過ぎてきた道から悲鳴が聞こえてくる。

「煩くしてすみません。狼星様と寒月様が不届き者を生け捕りにしているようです」

管理人が苦笑をしつつ言う。花矢と弓弦は社交辞令で苦笑を返しつつも内心ゾッとした。

いま起きている事実というよりかは、それを平然と言う眼の前の彼と、これが代行者の日常であるという事実に恐れおののいた。

「恐らく十五分ほどで戻ってきますので、事後処理はお気になさらずに。既に冬離宮の敷地内。こちらで起きたことはこちらで対処します。離宮内でお休みになってください。主にも最上のおもてなしをするよう言いつけられておりますので、ぜひに」

豪邸の管理人である男は紳士的な様子で言う。

弓弦は花矢のほうを窺うように見る。恐怖の連続だったせいか、若干青ざめている。

——申し訳ないので辞退すべきだが。

しかし何処へ行っていいのかもわからない。国家治安機構か巫覡の一族、そのどちらかから、警護を寄越してもらわねば屋敷に帰ることも、神事に備えることも出来ない。

——おれだけではやはり駄目だ。

無力を悟り悲しくなったが、弓弦の切り替えは早かった。主の為なら矜持を捨てることも辞さない。弓弦は口を開く前に花矢の手をぎゅっと握った。

せめてもの主張で、花矢は自分が守ると示したかった。

「……それではお言葉に甘えてもいいでしょうか。主を休ませたいです。昨年に続き、本当に四季の方々にはご迷惑おかけして申し訳ありません」

そう言って、深々と頭を下げる。二人の距離は元来近いので花矢は特に何も思わず、弓弦の手を握り返し、自身も彼の真似をして頭を下げた。

管理人は二人の様子を見て微笑んでから『もちろんです』と朗らかに言った。あれよあれよと言う間に二人を離宮の中へ案内し、お茶と茶菓子を出してくれた。

花矢と弓弦は電話で巫覡の一族や花矢の両親に現在の状況を伝える。しばらく電話が繋がらなかったので、あちらも肝を冷やしていたようだ。花矢の母である朱里は特に心配していた。

『花矢ちゃん、お母さんもそちらに行ってもいい？』

しきりに冬離宮へ足を運びたがる。

「え、駄目だよ。ここ冬の御方のお屋敷だから……人数増えるとあちらのご迷惑になる……」

『じゃあお外で会うわ。花矢ちゃんと弓弦さんの安全をこの目で見たいの』

「国家治安機構の車で周辺警備されてるんだよ？　身内でもこの中に入ってくるの難しいって。わかった、いま携帯端末をビデオ電話に切り替える。それで安否確認としよう」

『どうして子どもが非常事態なのに会うことが出来ないのっ！　英泉さんも何か言って』

携帯端末の向こう側から、花矢の父、英泉の声が聞こえる。

『花矢、くれぐれも冬の皆様に失礼がないように。あと、一時間ごとにこちらに状況を伝えなさい。今日の神事のことじゃない。お前と弓弦君の無事をだ』

「わかった、父さん」

『お前の行動で弓弦君の行動も決まる。国家治安機構の人達の言うことをよく聞くこと』

「うん」

電話口から『あなた、そうじゃないでしょう！』と朱里が横槍を入れるが、英泉はそのまま冷静に喋り続ける。

『何か事件が発生した場合は、一旦神事のことは忘れて安全なところに退避。このような非常事態では神事の時間が多少前後するくらいお偉方も文句を言わん。とにかく、怪我なく帰宅することを考えなさい。学校には父さん達からひとまず明日は休ませると伝える』

「え、行くよ！」

『駄目だ。状況が読めない。それに、神事を行う為にも心身を整えねば。お前の身体に備わった回復の権能には睡眠と安静が必須だ。諦めなさい』

正論過ぎてぐうの音も出ない。花矢はうなだれる。

『宿題が出たら、父さんが手伝ってやる』

「わかった。ねえ、母さん怒ってる？」

『いじけている。お前が言う通り、冬の代行者様の離宮に何も出来ぬ親が行っても仕方がないのは確かだ。だからこそ定時連絡を入れなさい。それで安心出来るから。こっちはこっちでお前の助けになることをする。ひとまず、お偉方に事態の解明と鎮守衆への調査を求めなくては。母さんの実家の威光を借りるとするよ』

そこで英泉は花矢を労るような声音に切り替えた。

『……花矢、怖かったか？』

花矢は父の不意打ちの優しさに胸が締め付けられる。

「怖かった。でも弓弦がいるから……私は大丈夫」

『そうだな。お前なら大丈夫だ。父さん信じている。花矢、弓弦君にも一度代わってくれ』

花矢も弓弦も、大人達と電話で話せたことで少し落ち着きを取り戻した。

そうこうしている内に、冬離宮の応接室に人がやって来た。

白皙の美青年、冬の代行者寒椿狼星。

サングラスの奥のまなざしが優しい、護衛官の寒月凍蝶。

「御二方、災難だったな」

「花矢様、弓弦様、お久しぶりです。どうぞ座ったままで」

此処に朝と冬が邂逅を果たしたのだった。

冬離宮の主が応接室に来てから、和やかな雰囲気ではあったが、暁主従は緊張していた。

狼星はひと暴れした後だという様子を微塵も見せずにつぶやく。

「……こういうことがあると、天の采配というものを感じてしまうな。まあ、俺達が勝手に感じてるだけで神々は指先一つ動かしてないだろうが」

狼星はそう言ってから茶をすする。応接室は部屋の真ん中に卓があり、それを囲むようにして長椅子が並んでいた。

「狼星、不謹慎なことを言うな」

狼星の真横に腰掛けている凍蝶はすかさず苦言を呈する。

それから卓を挟んで向かい側にいる花矢の顔色を見てから、冬離宮の管理人に空調を調整するように言った。五月末、他の地域では温暖でもエニシではまだ肌寒い時がある。

「だが不幸中の幸いだっただろう。朝一番の飛行機が欠航。そのおかげで暁主従を招くことが出来た」

狼星の言葉に花矢と弓弦が疑問符を浮かべていると、凍蝶が言葉を付け足した。

「本来なら、我々はここにいなかったのです」

「というと……」

花矢の問いかけに、凍蝶は言う。

「四季会議という神事の準備で、朝早く帝州に行くはずでした。しかし、狼星が言うように飛行機が欠航してしまいまして。当日帝州行きの飛行機の空きを探した結果、天川空港の席が空いていた」

「ああ、それで」

エニシの空の玄関と言えばエニシ空港だが、天川にも空港がある。こちらは不知火から車で一時間二十分ほど。花矢の高校の通学と変わらない距離と時間で行ける。

「はい。近くのホテルで部屋を取って待機しても良かったのですが、夜に発つ便だったのであまりにも待ち時間が長く……狼星の警備のことも考え離宮に移動し、休むことにしました」

飛行機が当日キャンセルとなった際にありがちな展開ではある。

確かに不幸中の幸いだ、と花矢は思う。もし振替便がすぐ見つかっていたら、狼星達はわざわざ離宮に戻らず空港で待っていただろう。

「なるほど……お休みのところ申し訳ない。面倒なことをさせてしまった」

「とんでもありません。大和の朝をお守り出来たことを光栄に思えばこそ、面倒に思うはずがない。離宮の管理人も射手様をおもてなし出来ることを喜んでおります。花矢様、お気になさらずに」

花矢は凍蝶の優しい気遣いにお礼の言葉を返す。

「ありがとうございます」

「それで……一応、どういう経緯でこうなったのかお聞きしても？　国家治安機構には事情聴取は花矢様が少し落ち着いてから、と言っておきました。今回の件は口裏合わせなど必要ないでしょうが念の為」

　暁主従はそれぞれ自分達の身に起こった出来事を語った。

「……というわけなんです」

　途中から話の説明は弓弦が主体になっていた。

　鎮守衆などの存在についても余す所なく伝える。輝矢の行方不明と、此度の事件が連動しているかは現時点でわからないが、今日という日に同時に射手に異変が起きたことは事実だ。

「鎮守衆……」

　凍蝶が顎に手をあてて言う。

「我々、四季の血族もそこまで交流がない団体ですね。恐らく、四季庁などの部署によっては年間で色々とやり取りが発生しているでしょうが、現人神周辺ではほぼ無いに等しい」

　狼星も同意する。

「不知火神社の神主とは、季節顕現の際に毎度挨拶させてもらっているが、山のことで何か言われたのは昨年の地すべりの時に安全に関する注意を受けた時くらいだな」

「そういえば……」

　思い返すように弓弦は言う。

「あの地すべりの後は聖域までの登山ルートが新しく変わりましたね。巫覡の一族が検証をしてくれたのかと思っていましたが、よくよく考えたら不知火神社がやってくれたのかもしれません。山のことなら鎮守衆、となるはずなので」

確かに、と花矢も頷いた。

「何にせよ、現状は不明なことが多すぎます。おまけに、おれだけでは選択に迷うことばかりでして……。我ながら不甲斐ないですが大人しく上の判断を待とうと思います。あと、花矢様の警護に関しても見直します。自分の経験不足を思い知らされました」

弓弦が自嘲気味にそう言うと、凍蝶は笑って返した。

「弓弦様、不知火の町をカーチェイス、なんてことは我々もしたことがないよ」

「それはそうでしょうが……寒月様ならもっとうまくやれたのでは」

「無事に不審者をお縄に出来て主を守れた。十分な結果なのに何故そんなことを？　ご自分を褒めればこそ、否定することはありません」

「寒月様……」

狼星も気にするなと口を挟んだ。

「射手様は日々命を狙われておらんのだし、今回のようなことは恐らく初めての事態だろう。戦果としては上々だ。誰も死んでおらん」

中々に返しが重い、と弓弦は思う。

「もし、俺達の手を借りたことが胸中で複雑だったとしたらこう考えるといい。人脈も貴殿の力だ。友軍を持てるということは、手を貸しても良いと思われているからだ。俺とて、大きな事件では人の手を借りることが多いぞ」

春の事件前の狼星が聞いたら自ら驚くような台詞だ。

「上の判断を待つのも、今回に関しては賢明じゃないか？　事が大きくなれば、個人対個人ではなく組織間の対立になるはず。いまは状況が不透明なので下手に動かんほうがいい。先んじて何かして……昨年のように花矢様一人に事の責任が押し付けられたらどうする」

弓弦は狼星の指摘を危惧していたのか、こくりと頷く。

「……はい、おれもそれだけは全力で回避したい所存です」

「なら、貴殿が言う通り、上の方針を一度待ってみたほうがいいだろう。今のところ、聞いた限りでは御二人に過失はない。巫覡の一族のお偉方に口添えが必要なら四季を代表して俺がしよう。弓弦様はどっしりと構えていれば良い」

「はい……」

狼星にしては優しい言葉だった。冬の王は敵に回ると恐ろしいが、味方側だと頼もしい。

花矢も二人の意見にうんうんと首を縦に振る。

「弓弦は私を守ってくれたじゃないか。不甲斐なくなんてないよ」

「花矢様……」

「私こそごめんな。その……みんなと違って迎撃に使える権能とか持ってないから……。私もビームとか撃てたり、ロケットパンチとか出せたらいいのに」

「それは神としてどうなのかと思いますが……。御身がそのような御力を持ってらっしゃらないからおれがいるんですよ」

「うん。いつも頼りにしてるよ……ありがとう、弓弦」

弓弦は冬主従からの労いと花矢からの感謝を受け取って、気持ちが浮上した。

気を取り直して言う。

「そういえば……寒椿様、あの男と何やらやりあっていたようでしたが大丈夫ですか？　おれ達を追ってきていた、不審者の……南雲と言うんですが」

すると、狼星はなんでもないように答える。

「やりあっていたというか……。拘束するのに暴れてぎゃあぎゃあ煩かったから大人しくさせただけだ」

大人しくさせた、という言葉に様々な情報が詰め込まれていそうだが、弓弦はそこは深く問わないことにした。狼星は舌打ちせんばかりに言う。

「あの男、人の話を全く聞かん。というか、変なことを口走っていたぞ。自分は射手様が不知火で不憫な目に遭っていると聞いて行動しただけ。若造に恫喝されている射手様をお救いせねばとその一点張りだ」

「若造……？」

『おれか？』と弓弦が首をひねる。凍蝶が狼星の言葉を受けて意見を言う。

「なんというか……少し、強迫観念気味に見えたというか……現人神教会の熱狂的な信徒に近い反応にも感じました。御二人はどうでしたか？」

「おれも、寒椿様と寒月様と同じ感触を受けました」

「私はそういう信徒の人とは会わないからよくわからない。とにかく知らない男の人に急に声をかけられて、話も通じなくて怖かった……」

花矢が顔をこわばらせる姿を見て、『婦女子は守る』が徹底されている冬主従は揃って労りの言葉をかけた。

「……お可哀想に。本当にご無事で良かったです」

「今日御身が受けた屈辱分くらいはこらしめてやった。業腹だろうが溜飲を下げてくれ」

花矢は、はにかんだ笑顔を返す。それから、考えながらといった様子で言う。

「寒椿様のお話しから察するに……もしかして南雲は私がこの地で迫害されていると思っているのでしょうか？」

狼星はさあ、と肩をすくめた。

「口ぶりはそうだったな。されてるのか？」

「まさか、平和に暮らしていますよ。弓弦はいつだって私の最高の従者です」

ねえ、と花矢は弓弦に同意を求める。弓弦は照れてしまい何も言い返せない。『とにかく』と強引に話題を戻す。

「どうして花矢様が窮地に陥っていると思ったのかは謎のままですが言動から推測するに、何か勘違いをしているのは間違いないでしょうね。……鎮守衆にとって花矢様は敬う立場のはず。そうした団体に所属している個人が、過激な現人神信仰も抱いていたとしたら、行き過ぎた信仰心で花矢様の居所を突き止め、お会いしようとする可能性は無きにしもあらずかと」

その場にいる一同、ふむと情報をしばし咀嚼する。

花矢は考え込んでしまう。南雲がただの現人神信者なのであれば会って握手でもすれば満足したはず。しかし彼は正義感溢れる様子で必死に葵野へ来いと言った。

「南雲はもしかしたら私と同じく被害者で、嘘を吹き込まれたとか……？」

的外れ、と言われてしまうのを覚悟で花矢は発言したが。

「……あり得るかもな」

狼星は否定せずそう返した。凍蝶と弓弦も頷く。

「……じゃあ……もしこの推測が正しい場合、南雲の話を聞いてあげるべきだったのかもしれませんね。怖がったり怒ったりせずに……」

花矢がしゅんと落ち込む様子を見せる。狼星は呆れた。

「何を仰る。それとこれとは別だ」

「そうでしょうか……」

「御身はお人好しだな。もう少し他者への手厳しさを覚えたほうがいい。一旦、事実をきちんと見るべきだ」

狼星は敢えてニュースを読むような口調で言った。

「本日午後、コンビニエンスストア前にて女子高校生が不審者から声をかけられる事件が発生。しつこく声をかける男を国家治安機構が拘束するも隙を見て逃亡。男は速度規制を無視して国道を走行し、逃走劇の末に逮捕されたが、意味不明な供述を繰り返している、と聞いたらどう思う？　御身に起きたことが報道されるならこんな具合だぞ。実際は報道規制が入るが」

「そう言われると、かなりの事案ではあります」

花矢はごくりと生唾を飲み込む。

「だろう。御身は現人神の前にいたいけな女学生だ。不審者が近づいてきて逃げるのは当たり前のこと。信徒だったとしても関係ない。むしろ、信徒であるならば御身の安全を願えばこそ、陳情があっても不審な行動は取らぬはず。今後もそういう輩には容赦しないように。御身が『怖い』と感じた時点で先制攻撃を仕掛けて逃げるくらいでちょうどいい」

狼星はぴしっと言い切った。普段から春主従の警護に神経を尖らせているので、同年代の花矢の危機意識に問題を感じているのだろう。

弓弦は狼星に感謝の念を向けてから花矢に言う。

「寒椿様の言う通りです。貴方はもう少し、警戒心を持ってください。本当に、時々……おれがいないとどうしていたんだろうと心配になることがあります」

実感のある台詞が花矢の耳に痛く刺さる。

「す、すまん……」

凍蝶がすかさずフォローする。

「もちろん、悪いのは花矢様ではなく、花矢様を脅かす者ですよ」

「寒月様……」

花矢は希望を見出したが、次の瞬間には打ち砕かれた。

「ただ、花矢様が思うより、世の中は悪い人が多いので、もう少し疑う心を持ったほうが自衛になるというだけです」

そうだそうだと狼星と弓弦が同意する。男性陣からのお小言で花矢は針のむしろ状態だ。

「防犯ベルを持たせたほうがいいんじゃないか。それか催涙スプレー」

「護身術を習っていただくという手もある。弓弦様さえよければ、冬がご指導させていただくことも可能です」

「よろしいんですか。花矢様というよりかは、おれがぜひ習いたいんですが……。ある程度習いはしているんですが、今回で体術を極めるべきだと実感しまして……」

「それはいい。狼星と弓弦様は年も近いし、よい稽古仲間になることだろう」

「俺は稽古はしたくない」

男性陣だけで盛り上がり、会話の方向がずれていったので、花矢は『あの、そこまでで』と途中で介入して止めた。閑話休題。狼星がまた口を開く。

「あと、信者の暴走以外に考えられるとしたら何かしらの利権が絡んでいる場合だな」

「というと?」

花矢が尋ねると、狼星は回答をパスした。

「凍蝶」

言っておいて従者に説明させるのは冬の王ならではだ。凍蝶は笑ってから言う。

「花矢様がその霊山を日参する山と定めることで、特需が出る場合ですね。現人神の住居は秘密にされていますが、住むとなると周辺に整備が入ります。神の住居が荒れ果てた地では困りますから。もし移住が決まれば公には知らされませんが、その土地の道路なり、信号なり、手が加えられるはずですすよ。新規事業というのは都会では珍しくありませんが、地方では喉から手が出るほど欲しいはず。治安維持にも資金が投入されるでしょうね。たくさんの人と、お金が動く。そうした利益を求めて、招致に動いた……とかでしょうか」

「……お金の話なんですね……」

「花矢様には美しいものだけ見ていていただきたいですが、世の中の問題は大体がお金か怨恨です。お気をつけください」

最年長護衛官の言葉は色々と苦労が滲み出ている。

凍蝶が周りに言っていないだけで、狼星を守って生きてきたこの十数年、彼も様々な利権争いに巻き込まれてきたのだろう。

「じゃあ私や寒椿様が住まう不知火も、実は国から守られているんですか？」

「もちろんです。花矢様が知らぬところで、守りの手はたくさん動いています。と言ってもある程度、ですが。そんなに不思議なことではありません。御身はこの国の朝なのですから。だからこそ、花矢様や、狼星も気軽に引っ越しは出来ません」

凍蝶は考えながら、という様子でつけ加える。

「つらつらと話しましたが、南雲の場合は、本人の動機というよりかは誰に花矢様の情報を聞いたのかということのほうが重要だと個人的には思いますね。住居は知らないようでしたし、高校だけ『あそこではないか』と見当をつけて問い合わせたというのは、なんというか……」

「……アイドルのファンが、噂で聞いたアイドルの実家がやってる飲食店に電話したり、突撃したりする感じっぽいですよね」

花矢は若者らしい回答をする。だが、言っていることはまさに凍蝶が表現したいことだった。

「はい。仰る通りです。不確かな情報を元に、執念で探し当てた。鎮守衆自体が現人神にとっては身内周辺の集団ではありますので、もしどこからか情報が漏れてこのようなことが起きたとしたら、漏らした者には厳重注意だけでなく、何かしらの処罰が必要でしょう」

あらかた話し合いをしたが、結局は現時点で何を言っても想像でしかない。わからないところは一旦棚上げ、ということになった。

狼星は腕を組んで次の議題に移る。

「さて、最後に一番議論すべきことがあるな」

花矢と弓弦は自然と姿勢を正す。

「鎮守衆という存在がなぜ御身に接触してきたのか。何が目的だったのか。この二つに関しては南雲を引き渡した国家治安機構からの回答待ちになる。いま対策が出来る憂慮すべき問題は、射手様方の神事だ」

みんなの視線は花矢に集中した。

「黄昏の射手である巫覡輝矢様が行方不明となった。これは俺も先程聞いた。正直言って、この事件が今日中に解決するかはわからん。となると……」

言葉を区切ってから狼星は言う。

「本日の夜の神事はどうなるという話になる」

みなが口にはしていなかったが、頭の中にはあった大きな課題。

それが、狼星がいま言ったことだった。

「そうですよね……」

花矢は応接室にあった立派なホールクロックを見る。時刻は午後一時になろうとしていた。

本来であれば、輝矢はあと数時間で竜宮岳に登山を開始しなければならない。

「であるならば、私が竜宮岳に行かねばなりません……」

花矢は自分で言って、頭がくらくらしてきた。輝矢がいないということは、夜が来ないということなのだ。それでは大和の民の生活に支障をきたしてしまう。

「ああ。しかも、昨年、輝矢様が一日で竜宮とエニシを移動するという弾丸旅行を成功させてしまっている。御身は同じことを求められるだろう」

おまけにその事例を作り出したのは花矢が発端なので、彼女が逃げる理由はどこにもない。

凍蝶も自身の腕時計を確認しながら言う。

「今からなら予定時刻とはずれるでしょうが、国家治安機構が軍用ヘリを持ち出せば竜宮行きは難しくはないですね……。ただ、花矢様のお体が大変心配です」

竜宮岳で矢を放ち、それからエニシの不知火に戻り、また矢を放つ。

言うは易く行うは難しだ。

花矢は尻込みしてはいたが逃げる気はなかった。輝矢に以前助けてもらったのだから、こういう時に恩返しをしなくてどうする、と心の中で自分を叱咤する。

「……いえ、輝矢兄さんがいないのなら私がやらねば。いま何処かに身を隠されているのなら、きっと今日の神事をどうすればいいか心配しているはずです。代わりの役目は果たします。でも、まだどう動いていいかがわからなくて……なあ、弓弦」

花矢に声をかけられて、弓弦が代わりに説明する。

「実は……先程、巫覡の一族の本山の者に電話した際も同じことを言われたんです。ただ、そもそも事件発覚からまだわずかな時間しか経過していないので花矢様を竜宮まで動かすか、という検討は審議中で決定に至っていないようでした。待ってくれと言われたまま、折り返しは来ていません……」

弓弦の話を受けて冬主従はなるほどと頷く。推測ではあるが、と断った上で凍蝶が言う。

「一番考えられそうなルートは不知火から車で国家治安機構の航空部隊がある基地まで移動。そこから帝州北部の基地まで軍用ヘリを飛ばし、近場の空港へ。この間に国家治安機構は政府保有の飛行機を飛行場に確保、待機させ、花矢様方が到着次第、竜宮空港に飛ばす。そこからはまたヘリで竜宮岳、という形だな……。これだけの行程がかかりますから、弓弦様が言うように機体の使用許可が下りるまでやはり少し時間がかかるはず……御二人はこのまま冬離宮で待機されるのが一番良いでしょう」

弓弦がおずおずと尋ねる。

「おれ達がお邪魔していて大丈夫でしょうか？」

「もちろんです。国家治安機構も周辺の警備に入っていますので、連絡の行き違いもないでしょうし。諸々、目処がつくまでご滞在ください」

狼星が少し考えてから言う。

「凍蝶、今日の飛行機はキャンセルしろ。さすがにこのまま帝州には行けん」

凍蝶もすぐ同意した。

「そうだな。四季会議までは日がある。状況を見極めてからにしよう」

花矢と弓弦は大慌てになる。二人共長椅子から腰が浮いた。

「い、いえ！　私達のことは気にしないでください！」

「はい！　四季の方々も神事のご準備があるのでしょう？　行ったほうがいいです！　おれ達のことは本当にお構いなく」

焦る暁主従を前に、狼星と凍蝶が顔を見合わす。

「準備と言ってもな……。俺に関しては、もう何年も同じ行事をこなしているので寝起きでも舞えるくらい体が覚えているんだ。代行者も舞の合わせはするが、今回の大目的は護衛官の剣舞。それだって練習は個々人がしている。最悪、こいつだけ合同練習に参加出来なくても問題はない。凍蝶、お前のことだからもう完璧に仕上げてるだろ」

狼星の言葉は投げやりだったが、従者への信頼で溢れていた。

凍蝶も剣舞の練度に関しては否定しなかった。

「他の護衛官との歩幅の違いくらいは知っておきたいが……それくらいだろうか。直前でも確認出来るので問題ないだろう。剣を用いるとは言っても、模擬刀になったから危険もない」

それでも、と花矢は食い下がる。

「他の代行者様と旧交を温める貴重な機会ですよね。私達のせいでそれを潰すのは……」

「花矢様、だからこそだ。せっかく会える機会なので憂いなく会いたい」

狼星は言葉が足りないと自分でも思ったのか、話を続ける。

「……花矢様は今年、春の代行者と友人になっただろう」

「あ、はい」

「彼女は御身の安否を気にしていた。電話越しではあるが、泣きそうになっていたのが俺にもわかった」

「……私が雛菊様の御心を乱してしまいました」

「それに関しては御身が悪い訳ではないが、俺は春の憂いを看過出来ない。なので御二人を見守りたい。もう大丈夫だろう、とひなに言えるくらいまではな。これは俺の為でもあるんだ」

「……寒椿様」

「まだ納得出来ないか」

「いえ、その……」

「何か言いたいことがあるならはっきり言ってくれ。まどろっこしいのは好かん」

促されて、花矢はいま話題にすることではないと思いつつも言う。

「言いたいことというか……か、感想みたいなものなんですが」

「何だ」

「雛菊様のこと、ひなって呼ばれるんだなと思って……」

「……は？」

「呼び方が仲良しさんみたいで、とても可愛いらしいですね」

「……可愛い？」

部屋の中がすっと静かになった。

冬の王にこのようなことを言える現人神はいまだかつていなかった。

恐れ知らずというよりかは、単純に花矢が普通の女子高生だからだろう。

最近友達になった女の子。彼女と仲の良い男の子。二人の想像の余地がある関係性を見せられ、つい悪気なく言ってしまった。

おまけにまだ四季界隈の深い事情を知らない。

弓弦は咎めるように花矢の肩を揺すり、凍蝶はくっくっと喉を鳴らして笑った。

「……悪いが真似はしないでくれ。『ひな』は俺だけの呼び方なんだ」

狼星は顔を少し横に向け、珍しく人前で照れた様子でつぶやいた。

花矢は至極真面目な顔で『はい、わかりました寒椿様』と返事をしつつも、狼星から醸し出される恋情の空気にあてられて赤面した。

非常に和んだ一幕となったのだが、それから一時間後。結局暁主従は国家治安機構特殊部隊【豪猪】の護送により竜宮へ行くことになり、冬主従に見送られ旅立った。

花矢と弓弦は、エニシ内の国家治安機構航空基地に到着したあたりで春の代行者護衛官姫鷹さくらから報を受ける。

冷静さを持つよう努めながらも、心中の混乱がわかる口調でさくらは言った。

『花矢様、至急、お伝えしたいことがございます。いま、どこに？　基地ですか。嗚呼、もうそちらに……いや、帝州に行く前で御の字とも言えましょう。輝矢様がどこにいらっしゃるか判明したんです。ええ、いま、創紫の羽形にいらっしゃるそうで、本日の神事はそちらで、予定時刻より早く行うとか……。しかも、誘拐ではないそうなんですよ。ただ、御本人からの声明ではないので真偽を確かめるべく、いま、巫覡の一族と、国家治安機構が羽形で動き出しています。はい、ですから御身は少し待機されたほうがいいかと。……いえ、それが訳のわからない話なんですが声明を発表したのは創紫の羽形鎮守衆という団体で、輝矢様が創紫に移動されたことをこう言っているらしいんです』

さくらは躊躇うように少し黙った後、囁いた。

『曰く、黄昏の射手は長い年月を経て、ようやく奉燈山に帰ってきたと』

第四章
騎虎(きこ)の勢(いきお)い

遠い昔、新しい夜の神様の候補者である子ども達が列を作って山を登っていた。

巫(かんなぎ)の射手(しゃしゅ)を輩出する血族、【巫覡(ふげき)の一族】。

姓はなく、一族全体で役職名を背負う星読みの民。

彼らは大和(やまと)に於(お)いては列島全域に散らばり、各天体観測所や一族の関係機関に所属して慎(つつ)ましく生きている。民との交わりに於(お)いては名を偽り、自然と村や街での生活に溶け込む。

しかしてその正体は神代から続く現人神(あらひとがみ)の末裔(まつえい)。

普通か、普通でないかと問われれば、常人とは違う理で生きている者達だ。

とはいえ、雅(みやび)で華やかな生活をしているわけではない。

前述しているように現代の暮らしに溶け込んでいるので、生活は市井(しせい)の人々と変わらない。

巫覡(ふげき)の一族に大きな動揺が走る時は、決まって現人神(あらひとがみ)の進退が決まる時だ。

朝を齎(もたら)す現人神(あらひとがみ)【暁(あかつき)の射手(しゃしゅ)】と、夜を齎(もたら)す現人神(あらひとがみ)【黄昏(たそがれ)の射手(しゃしゅ)】。二つ合わせた総称は【巫(かんなぎ)の射手(しゃしゅ)】。彼らは巫覡(ふげき)の一族の中から選ばれる。

一処(ひとところ)にとどまり、山を登って聖域なる場所で空に光の矢を穿つ巫(かんなぎ)の射手(しゃしゅ)は、基本的に生前退位によって代替わりがなされる。方法は、指名制と言っても差し支えないだろう。

射手は代替わりをする時、次の射手の姿を夢の中で未来視する。大いなる力によって次の現(あら)

人神が指し示されるので、選ばれた者も、選ばれなかった者も有無を言わさずそのお告げに従うしかない。

ある年、当代の黄昏の射手から夢見の報告があり、一族の中で次代の射手の選定が行われた。

選定の場所は大和最南端に位置する緑の島、竜宮。

竜宮の中でも最たる霊峰と名高い竜宮岳。

季節は初夏。時刻は午後五時過ぎ。

まだ落陽は訪れていない。

「ねえ、どこから来たの」

「衣世だよ。そっちは？」

「これいつ終わるのかな？　神さまってどう決まるの？」

年端も行かぬ子ども達のほとんどは少年だった。

中には女児もいたが、数は少ない。年齢はみな十歳前後。短い黒髪と細い体つきだった。大人達が静かにと叱責するが、お喋りは止まらない。

突然、神様候補だと言われて竜宮に連れてこられたのだ。不安を紛らわす為に、同じ境遇の子ども同士喋ることが心の防護策となっていた。

中には親に会いたいと言って泣いている子もいる。

巫覡の一族にとって、巫の射手に選ばれることは名誉なことだが幸運なことではない。

自由を失い、束縛を余儀なくされ、矢が射てなくなるまで毎日山を登る。

生きること自体が苦しい時代であれば、それで飢えることなく生きていけるならと受け入れられただろうが、現代を生きる若者にとってはそうではない。

将来の選択肢を自分で勝ち取ることが出来ない射手の役回りは、叶うことなら誰かに任せてしまいたい仕事だった。

その年の代替わりは、夜に溶けるほどの黒髪で短髪、体型は細く猫背気味の子どもという夢見の結果が出た。

輝かしい矢という名を授けられた少年も、選定に参加することになった。

もう、二十年以上前のことだ。

――九合目って、まだなのかな。

幼い輝矢少年は、疲労を帯びてきた足を叱咤しながら歩いていた。

――靴擦れ、痛い。

これが初登山だった輝矢は、とりあえずのつもりで履いてきた靴が山歩きには適しておらず、登山開始早々に足から血を滲ませていた。絆創膏の一枚でも、もらうことが出来ればまだなんとかなりそうだが、引率している大人達は手がかかる子どもにつきっきりになっている。

「……あの」

小さな声で、おずおずと大人達に向けて声を出してみたが、大声で泣いている子の泣き声にかき消されて届かない。

輝矢は幼い頃から声を上げるのが苦手な子どもだった。親がとりわけ教育に厳しいわけではなかったが、自分のことを主張しすぎるのは恥ずかしいことだと教えられてはいた。

大和という国は、謙虚さを美徳の一つとして数える。自己中心的な考えの者ばかりがいては秩序が破綻してしまうのでそうした気持ちは必要ではあるが。

「……」

謙虚さは時に人へ毒を齎すことがある。

こういう時に、何も言えなくなるからだ。

輝矢が俯いて、足を引きずりがちに歩いているのに気づいてくれたのは、大人ではなく彼より少し年上の少年だった。

「痛いの？」

先を歩いていた少年は、偶々振り返って登ってきた道を見た時に、輝矢の挙動が明らかにおかしいと気づいて尋ねてくれたようだ。

「……大丈夫」

輝矢はひとまずそう答える。

「あんまり大丈夫な歩き方してないよ。おいで」

彼はそう言うと、輝矢の手を引いて列からはみ出た。

すると大人達が登山の列に戻れと目ざとく注意してくる。

「この子、足を引きずってる。診てあげてください」

少年のその一言で風向きは変わり、輝矢は足に特大の絆創膏を貼ってもらうことが出来た。

面倒見が良いのか、その後も少年は歩幅を合わせて輝矢と山を登ってくれた。

「ありがとう、お兄ちゃん」

「いいんだよ。聖域までもうちょっとらしいから頑張ろうな」

二人はぽつりぽつりと互いのことを喋るようになる。

輝矢は帝州から来たこと。少年はエニシから来たこと。親は何と言って送り出してくれたか。

同じ状況の者同士でしか分かち合えないことを話した。

「ねえ、お兄ちゃんも神様になりたくないよね」

輝矢は当然同意が得られる話題としてそう言ったが、少年は違った。

「そう？　おれはなりたい」

「え、なりたいの」

「うん」

「ど、どうして……？」

「そうしたら家のことをしなくてよくなるから」

輝矢は目をぱちくりと瞬く。少年の声は急に低くなった。

「うち、面倒見なきゃいけない人が多いんだ。おじいちゃんとか、妹とか、弟とか……。学校から帰って友達と遊べた試しがないんだよ」

「お家で何するの？」

「みんなを着替えさせてトイレに連れてったり、ご飯作ったり、お風呂掃除したりだよ」

「すごい……全部したことない」

輝矢がそう言うと、少年は少し嬉しそうな顔を見せた。

「まあ大したことじゃないけど、毎日だと疲れちゃうんだ。しかもさ、聞いてよ。うち、また赤ちゃんができたんだよ。家族が増えたんだ。親に嬉しいでしょって言われてびっくりしちゃった。ただでさえ毎日大変なのに、また面倒見なきゃいけないやつ増やしたんだよ。お金だってないのにさ。どうするつもりなんだろ？」

まだ幼い輝矢は、少年の言っていることがほとんどわからなかった。

輝矢には兄と妹がいたが、母親が在宅の仕事をしながら子ども達の世話をして大層可愛がって育ててくれていたので、家では子どものままでいられた。米の炊き方すら知らない。

――すごい、えらい。

世の中には子どもでも大人の役割をする人がいるんだ、と感心する。

　少年の優しさは彼自身の真心もあるだろうが、訓練され形成されたものだった。

「今回の旅でやっと独りになれてさ」

「うん」

「おれ、独りが好きって実感した。だから向いていると思う、射手様のお仕事」

「でも射手さまのお仕事はすごくさみしいって……」

「そりゃあね。でもお金をかなりもらえるんだろ。守り人っていう従者もつくらしいじゃん。そんな暮らし、してみたいよ」

「そっか……」

「おれがなるように祈っててよ。なれたらすごくいい神様になるからさ」

「うん、わかった。祈るね」

　その後も、少年は自分がいかに家で不遇か言い続けた。輝矢は大人しく相槌を打ちながら話を聞き、要所要所、少年の献身を褒めた。そうすると少年は大層機嫌が良くなった。

　他人の世話が嫌だと言うわりには、坂がきつい時に輝矢と手を繋いでくれたり、大人からもらった痛み止めを飲ませてくれたりと手助けしてくれる。突然、知らない人達の中に放り込まれ、戸惑っていた輝矢だったが、彼のおかげで心穏やかになれた。

――いい人だ。

　輝矢はこの優しくて歪な少年が神様になれたら良いなと思った。

やがて、新たな神様候補である子ども達は、竜宮岳の聖域にたどり着いた。

本来ならまだ神事の時間ではない。今代の黄昏の射手が聖域にたどりつくまでの間、候補者をふるいにかけるのだ。今日見つからなければ明日、明日見つからなければ明後日。

全国から巫覡の一族の子どもが集められ、神の審判がなされる。

新しい射手が誕生するまで、ずっと。

神様の選定方法はこうだ。子ども達は聖域の真ん中に立つよう指示され、三分ほど待つ。そのまま何も起きなければその子は適格者ではない。すぐに下山の許可を得られた。

——早く済ませてお母さんに会いたいな。

まだ自分の番が来ない輝矢は、周囲を見回した。

無事に下山が決まった子ども達は嬉しそうにしている。選ばれなかった者達はこの後、ご褒美が待っていた。明日以降、数日の滞在が許されるのだ。滞在費も、迎えに来る家族の旅費も巫覡の一族が一部負担しているので、ちょっとした冒険と南の島の旅行で終わることが出来る。

——選ばれなければ、『あっち』にいける。

そう、選ばれさえしなければ。輝矢は自由になった子ども達を羨ましそうに見た後、大人達に視線を移した。お喋りが止まらない子ども達と違って、大人達は静かに見守っている。

時折、仲間同士で声を掛け合っていた。

「やはりすぐには見つからないか」

「今代の射手様がもう少し明確なお告げをくだされば な……」

「俺は下山組にそろそろ指示を出してくるよ」

彼らは次代の射手が見つからないことにしびれを切らしているようだった。

輝矢が知らないだけで、同じようなことを数日間やっているらしい。

どんな行事も運営側は大変だ。同じことを繰り返していれば、飽きや疲れも出る。しばらくぼうっと周囲を観察し続けていたら、輝矢を助けてくれた少年が服の袖を引っ張った。

「おれの順番来た。行ってくる」

少年の瞳は期待に満ち溢れていた。こんなに神様になりたい子どもも珍しい。

輝矢は応援するように勢いよく頷いた。

「うん。頑張って！　お兄ちゃん」

少年は意気揚々と前へ出る。

——もしかしたら本当に神様になるかも。

輝矢も少年に期待をかけた。

——きっといい神様になる。

だが、十秒、二十秒、とカウントダウンは進む。規定の時間は三分。

三分経っても何も起きなければその者は神ではない。

「うそだ……」

段々と少年は悲哀の声を上げる。

「……ま、待って。まだわからないからっ」

大人達はもう少しだけ待ってやったが、やはり何も起きなかった。

神の啓示はなく、聖域はのどかで、少年の身に変化はない。

「そんな……」

そうして少年の審判はあっけなく終わった。少年は、我を見失うほど失意に陥っていた。

「やめろ、連れてくな！　絶対おかしい！　おれがなるはずなのに！」

その場を去るのを嫌がって聖域の真ん中に立ち続ける。大人達に抱えられて、無理やり脇に移動させられた。輝矢(かぐや)は少年の様子を心配そうに見守る。

人々に遠巻きにされた少年は、輝矢(かぐや)の視線に気づくと、しゅんとした顔から苦笑いに表情を変えた。傷つき、恥じている様子が伝わる。

――何で。

彼にはこれから現実が待っている。また家に戻り、誰かの世話をしながら自分の人生について考える日々が。新しい家族の存在は彼を更に苦しめるかもしれない。

――何で、駄目だったんだろう。

だが、現人神(あらひとがみ)として見出(みいだ)され、世界の供物(くもつ)となるのもまた酷な話だ。

――なりたい人がなったらいいのに。

輝矢は少年に同情しつつも、神の采配を不思議に思った。現人神とは世の為、人の為、献身出来る者がなると聞いたことがある。だとしたらあの少年でいいのでは。

あんなにも優しくて、奉仕の精神を持っているのだから、適性があるじゃないか。

今日、この儀式を受ける者達の中で誰よりも意欲的だったのは間違いない。

――何故、駄目だったのか。

その疑問の答えは誰にもわからない。大いなる神の御心など人の子には計り知れないのだ。

「次、前へ」

今度は輝矢の番がやってきた。

「……」

唾をごくりと飲み込む。

子ども達の待機列を管理している大人に促されて、輝矢は歩き出した。

一歩前へ進むと、その場にいる者達から一斉に視線が注がれる。痛いくらいだ。

――どうせ選ばれないのに。

そう思ってはいても、儀式に臨むのは緊張する。

輝矢はなるべく俯いて歩き、指定された立ち位置で止まった。

立ってみるとわかるものがあった。

——綺麗な場所だ。

聖域は竜宮の町並みを一望出来る絶好の立地だった。きっとここで夜を齎せば、大地の美しさと、点々とした家々に灯る明かりを見て心穏やかになれるだろう。

——黄昏の射手さまは、こうしていつもみんなを見ているのかな。

誰かが毎日、人々の安寧を願って空に矢を放っている。

——それはとても。

素敵なことだと思った。と同時に、やはり寂しいと。

こんなところで、家族と離れて暮らすのは無理だ。

——申し訳ないけど、俺は家に帰りたい。

到底自分には務まらない、と輝矢は思う。

「おい……あれ」

輝矢が終了時刻を待ちながらぼうっと立っていると、大人達が何事がつぶやき始めた。

周囲の者と距離がある輝矢は困惑するしかない。自分を指差す者も現れ、気分が悪くなる。

——なに？

やめてほしい。まるで珍獣を見るような扱いは。

そんなにもおかしな容姿をしているだろうか。そう思ったその時。

——あれ。

急に視界がチカチカと点滅し始めた。

――痛い、熱い。

目が、とてつもなく痛い。

いや、痛いのではない。熱い。

最初、目が燃えてしまったのかと思ったが違った。体の周りを光の玉のようなものが浮遊しているのだ。それが眩しくて、あまりにも神々しくて直視出来ない。

光に目が焼かれている。

「……痛い、痛い」

耐えきれず、輝矢はまぶたを閉じてその場に膝をついた。

輝矢が目を押さえて苦しんでいるというのに、大人達は駆け寄ってもくれない。仕方なく輝矢はその場から這いずって助けを求めようとしたが、運が悪いことに聖域を揺らすほどの風が吹き荒れた。うずくまっていないと吹き飛ばされそうな青嵐が、輝矢をその場に縛り付ける。

「光が……！」

「神風も吹いてきた！」

周囲はいま起きている奇跡の目撃に感嘆の声をあげていたのだが、その興奮も喝采も、輝矢の耳には届かない。

――助けて。

何故、みんな傍観しているのか。
――目眩が。
痛みと目眩。意識が遠のいていく。
――助けて、お母さん。
この場所にいてはいけない。漠然とそう思うが体は動かない。
――もう、たえられない。

そこで輝矢の意識は途切れた。

それから起きたことは、巫覡の一族の歴史の一頁として記録されている。
気絶した輝矢は地面に倒れたが、すぐにまた立ち上がった。
まるで誰かが彼の体に糸を縫い付けて操っているようだった。
射手は矢を放つ時に眩い光の粒子を出現させる。輝矢の体も光の衣を纏っていた。
光が形を成して、弓となり、矢となる。
そして誰に習うでもなく、自動的に空に矢を射るのだ。
神代に作られた現人神のシステムは、問題なく代替わりを成功させた。

輝矢が気絶から目覚めると、世界は一変していた。

夜が来たことだけではない。大人達が彼を『黄昏の射手様』と呼び始めたのだ。

何のことかわからず輝矢は混乱するばかり。見回した周囲には大人だけで、もう子ども達は一人もいなかった。必要なくなったのだ。

「おめでとうございます、輝矢様。貴方は黄昏の射手様となられました」

いつの間にか大人達が輝矢に対して敬語になっている。輝矢はそう言われて、頭が真っ白になった。相手は輝矢が喜ぶことを期待しているが、輝矢はまったく嬉しくない。

ふと、このような感情のすれ違いの話をした相手として、ある少年のことを思い出した。

「みんなは？」

「帰らせました。貴方が選ばれましたので」

「あのお兄ちゃんも？」

「誰でしょう」

「お、俺と一緒にいた……」

「……ああ、射手様とお話しになっていた子どもでしたら既に下山させましたよ」

「なんで……」

「何故、と言われましても……」

「でも、あのお兄ちゃんが射手になりたがってたのに」

「……射手様。なりたい、でなれるものではないのです。適格者ではなかった。それだけです。そもそも、聖域であんな振る舞いをした者が選ばれるわけがないでしょう。射手様はご覧になっておりませんが、御身が気絶されている間、自分が神のはずだと、騒ぎ立てて……それはもう大変だったんです」

輝矢は言葉が出なかった。

「貴方が神様になる機会を奪ったのだと、見当違いも良いことを叫んでました」

言い訳をしたかった。

「まったく躾がなってない。親の顔が見てみたいものですよ」

違う、と。自分はちゃんと祈った。貴方が神になればいいと。祈ったんだ。

それなのに。

「…………俺はどうして選ばれたの」

「神の思し召しです。きっと、御身が清廉で穢れない御子だからでしょう」

大人達はそれらしいことを言うばかりで、輝矢の戸惑いや不安を解消してはくれない。

こうして、幼い輝矢はそのまま竜宮に囚われた。

それからずっと、親元を離れて神様をやっている。

黎明二十一年、五月三十一日。夜を齎す神様は新しい鳥籠の中にいた。

場所は創紫。

正確に言うと、創紫の羽形という土地にある奉燈山と呼ばれる山。

その山中に存在している御殿の一角に輝矢は囚われていた。

「……」

先程まで、天音一鶴が部屋に滞在していたが、いまは姿を消している。

部屋の外の廊下から呼び声があり。

『すみません、行ってまいります』

と言って出ていってしまったのだ。

ふう、と輝矢は息を吐く。

額に滲んだ汗を拭った。背中もじわりと汗をかいている。

まだ鼓動が速い心臓を手で押さえた。

――威厳を保とうとしたけど、結構難しかった。

若い娘ににじり寄られ、罪を贖う為に結婚せよと言われた三十代男性の恐怖は、きっとあまり人に共感してもらえないものだろう。体験として特殊過ぎる。

着ている浴衣の袖で顔をごしごしと拭いてから、輝矢はもう一度窓に近づき外を見た。

――花矢ちゃん、大丈夫かな。

暁の射手の仕事はこれからだ。

――迷惑かけてるだろうな。

申し訳なさで胃が痛くなってきそうだ。

――というか、本当にこれからどうしよう。

次々と懸念事項が頭に浮かぶ。

輝矢としては、今日は創紫に来てしまったが、色々と話し合いをし、すべてを良い方向に持っていった上でちゃんと竜宮に帰りたいと思っていた。

――慧剣。

もちろん、守り人のことも忘れていない。

――ちゃんと飯を食べているだろうか。

遊園地ではぐれてから早数時間。彼の様子が気になる。

慧剣の為にも、早くこの事件を解決に導かなくてはいけない。

――どうしてこんなことに。

嘆いても仕方のないことだが、人は苦境に陥るとそう心でつぶやく。

輝矢は窓の外を眺めながら今日起きたことを思い返した。

天音一鶴と会ったのは、その時が初めてのことだった。

「まあ」

高く澄んだ声。

「成功しましたか、大河」

射干玉の髪。眼を見張るような美少女。

「輝矢様、初めまして」

大きく見開かれた瞳が輝矢を刺す。

「お会いしとうございました」

美しい娘が視線で刺す。輝矢は壁に追い詰められた鼠の気持ちになった。

――なんか、怖い。

初対面の女性に『怖い』という印象を持つのも非常に失礼だと輝矢も自分で思ったのだが、それくらい、目力があるというか、何か背負っているものがある娘だと感じた。

――この子が、もう一人の関係者？

そもそも、脅されて車に乗り込まされた上に待ち受けていた人物なので、怯えるのは仕方がないのかもしれない。

全員が車に乗り込むと、扉は閉じてロックがかけられた。

輝矢は小太刀大河に小刀を突きつけられ、言われるがままに携帯端末を窓から捨てる。それから車はゆっくりと発進した。大河は運転席から後部座席にいる二人に向かって言う。

「シートベルト締めてくださいね、輝矢様。一鶴も」

「……俺を何処に連れて行くの。今日の神事はこれからだぞ」

「神事に関しては問題ありません。きちんと霊山にお連れしますので。まずは、オレの幼馴染の天音一鶴をご紹介させてください」

その間も、娘は静かに微笑み、だが非常に粘着質のあるまなざしを輝矢に注いでいた。

「天音一鶴でございます」

頬が薔薇色で、彼女が高揚しているのがわかる。

一鶴からの自己紹介を受け、輝矢は仕方なく自分も自己紹介をする。

「巫覡輝矢だ……」

本来なら、もう少し愛想良く挨拶が出来るのだが、さすがに今の状態ではそれは無理だ。

身を引いて距離を取るように言う輝矢を見て、一鶴は目を瞬いた。

「何か、大河が無礼な真似をしましたでしょうか」

「小刀で脅されはしたね。うちの守り人に危害を加えると」

「ああ……それはすみません。ですが、それくらいしないとお会い出来ないと思いましたので。命じたうちが悪いんです。お許しください」

一鶴はあまり悪びれた様子もなく言う。

——この二人の関係は何なんだろうな。

幼馴染、と互いに言っているのでそれは間違いないのだろう。だが大河は一鶴に従い、一鶴も大河を我が物のように扱っている。謎が深い。

「……それで、何が目的なの？」

一鶴は大河のほうを見た。大河も一鶴をバックミラー越しに見る。

「一鶴、輝矢様はお前のことを知らないぞ」

先程より、更に崩れた言葉遣いだ。

「巫覡の一族が便りをもみ消しているようだ。お前の写真も、手紙も、一度ももらったことないってよ」

輝矢は一鶴と大河、双方に視線を右往左往させる。

「だから、まあ……来て正解だったってわけだ」

「輝矢様、うちからの手紙、受け取ったことないんですか……」

輝矢は何も悪いことはしていないはずなのに、罪悪感を覚える。

「知らないよ……。そもそも君のことを知らないんだ」

「創紫の……羽形で生まれました。天音一鶴です」

「それは、さっき聞いた」

「子どもの頃から、親の言いつけで嘆願のお手紙を書いていました」

「嘆願って？」

「奉燈山に帰ってきてください。うちをお嫁にもらってくださいって」

輝矢の混乱は激しくなる。

「……意味がわからない。俺は創紫の生まれじゃないし、随分前に結婚してる」

「二年前、御身の奥方がお隠れになった時にうちは正式に神妻の候補になってます」

「二年前……？」

輝矢はあまり思い出したくない過去を振り返った。透織子と慧剣が姿を消した時に、確かに巫覡のお偉方から新しい妻と守り人を用意すると言われてはいる。激怒して追い返したが、水面下で本当に次の妻を用意しようとしていた、というのは有り得そうな話ではあった。

「なったって、本当に？」

とはいえ、彼女の作り話の可能性も否めない。

「はい。いつもは巫覡の一族から無視されるのに、その時は候補の一人として認めますとお達しがありました」

輝矢は考えるように唸る。

「女性に年齢を聞くのは失礼だと思うんだけど、参考までに。一鶴さんは何歳なのかな」

「今年で十八歳です」

「……じゃあ二年前は十六歳だよね。俺とじゃ年齢に開きがありすぎるし、そもそもいまの大和では法的に結婚が可能な年齢は十八歳でしょう。婚約の形で二年待つ、という手があったとしても……どうかな。前の奥さんも俺よりも年下だったけど君ほど離れていないよ。すごい恋愛結婚ならいざ知らず……見合いで俺が承諾するとはとても思えない条件だ。つまり、端から見合い相手として適していない。うちの一族に騙されてないかな……」

輝矢の反応が芳しくないのを見ると、一鶴の顔面からどんどん色が失われていった。

「うちの一族、回答が面倒になったら俺相手でも適当にあしらうところあるから、そういう扱いされた可能性があるよ。だって子どもの頃から射手の妻になりたいってお手紙を送ってたんでしょう？　君が子どもの頃なんて、俺はもう結婚してるはずだし……。でも鎮守衆の人相手だと下手なことも出来ないから……」

——正直、本山の事務の人もそんな手紙送り続けられたら処理に困ると思う。

本心は心の中に収めておく。

「うちのしたことは無駄だったと……？」

輝矢はなるべく優しい声音で言う。

「無駄……とかじゃなく最初から年齢が釣り合ってないだけ。でも鎮守衆の方々と揉めたくはないから、ひとまず候補に入れました、選考には入れてない。という形じゃないかな」

運転席で大河が『ひでぇ一族だ』と野次を飛ばした。輝矢もそう思うが、誘拐犯に言われたくないという気持ちも湧く。

「輝矢様、うちは射手様に嫁ぐ為に幼い頃から教育を受けてきたんですよ。そんなこと言われて、じゃあ、うちがした努力や費やした時間はどうなるんですか？」

「……それは、非常に申し訳ないけど……これから君が出会う本当の運命の相手に発揮すべきだと思う。まだ若いんだし。いくらでも機会が……」

輝矢は何気なく言ったつもりだが、その言葉は一鶴の心を深く刺したようだ。

「運命の相手なんて……」

一鶴はぎゅっと瞳を瞑ってまた開く。

「うちは輝矢様でないと駄目なんです。輝矢様は神様なのにどうしてうちを救ってくださらないんですか。うちをお救いいただく義務が輝矢様にはあります！」

そうしないといけない、と言わんばかりだ。輝矢は諭して言う。

「……俺じゃないと駄目だなんてことは絶対にないよ。君は君の人生を生きる為に生まれた。そう思わない？」

「いいえ、うちは輝矢様の為に生まれました」

輝矢は弱り果ててしまう。

「そんなのおかしい」

「そういう家門もあるんです！」

「ある……かもしれないけど……」

輝矢は朧気ながら、四季の者達から冬の代行者を輩出した寒椿家と、その護衛官を輩出した寒月家は四季の代行者と護衛官という関係の前から主従の仲だと聞いたことを思い出す。

実例を知っているので否定は出来ないのだが。

「でも、それだって嫌だったら拒否していいんだよ」

彼らの関係性は強制的なものかもしれないが、互いに互いを必要としているように見えた。

過去のことはわからないが、少なくとも現在は支え合い、信頼し合っている。

「そういうのは、互いの信頼関係あってこそだ。俺達にはそれがないでしょう？　さっき親の言いつけと言ったね。もし、そういう星の下に生まれてきてしまって、君が従っていたとしても、心までは変えられない。実際は嫌だよね？　だって俺のこと何も知らないじゃない」

「輝矢様のことはこれから知ります」

「こんなおじさんと結婚してどうするの。射手の妻なんてハズレくじ引くようなもんだよ」

「そうすることがうちには必要なんです」

「いやだから、必要とか、そういうのじゃなくて。大昔じゃないんだから結婚は相手を好きか嫌いか、一生添い遂げられるかで決めたほうがいいと……」

「嫌いじゃありません。輝矢様に嫁ぎ、終生お仕えします」

一鶴は声高らかに言う。まるで埒が明かない。

——何故、そこまで言い張る。

あまりにも頑強な主張だった。

一鶴の顔は熱望に溢れており、とても嘘を言っているようには見えないのだが、輝矢は妙にひっかかりを覚えた。中々自分の気持ちを受け入れてくれない輝矢に一鶴は言う。

「輝矢様、うちではお嫌ですか」

先程の強気な様子から一変し、一鶴は目線を下に落とし悲哀を纏った。

これではまるで輝矢が悪者だ。おまけに、こうも真正面から体当たりで感情をぶつけられると、輝矢も参ってしまう。

「初対面だし、困惑しているんだよ……」

無難な言葉で逃げるしかない。『もちろん嫌だ。だって君は誘拐犯だし』と言ってしまいそうになったが、相手が真剣だったので輝矢は言葉を濁した。

何故か大河が舌打ちする音が聞こえる。

「……いまは？　いまはお独りですよね」

「…………独身だけど」

「だけど……？　お付き合いしている方が？」

——俺達、お付き合いしているって言っていいのかな。

輝矢の脳裏に、いつも明るく輝矢を照らしてくれる月燈の姿がよぎった。

——月燈さん。

恋人と言っていいかわからない、でも恋い焦がれている人。

交際を口外していないが、二人は真剣に思い合っている。だが、輝矢が現人神という性質上、交際宣言をしただけで、相手に行動制限などのマイナス効果を与える立場だった。

なので、輝矢は敢えて二人の関係性をぼやかしていた。

——言いたいけど、言えないんだよな。

月燈はもしかしたらこの曖昧な関係に不満を持っているかもしれないが、穏便に交際していく為の措置だった。透織子への遠慮もあるが、出世街道まっしぐらの女性に、輝矢の存在は足枷でしかない。特に、月燈が現人神教会大和総本部の幹部の娘だと発覚してからは益々微妙なものになってきた。

——よりによって、総長の娘さんなんて。

輝矢がひと度、『月燈は自分の恋人だ』と公にすれば、瞬く間に結婚の流れになり、月燈は仕事を辞めなくてはいけなくなるかもしれない。

二人の間に弊害はない。弊害はないが、たくさんの人の思惑は入りやすい。

現人神教会からすると、現役の神である輝矢に信徒の娘が嫁ぐことが出来るなどお祭り騒ぎ。

国家治安機構など辞めて、頑張って摑んだエースオブエースの称号まで捨てて、竜宮に嫁いで傍で現人神様をお支えしろ、竜宮から出るなと言われるのが目に見えている。輝矢が生きる世界はそういう世界なのだ。輝矢は月燈の人生の重石になりたくなかった。

――でも、月燈さんに不誠実でありたくはない。

「それとも想い人が？　うち以外に？」

そしてこの娘にぼかした表現はしないほうがいいだろう。妙な勘違いをさせたりする前に、はっきりと、正直に言ったほうがいい。

輝矢は顔が熱くなるのを感じたが、頑張って言葉を絞り出した。

「そうだね……悪いけど、大切にしたい人がもう他にいるんだ……」

恋愛はからきしな上に、自分の恋を誰かに語るということを、今までしてきた試しがない輝矢は、言ってから顔を手で扇いだ。緊張で途切れ途切れでしか言えなかったが、遊びのような付き合いではないと伝わったはず。

――というか、何でそんなに俺なんかと結婚したいんだ？

若く、美しい娘が自分との結婚を望んでいる。

輝矢はこれを手放しで喜べる性格ではなかった。むしろ、怖い感情のほうが勝ってしまう。知らない間に、知らない人に想いを寄せられて、こうして拉致されているのだから、よほど好き者でない限り、輝矢でなくとも『怖い』という感情のほうが勝るだろう。

「好きな方が……他に……」

一鶴の唇が震える。

「……でも、うちは、ずっと輝矢様を……」

口を開けては閉じ、開けては閉じ、何かを言おうとするがうまく言葉が紡げず黙る。

「子どもの頃から、じゃあ、何の為に……」

「ごめんね……君の子ども時代に、俺が出会って、そんなことしなくていいと言ってあげられたら……。君を助けてあげられたら良かったんだけど」

「…………っ」

輝矢のその言葉は彼女の心を抉ったのか、一鶴の両の目からつうと涙が流れてしまった。

「一鶴さ……」

輝矢は一鶴を案じて声をかけようとするが、その時、急に車が停車した。

「わっ……！」

輝矢は思わず舌を噛みそうになる。

「……すみません。ここの道あまり知らないんで」

大河が低い声で言った。何か明確な意思を感じないでもなかったが、妙な雰囲気の中、文句を言うことも出来ず、輝矢は停車時にぶつけた箇所を自分でさする。

「一鶴さん、大丈夫だったかい……」

輝矢は念の為、一鶴にそう尋ねたが、彼女は顔を隠して泣いていた。

その泣き方はあまりにも悲愴で、見ているこちらの心がちぎれてしまいそうだった。

──女の子を泣かした。しかも結婚を断って。

輝矢の背中から冷や汗が流れる。彼の人生で、今までにない危機が訪れていた。

「輝矢様、一鶴の涙くらい拭いてやってくれませんか」

大河がドスの利いた声で言ってくる。先程から妙に茶々を入れる男だ。

輝矢は慌てて自分の持ち物を確認し、手巾が無いか探した。だが輝矢が差し出す前に、大河が運転席からティッシュボックスを投げるように渡してきた。

「一鶴、さっさと泣き止んで立ち直れ。問題は結婚だけじゃない。羽形鎮守衆を裏切った事すら知らないんだ。この御方は。そっちも大問題だろ。知ってもらわないと」

「……大河の意地悪。うちはいま子どもの頃の自分が可哀想で……」

「うるさい、早く泣き止め」

一鶴はしとしとと、雨のように涙を流しながらティッシュを受け取り鼻をかむ。

──何なのこの状況。

輝矢は極度の疲労を感じ始めた。あべこべな三人、おかしな珍道中。輝矢だけが何もわからない。この間にも慧剣を孤独にし、恐らくは国家治安機構に行方不明の通報をされていると思うと気が気でないのだが、この若き犯罪者達を放置も出来ない。

なんとなくだが、怒らせたらまずい二人だというのは肌で伝わってくる。

——何をしでかすかわからない。

一鶴は喜怒哀楽と情緒が安定していないので激昂してきそうな怖さがあり、大河は初対面から荒くれ者な印象があったので、暴力を振るってきそうな気配がある。その対象が、自分だけならいいが、他人に向けられた時が怖いと輝矢は思った。

——とりあえず、大人しくしていよう。

輝矢は仕方なく、一鶴が落ち着くのを待った。しかし、思ったより一鶴が泣き止まなかったのと、車が大河達の目的地にたどり着いたことで結局会話は中途半端に終わる。

着いた場所には、竜宮ユートピアヘリポート専用駐車場と書かれた看板が立てられていた。

「すみません……もっと色々テンポ良くやるはずだったんですが、うまくいきませんね。長い話になりますので、あとは飛行機に乗ってからがいいかと。ヘリの中では会話もしにくいですし。ヘリポートはすぐそこです。お足元お気をつけください、輝矢様」

「ヘリ……？　飛行機？」

大河が輝矢の腕をがっしりと掴んで車から降ろす。輝矢は彼のたくましい腕に怯えつつ聞く。

「はい。これが最短のようなので急遽取りました。車はここで捨てます。本日の神事は創紫の霊山で行っていただきます」

「何で、そんな急に……無理だ。俺は行けない」

輝矢は全身で拒絶を示すが、大河は聞き入れない。ずんずんと歩いて輝矢を引きずっていってしまう。

「無理だって！」

「大丈夫です。実績のある霊山ですから」

「そういうことじゃなくて！　無茶苦茶すぎるって言ってるんだ！　それに、慧剣はどうするんだ？　あの子も創紫へ連れて行くのか？」

大河はぴたりと足を止めた。

「いいえ。事が済むまで監禁します。慧剣様がご無事でいて欲しいのなら従ってください」

鋭い一言に、輝矢は次に言おうとしていた言葉が喉奥に引っ込んだ。

「……ずるいよ」

「ずるくて結構。巫覡慧剣様のことが大事ならば、オレ達に逆らわないことですね」

大河は元々鋭い目つきを更に厳しくさせて言う。

実際は、慧剣は脅迫も拘束も行われておらず、時間差で暗躍した一鶴によってチュロスを落とされ時間を稼がれただけだったのだが。

「……っ」

輝矢が知る由もない。

そこからがこの優しい神様にとって苦難の始まりだった。

輝矢は一鶴と大河に連行され、あらゆる捜査網をかいくぐり大移動をした。

竜宮内には観光へリタクシー会社が存在する。利用金額は最低でも数万円かかるものだが、この大和最南端の島を余す所なく移動出来る。

国内外で注目されるであろう新しいアミューズメントパークの為にわざわざ作られたそのヘリポートから、今度は竜宮空港へ。本来なら高速道路を利用しても一時間半ほどかかる距離が数十分に短縮され到着することが出来た。

そして、竜宮空港に到着すると、民間の飛行機で創紫へ。飛行機での竜宮から創紫への移動は約一時間四十分。事件発生からあまりにも早い行動だ。

慧剣が駐車場の中で惑い、月燈に相談し、国家治安機構が方針を決め、空港のセキュリティが厳しくなる前に保安検査場をくぐり抜けてしまった。

何か一つ間違えば頓挫する計画だったが、その時に運が味方したのは一鶴達だった。

創紫行きの飛行機は予定時刻通り出発し、輝矢は竜宮から連れ去られる。

この間に、輝矢には空港で働く者達や、空の旅の安全を担ってくれている客室乗務員と接触する機会があったのだが大河にぴったりとくっつかれて助けを求めるのは難しかった。

席も窓側から輝矢、大河、一鶴と絶対に逃さないという意気込みを感じる指定席だ。

——それでも、やれないことはないが。

輝矢は緊張を少し解いてほっとした顔をする青年と娘をそれぞれ見た。

──この子達の話をまだ聞いていない。

ここまで来たらこの若き犯罪者達の犯行理由をちゃんと知りたい。

一鶴と大河のやり方は無茶苦茶だが、輝矢にある程度敬意を持って接してくれている。二人は賊とは違う。であるならば、対話する価値があるのではと輝矢は思った。

基本的には、人間を信じていたい。

「……あの輝矢様、それで、巫覡の一族がうちらを裏切ったことを知らないとは誠ですか？」

一鶴も大分気持ちが落ち着いたのか、彼女から本題を切り出してくれた。

輝矢はついに来たか、と姿勢を正した。

「うん、知らない」

これは二人にとって、とても繊細な問題のようなので、輝矢は嘘や誇張が入らないよう記憶をたどりながら正確に話した。

「……そもそも、俺は創紫の羽形に奉燈山という山があること自体、知らなかった。鎮守衆という存在は知っているが、全国のどこにどんな鎮守衆さんがいるかは知らない。大和中を歩き回る四季の代行者様ならお詳しいかもしれないけど、俺は大河さんに名乗られて、『ああ、羽形にも鎮守衆さんがいるんだ』って思ったくらいだよ。俺と君達の間に裏切る、裏切らないとか、そんな関係性自体、存在しないと思うんだけど……」

「……」

絶句されて、輝矢は居心地が悪くなる。地理の覚えが悪かったことも気まずい。

「では過去の射手様が奉燈山を利用されていたことも？」

「射手の歴史で転山が行われてきたことは知っている。土砂崩れとか、火山噴火で仕方なく新たな霊山を求めて移住したと。何度もあったことだというのもね。でもどこの山とは聞いていない。もしかして、その歴史の中で黄昏の射手は奉燈山にいたことがあるのかな？」

「はい……およそ百四十年前には、黄昏の射手様は我らが奉燈山にいらっしゃったのです。そこで羽形鎮守衆と共に霊山を守り、暮らしていました。いまより、もっと射手様方が鎮守衆と結びつきが強い頃でした」

百四十年前、と聞いて輝矢は自分の在位年数を踏まえつつ計算してみた。

「じゃあ俺から数代前の射手様は奉燈山にいたということなんだね。霊山を支えてくれている人達にとっては俺が知っていないというのは不快だよね。不勉強で申し訳ない……」

輝矢が素直に謝ると、一鶴は少しだけ声を和らげた。

「……いいえ。輝矢様はお小さい頃に竜宮に連れて行かれ、それからずっと閉じ込められていると聞いております。教えられていなければ、知識として知らないことは致し方ないことです」

輝矢が囚われの身、ということは一鶴にとって同情すべきことのようだ。

「ただ、うち達、羽形鎮守衆はずっと嘆願書を出していたので、それを握りつぶされていたことに驚いてしまって……」

「ずっとって?」

「百四十年です」

「え」

「百四十年ずっと、うち達は嘆願をしていました。でも、巫覡の一族の方々は、うち達を無視してきているんです」

「……そん……なに……?」

想像より、大分壮大な物語だったことに輝矢は衝撃を受ける。

「うちが輝矢様にお手紙を出す前からのことですよ。こうした不遇の扱いを受けるのは」

話の流れが変わった。さっきまでは若い娘がのぼせ上がって生まれた恋愛話だった。

しかしいまは歴史上に起きた、陰鬱な出来事の話になってきている。おまけに、彼女の言うことが正しいのならば、輝矢はなんだかとても悪者側の人間ということになる。

「嘆願というのは、どういう……」

「射手様を帰してくださいと」

「ま、待って」

輝矢は一旦会話の広がりを停止させる。

「その、帰してくださいって言うのはどういうことなのかな……」

自分の知識を総動員させつつ話し始めた。

「射手が転山すること自体は歴史の過程でやむを得ず起こってきたことだと俺も習っている。俺だって、これから竜宮岳で何か問題が起きたら違う山に移るかもしれない。つまり、射手に決まった居住地はないんだ」

輝矢は一鶴の顔色を窺いながら言う。

「四季の代行者様はね、大和に於いてはお膝元と言える地域があるよ。でも巫の射手は違う。暁の射手と黄昏の射手は霊脈の疲弊を考慮して同じ山を使ってはいけないらしいから、北と南に分かれてはいるけど……制約はそれくらい。霊脈の質がいいならどこでも問題ないとされている。俺達に帰る場所、という定義は変だ」

「へえ。でも輝矢様、羽形の場合はそういう定義とはまた別のこと。もっと複雑な話なんです」

一鶴は居住まいを正した。

「まず羽形の歴史をお話ししますね」

「うん……」

「百四十年前のある日。創紫、羽形の奉燈山は大きな土砂崩れが起こり、射手様がお住まいになっていた御殿や、聖域までの道が閉ざされてしまいました」

まるでお伽噺を話すような語り口調だ。輝矢は自然と傾聴の気持ちになる。

「残念なことに、これでは聖域に日参し神事を行うことは困難になります。そこで、しばらく代替の場所が求められました。創紫の他の霊山も候補に挙げられていましたが、何故かその時に竜宮岳が選ばれ、射手様はそちらに行ってしまわれたのです」

「まさしく、転山……射手がいるべき山を変えたというわけだ」

「いいえ、それも違うんです。正しくは転山ではありませんでした」

一鶴は小さな頭をふるふると振る。

「あくまで一時的なものだとうちら鎮守衆の先祖は聞いていたそうです」

「嘘をつかれたってこと？　巫覡の一族に？」

「巫覡の一族なのか……射手様になのか……。ただ、公的な記録でもその時に『転山』という お触れは出されていません」

「……こっちの記録にもそう書かれているのかな？」

「そこまでは……けれどもうち達の歴史書には、当時の射手様も、うちら羽形鎮守衆に必ず帰ってくるからとお約束し、旅立たれたと記されています」

輝矢は顎に手を当てる。これに関しては双方調べて真偽を確認しないとわからないだろう。

「でも、射手はそのままずっと竜宮岳に留まった？」

「はい」

「羽形の方々が散々戻ってきてくださいと言っているのに、無視した？」

「はい」

「……それが本当なら、確かにどうしてなんだろうね」

輝矢はしばしこの謎に頭が支配された。

「いま聞いた話だと、転山……住処を移した理由は正当性がある。さっきも言ったが射手が利用させてもらう霊山は奉燈山じゃなくてもいい。現人神が権能を使用する際に、この山からでないと力を借りられないという制約はないから。でも、一時的なものなのだとしたら、慣れ親しんだ場所に普通は戻ると思う……」

「……そうですよね！」

一鶴は肯定的な意見が嬉しかったのか、力強く言う。

「うん。俺もね、本当の生まれは帝州の外れなんだけど、今はもう竜宮が地元って感じだから、同じことが起きたら竜宮に戻りたいよ。だって、友人とかもそこにいるわけだし」

一鶴も同意するように激しく首を上下させて頷く。

輝矢は思いついたことを口にしてみた。

「射手が新天地に行きたい理由があったのかもしれない。何か、当時鎮守衆の人や地元の人と揉めていた記録とかはないのかな」

「射手様のお気持ちはわかりません。そうしたことがもしかしたらあった可能性も否定はしません。ただ、どんな理由があるにせよ、その決断は倫理的におかしいと思われます」

「倫理的に……？」

中々に難しいことを言われ輝矢は言葉に窮したが、次の瞬間、更に困惑することになった。

「はい、倫理的に。輝矢様は、転山するとなった場合、花嫁を残したまま行きますか？」

「花、嫁……？」

一鶴はこれが本題だと言わんばかりに声を低くした。

「当時の黄昏の射手様には『清和様』という許嫁がおり、結婚間近だったそうです。だからこそ、神事の為に一時離れるが、帰ってくるという言葉を羽形の民は信じました。けれども、射手様はそのまま竜宮に住み続け、あろうことか別の花嫁を娶ってしまったのです」

輝矢は驚いたまま固まった。思ってもみなかったことだった。歴代の射手の中で、そのように不誠実な行いをした者がいたと信じたくない。だが、実際に起きたとしたら。

「…………」

輝矢は想像した。結婚の約束をした娘が、破談になっても雄大な山々の中で待っている姿を。

きっと帰ってくる、そう言われたことを信じて。

――それって、現代なら慰謝料ものでは？

当時はどうだったかはわからないが、女性からすると訴訟案件ではあるだろう。

自分がしたことではないのに、輝矢は大いなる罪悪感に苛まれる。

「……もし本当なら、確かに許されない話ではあるね……」

一鶴は我が意を得たりと言わんばかりに感情をあらわにした。

「そうなんです……！　あんまりです！　清和様の心中を思うと、うちは……うちは……」

一鶴はまた大粒の涙をこぼした。おいおいと泣く姿を見て、輝矢も胸が痛い。

あまりにもすぐ泣くので嘘泣きを疑いたくはなるが、恐らく感受性が強いのだろう。

大河がすばやく一鶴にポケットティッシュを渡す。

「そんで、その裏切られた花嫁の家門が……一鶴が所属する天音一族です」

代わりに話してくれた大河に輝矢は目を向ける。

「天音の一族の方々は、当然御息女を傷つけられて抗議されたんだよね？」

「そうだと聞いています。射手様が羽形鎮守衆から嫁取りをするというのは初だったようで、相手が天音じゃなくとも、そりゃあもうどでかい出来事ですよ。何せ一族が神様の血族の仲間入りをするわけですから。破談してから羽形鎮守衆全体で抗議しました」

「そんないいものではないけれど……確かに、百四十年も前なら、今よりもっと血族同士の婚姻にこだわっていた頃だと思うから、他の血を入れるのは珍しいかも」

これは巫覡の一族に限ったことではなかった。四季の代行者の一族もそうだ。

神より賜りし権能で世界に軌跡を齎す現人神。その血筋を紡ぐ血族。

現代では近親交配の問題が指摘されているので、血縁に近い者でなくとも口うるさく言われることはなく、とにかく結婚自体が奨励されているが、昔は違った。

「しかし抗議し、待てども待てども返事は来ない。しかも百四十年前のことですから、いまみたいに気軽に海を隔てた竜宮に行くことも出来ない。やっとたどり着いたところで警備門の連中に阻まれ門前払い。そうこうしている内に、射手様の新妻に御子も出来て、すがりつくことすら出来なくなった……。当時の射手様がなさったことは一鶴のご先祖様だけでなく、それまで共に霊山で過ごしてきた羽形鎮守衆そのものを侮辱するような行いでした」

「……ごめん」

輝矢は自然と謝罪の言葉が口をついて出る。大河は乾いた笑いを漏らす。

「射手様の代替わりは指名制だそうですし、そうなると血縁関係もない。この点に関しては輝矢様が謝罪されることはありません。ただ、御身が所属しているものにはそういうことをしてきた歴史がある。それを一族の一員として自覚して欲しいんですよ」

「……そうだね」

「一番可哀想なのは、神妻になるはずだった一鶴のご先祖様……清和様です。羽形の鎮守衆は一つの家門が担っているわけではありません。たくさんの家門が集まり協力し合っています。例えば、オレは羽形奉燈山にある奉燈神社の一族です。小太刀一門は代々、鎮守衆の筆頭となり、霊山を守っています」

「そうなんだ……」

輝矢は大河に失礼だと思いつつも驚いてしまった。本人には悪いが、見た目が少々悪党顔というか、ごろつきの類に見えるので神職という役職と結びつかない。

「他は林業や商いを営む方。農家の方などですね。鎮守衆ではありますが、専業は他にある、というのは神社と同じです。オレ達は神社を中心とした鳥居前町に住まう、いわば一つの共同体と言えます」

鳥居前町とは、神社の周辺に作られた町のことだ。鳥居の前、と書くので読んでそのままではある。

「……ここからはオレも一鶴に申し訳ない気持ちなんですが……オレのご先祖様達と天音以外の鎮守衆は、当時の清和様と、清和様の一家にそりゃあ酷い誹謗中傷をしたそうです」

「誹謗中傷……というと」

「『射手様が消えたのはお前のとこの娘に魅力がないからだ』、『何故、射手様を縛り付けておけなかった、役立たず』などと……」

——結構酷いこと言ってるな。

確かに誹謗中傷だ、と輝矢は思う。

つまり、一鶴と大河は清和様という存在を巡って傷つけあった者達の末裔ということだ。

「でも、大河さんと一鶴さんは仲がいいよね」

輝矢がそう言うと、二人は顔を見合わせた。そしてすぐに顔を背ける。

「仲良くないです。うちは大河に小さい頃よくいじめられました」

「嘘つくなよ。お前、オレのことよくパシリにしてたくせに」

一鶴と大河のそんな様子が微笑ましくて、輝矢は少しだけ笑ってしまう。

「二人は、そうした時代背景に関わらず友達として過ごしていたんだね。素晴らしいことだ」

手放しに褒められると思わなかったのか、一鶴と大河は照れくさそうにした。

彼らの関係が気になりつつも、輝矢は次の質問をする。

「話の腰を折ってごめん。それで……何で、射手がいることが重要なの？」

大河が答える。

「そりゃあ、全国の鎮守衆の中でもとりわけ特別な存在になれますから」

「それだけって……？」

「それだけって……」

「いや、気を悪くさせたらごめん。俺が言いたいことはね……」

「……輝矢様には名誉欲ってもんがわからないでしょうね。そりゃあ良いご身分なのだから仕方がないか。オレ達下々の者なんて眼中にないんでしょう」

大河は不機嫌をあらわにした。立腹した様子だ。輝矢は『違う』と慌てて否定した。

「……何か利益があるのかと思っただけだよ。金銭的なこととか、そういうのがあって、射手が消えると手に入らなくなるとかさ。射手の周囲の人間は金銭補助ありきなんだ。だから、俺の周囲で起こる問題って大体お金のことになる。てっきりそれかと思ったんだよ」

輝矢は自分で言って悲しくなってきた。

「輝矢様ご自身もそういう揉め事が多かったってことですか……？」

大河は少し不機嫌を引っ込めて尋ねる。輝矢は頷いて言う。

「そうだね……大きなお金って人をおかしくさせるところがあるから。別れた奥さんなんかもそうだったよ。お兄さんの病気の治療費の為に好きでもない俺と結婚したんだ。俺も同情して十分治療費が賄えるようになるまで一緒にいようって話をしたんだけど、奥さんの……透織子さんって言うんだけど、その透織子さんのお兄さんは実は既に亡くなられていたんだよ」

「え」

「透織子さんが俺と別れたがっていたのを知って、実家の人が隠したみたい。お兄さんが生きてるならまだ治療費が必要だし、俺と別れられないって踏みとどまるでしょ。酷い親族だよね」

「……」

「大河さん、すごい顔しているね」

「めちゃくちゃ引いてます……」

輝矢は身内話をして少々恥ずかしくなったが、彼に腹を割って話してもらう為にも続ける。

「あと……そうだね。俺の実家も大変だったらしい。これは俺も母から又聞きしただけだったんだけど、俺という神を輩出したことで実家にたくさんのお金が入るようになってから、まったく会ったこともない遠縁の人が金を無心に来たそうだよ」

「そういうの本当にあるんですね……」

「あるある。あの頃は母が可哀想だった。俺の親、共働きなんだけど……母が家のことをほとんどやっていて、そういう変な人達の対応とかも一手に引き受けてた。一時期すごく疲れた声出してたな。俺が射手なんかになったせいでさ……」

輝矢は話しながら母親のことを思い返す。とは言っても、若い時の母しか知らない。

──母さん、何歳になったんだろう。

恐らく七十代に差し掛かる頃だろうが、どんな姿をしているのかもわからなかった。

──あの頃は、まだ電話をしていたんだよな。

現代の最新機器を使用すれば、遠くにいても顔を見ながら会話出来るというのに、輝矢は家族とそうした交流を持っていない。一度疎遠になると、もう他人のようになってしまう。

「とにかく、そういうお金の問題が俺には付き物だから、どうなのかなって思っただけ。鎮守衆の方は巫覡の一族ではないからさすがに補助金制度はないかな？」

輝矢の苦労を察するところがあったのか、大河はそれ以上つっかかる態度は見せなかった。

「いえ……巫覡の一族からはありませんが、大和国政府からはありますよ。現在、霊山に関しては環境保護庁の外局、森林原野庁から補助金が出ます。申請しないと出ないですけど、射手がいる霊山に関しては、森林の整備・保全費用として特に手厚くされるんです。それがどうしても欲しいってところはきっと今もあるでしょうね。百四十年前はそうした制度はないです。当時の問題はそこじゃない」

「そう……」

輝矢がまだ腑に落ちない様子だ。泣いていた一鶴が見かねて言った。

「羽形の鎮守衆にとって名誉を得るということは、喉から手が出るほど欲しいものなんです。神社が長とはなっていても、元は山立の集まりですから」

「一鶴」

大河が咎めたが、一鶴は構わず言う。

「輝矢様、山立ってわかりますか」

輝矢は頭の中で山立という言葉に検索をかけた。一つだけ思い当たるものが浮かぶ。

「山立というと……狩人さん、だったかな」

一鶴は正解だと言わない。

「あれ、違った？　ごめん、俺って学がないね……」

「いいえ。違いません。ただ、山立は……」

ほんの一瞬だけためらってから、一鶴は言う。

「山立は山賊という意味でもあるんです」

輝矢は目をぱちくりと瞬く。

「奉燈山は歴史ある霊山。大河のご先祖様が建てた神社も古くから存在していましたが、神社が出来る前から奉燈山を根城にしている存在がいました。うちのご先祖様である山立達です。

山に生き、山を崇拝し、山の生き物を狩りつつ、峠を越えようとする人間も狩っていました。……言っておきますけど、そういう時代があったってだけで今は違いますよ」

輝矢(かぐや)はまだ何も言っていなかったが、一鶴(いちず)は言い訳のように続ける。

「巫覡(ふげき)の一族みたいに立派な一族の人ばかりじゃないんです。うちのご先祖様のように、住む場所もなく、追い立てられるように山へ逃げ、生きる為に仕方なく……そんな人達もいたってだけで」

彼女は自分の出自を恥じているのかもしれない。それを隠すように、早口で喋(しゃべ)る。

──被差別民だった、ということかな。

真偽を問いはせず、輝矢(かぐや)は一鶴(いちず)を落ち着かせるように敢(あ)えて平静な声で言った。

「落ち着いて、一鶴(いちず)さんの祖先が山立(やまだち)さんだからといって、俺は別に何とも思わない」

一鶴(いちず)は輝矢(かぐや)に疑いのまなざしを向ける。

「……」

「本当だよ」

あまり信じていない様子で、一鶴(いちず)は下を向いたままぼそぼそと言う。

「……一鶴(いちず)には輝矢(かぐや)様の御心が見えませんので……嘘(うそ)をつかれていてもわかりません」

「疑いたくなる気持ちはわかる。でも、本当に身分がどうこう、祖先が誰それなんて、俺は気にしたことがないんだ」

「何でですか」

「何でって……みんな俺が夜を授ける民だから。一列に同じ。区別をしたことがない」

端的な返答に、一鶴は驚いた。それから、まだ猜疑心丸出しで輝矢を見る。

「善人も、悪人も、一緒くたですか」

「そうだよ。貴賤もない」

変わらず、優しい声音で輝矢は言う。

「朝と夜は毎日、誰の上にも届いているでしょう。それが証明だ。一鶴さんがなんであれ、関係ない。今日も、明日も、俺達はみんなに空の移り変わりを届ける」

「……」

「今日に関しては君達が俺を解放してくれないと難しいけどね」

一鶴はしばらく唇を尖らせ黙っていたが、根負けした様子でつぶやく。

「……輝矢様は清廉潔白すぎます」

「そうかな……単純に視点の違いだと思うけど」

『それと』と輝矢は付け加えた。

「君達が俺を脅したこと、慧剣を人質に取っていることは普通に怖いと思っているし、何でそんな酷いことをするんだろうとは思うよ。これに身分は関係ない。君達がやった、君達の行いだ。君達個人に対して、俺は『怖くて野蛮だ』とは思う」

「…………はい」

まるで怒られた子どものような表情を一鶴(いちず)は見せる。そんな様子を見せられると、輝矢(かぐや)も調子が狂ってしまうのだが、ひとまず話の続きを促すことにした。

「それで、一鶴(いちず)さんのご先祖さんが山立(やまだち)さん……の話の後には何が続くのかな」

一鶴(いちず)は話しにくそうにしながらも、催促されるがままに言う。

「……悪さをしていた山立(やまだち)に教えを説き、仕事を与えたのは大河(たいが)のご先祖である奉燈神社(ほうとうじんじゃ)の人達でした。これが鎮守衆(ちんじゆしゅう)の前身とも言えます。やがて改心した山立(やまだち)達は小太刀(こだち)家のもとに下り、小さな集落……鳥居前町(とりいまえまち)を形成し、根城にしていた霊山を守る存在へと転身しました」

「素晴らしいことだ」

「そうでもないです」

輝矢(かぐや)の返しに一鶴(いちず)は言う。

「一度ついた汚名は中々消えません」

「……何かしら、誹謗(ひぼう)中傷があったということかな？」

一鶴(いちず)はこくりと頷(うなず)く。

「参拝者から、または神社関係者からも、社会の最下層にいたご先祖様達へのそしりは長らく続いたと聞いています」

外部の者からしてみれば、元山賊の人間は恐ろしく見えたことだろう。

また、略奪や殺人で当然恨みを買っていたはず。当たり前の反応ではある。

そして、贖罪というものは、その代で終わらなければ次の代に引き継がれる。

「けれど、元・山立達は努力しました。良い人間になろう。奉燈山をもっと良いものにしようと……生まれ変わった気持ちで神社に貢献し、鎮守衆としても活動を頑張った」

輝矢は何も言わず、ただちゃんと聞いている姿勢が一鶴に伝わるよう相槌を打つ。

「結果、黄昏の射手様の霊山としてふさわしいと選ばれたくらいですから、治安だってかなり良くなったんだと思います……。射手様が暮らし始めて年月が経った頃、やがて、根強くある差別を一掃させる好機までが訪れました……」

「ああ……」

「それが百四十年前の、射手との縁談か」

輝矢はようやく理解した。

言うなれば、その婚姻は山賊達が汚名返上の戦いの果てに得た福音だったのだ。

「はい。その頃も外部から鳥居前町に住む者は元・山立ということで差別はありましたが、射手様と清和様はそうしたものを越えた恋愛を育んでいた、と聞いております。だからこそ縁談まで漕ぎ着けた。だというのに、射手様は……」

だがその福音は、前触れもなく裏切りが起きて消えてしまった。

もう百四十年も前となると、生き証人もいないだろうし、実際どういうことが起きていたのかはわからない。残された者達が推測を語るのみだ。

「最終的に、射手様が奉燈山から消えてしまったのは天音の娘のせい。責任を取れという暴論にまで発展したんです。天音一門自体がちょっとした村八分みたいにされました」

輝矢は同情的な声を出す。

「そこで何で天音の娘さんのせいになるのかな……清和様は悪くないじゃない」

「……そのお言葉を当時、天音の一門に無体な真似をした人々に言ってあげて欲しいですね。でも、人間なんてそんなものです。何か始末の悪いことが起きた時、原因を弱い人に押し付けて解決したがる。そういう心の貧しい人がたくさんいます」

「……」

「その時は、偶々……生贄にされたのがうちのご先祖様だった。ただそれだけです」

一鶴は声を一段低くする。

「終いには、清和様は奉燈山の崖から身を投げて亡くなってしまいました」

輝矢は思わず息を呑んだ。

「本当に……？」

昔話の最後として、あんまりな結末だ。

「本当です。奉燈山ではその崖に石碑を建て、毎年慰霊祭をしているくらいです。輝矢様がこれから住まわれる御殿は、崖近くにあります」

一鶴の言葉は鋭利な刃のように輝矢の心を刺した。

「責任を取りたかったんでしょうね。百四十年前の村八分なんて……ただの虐めじゃありません。されると一家の死活問題です。うちが伝え聞いたものでも、井戸を使わせてもらえないとか、山の山菜取りが禁じられたりとか、麓の近くの村に行く道さえ、うちの一門だけ通るな、獣道を歩けと言われたりと、理不尽なことを強要されていたそうです。病気になっても医者を呼ぶことすら許されず、それはそれは散々だったと……」

聞くに堪えない仕打ちだ。輝矢はやるせない気持ちになる。

「嘘だと思いますか？　でも人間は一度でも相手を下だと決めたら……酷いことを平気でやりますよ。やりたくない人も、同調圧力でやるようになります。結局は……清和様が自殺したおかげである種の禊になり、うちの一門の村八分は解かれたそうです。けど、それも表面上と言いますか……蔑視の感情は続いています」

相当鬱憤が溜まっていたのか、一鶴の語りは止まらない。

「うちの一門はいまも鎮守衆の中では下っ端中の下っ端。人間として最下層です」

さすがに見過ごせない言葉が出た。自ら言うにしても、言葉が強すぎる。

大河は一鶴を責めるように名前を呼ぶ。

「一鶴……」

喋ることに夢中の彼女は、大河の声も届かぬ様子だ。

「天音の一門の子どもとは遊ぶな。不吉だから。天音のところの人間とはあまり関わるな、呪われているから。雑用も汚い仕事も全部天音にやらせろ。準備も後片付けも天音。他の家門から用を申し付けられたら断るな。だって天音一門は過去に射手様を逃したから……。うちは小さい頃から父さんが人にぺこぺこと頭を下げる姿しか見たことがありません」

彼女は幼い頃より、他者から向けられた悪意を雨のように浴びて生きてきた。

「うちの将来もああなるんだと思うとうんざり……」

誰も彼女の傘にはなってくれなかった。

「うちが悪いわけじゃないのにうちが駄目って言われて、家族が馬鹿にされるのもうんざり」

恨みや怒りが雪の如く心の中で積み重なって、解けなくなる。

「だからうち、ある日爆発したんです。もう全部嫌だって」

そうして天音一鶴は結果、輝矢に救いを見出した。何せ相手は現人神だ。小さな頃から結婚すると思っていた相手。袖にされた男が神だからこそ一鶴は輝矢にすがる。

そして責任転嫁する。悪いのは、あなたじゃないか、と。

「輝矢様、おわかりになりましたか。うちが苦しいのは射手様のせいなんです」

もう自分でも、善悪すらよくわかっていないのかもしれない。

「輝矢様が贖罪としてうちをお救いいただかねばならないんです。そうでなければ、誰がうちの人生を救ってくれるんですか」

一鶴の倫理観は、輝矢に関してだけねじ曲がっている。

「……一鶴さん」

輝矢は一鶴にかける言葉が見つからない。彼女の悲しみに寄り添える立場ではないし、かと言って現時点でしてやれることが思い浮かばない。

「でも、うちは暴力は好きません。輝矢様に望むのは一つだけ。奉燈山に来て、うちと結婚してください。そうしたら、全部が良くなります」

言い切る一鶴。ため息をつく大河。輝矢は困り果てる。

待っているのは破滅だとしても、もうこの舟から誰も降りることは許されない。

ある意味、一鶴は無敵だった。これ以上傷つきようがないのだから。

そして場面は移り変わる。

輝矢はいま、奉燈山に建てられた御殿に閉じ込められていた。

一鶴が去った後、ぽつんと一人、部屋に取り残されている。

「……っ」

急にけほけほと咳が出た。乾燥で喉を痛めたようだ。

寝起きに一鶴と話をしたせいもあるだろう。

だが、体の怠さはどんどんマシになってきている。起きたばかりの時は寝汗がひどかったが、段々と体温も調節されてきた。慣れぬ環境でも活動出来るように体が自動的に変化する。

これが、射手が神から与えられた贈り物の一つだ。

――さて、どうしようか。

輝矢は辺りを見回す。テレビやパソコンなど、外部からの情報が仕入れられそうなものは何一つなかった。敢えて排除しているのだと思われる。

――状況を把握したいんだけど。

携帯端末も大河に脅されて捨てたきり手にしていない。

「……」

黙っていても仕方がないので、輝矢は動くことにした。外は暗く、部屋の中の明かりは乏しい。電灯を一つずつ点けていく。

部屋は豪華な和室で、この一室だけで宴会が出来そうな広さがあった。

首をぐるりと回して隅々まで見ると幸いなことに壁時計があり、時間がわかった。

現在時刻は午後八時半。

「えっ」

――結構、気絶してたな。

輝矢は驚き、時計を凝視してしまう。その時、部屋の外から急に声をかけられた。

「輝矢様、起きてらっしゃいますか」

男性の声だ。『はい』と返事をすると、襖が開いた。輝矢よりは少し年上の、恐らくは四十代半ばぐらいの男の姿が見えた。小柄で、人が良さそうな顔をしている。

「先程起きられたと一鶴から聞きました。ご体調はいかがでしょうか」

どうやら彼は輝矢専用の使用人のようだ。男性は輝矢を案じるように視線を注いでくる。

「ああ……馴染のない聖域で矢を射ったからちょっと普段より疲れてしまったみたいで。心配させたのならすまない。貴方は羽形鎮守衆の方？」

「その通りです。この度は大変なご迷惑を……」

「あ、いえいえ……」

「……本当にすみません」

「……ええと」

攫われた人間と、攫ってきた側の所属団体の者。顔を突き合わせると微妙な空気になるのは自明の理だろう。妙な沈黙の後に、男は意を決したように言った。

「あの、輝矢様。突然こんなことを言われても戸惑われると思いますが、御身にお願いがございます……。よろしければわたくしめの話を聞いてくださらないでしょうか」

男はその場に膝をつき、手をつき、頭を垂れた。

「どうか羽形鎮守衆の窮地をお救いくださいませんか……！」

輝矢は慌てて『頭を上げてください』と言った。

「窮地……？　もしかして巫覡の一族や国家治安機構が来ている？」

男は弱々しく頷く。

「はい。周辺を包囲されています」

「包囲!?」

輝矢は先程も見ていた窓にまた張り付いた。しかし、角度が悪いのかあまりここからだと包囲の状況が見えない。そもそも階層が高すぎた。

「え、何で！」

「すみません、包囲は言い過ぎかもしれません。正面玄関前に国家治安機構と巫覡の一族が集まっており、ここを開けるよう求めています」

「ここって、この建物？」

「はい。射手様の為の御殿です。現在、封鎖されているので……」

「封鎖って……」

「一鶴がこの御殿で立てこもりをすると決意してしまいまして……。いま外にいる国家治安機構と膠着状態になっているんです。この建物は射手様の為の御殿なので頑強です。戸締まりをしてしまえば、何か機具を使わない限り、外部から開けるのは難しい造りとなっています」

輝矢の混乱を察してか、男は殊更落ち着いた様子で言う。

だが輝矢は開いた口が塞がらない。

「大人の人何してんのっ！」

いくら一鶴達が猪突猛進で止めるのが難しい犯罪者ペアだとしても、この地にはたくさんの羽形鎮守衆がいるはず。何故、周囲の大人が暴走を止めなかったのかと輝矢は詰め寄る。

「これは一鶴と大河くんがやったことで、羽形鎮守衆としては寝耳に水の話でしたので……」

「それはわかるよ。でも無理やりにでも止められなかったの？　数で押せばいけるでしょ。貴方は何をしているの？　何で止めない？」

「……お恥ずかしい話ですが体格の良い大河くんに脅されてはわたしも強く出られず……」

輝矢はちらりと目の前の男を見る。男は輝矢よりも背が低く、武芸に秀でた人でもなさそうだった。

「……」

輝矢は自分がした向こう見ずな発言を反省する。

「……ごめん……そうだね。大河さん強そうだもんね……」

男もしおらしい態度でこくりと頷く。

「彼は趣味でボクシングを習っています」

「それは太刀打ち出来ない……下手すれば死んでしまう」

強面、恵まれた体躯、格闘スポーツ経験者。

この三拍子が揃えば怯んでしまうのも仕方がない。戦うのなら防護盾と警棒くらいは欲しい。

「じゃあ他の人は？」

「大河くんのお父さん……小太刀一門の当主さんがおりますが、老齢の方ですし……わたしのように大人しく従っていないので大河くんに殴られて拘束されています」

「殴られて……？　怪我をされたんだろうか」

「はい、流血しています。手当ても許されておりません」

輝矢は顔をしかめた。どうやら一鶴と大河はかなり暴走しているようだ。

男が輝矢に助けを求めるのも無理はない状況、というのは十分に伝わった。

「それ以外の鎮守衆の方は？」

「おりません。この建物内は現在、御身とわたしを含め五名です。ここに来るよう一鶴に呼びつけられたわたしと、小太刀の当主さんのみ事態を知っています。他の羽形鎮守衆は今頃国家治安機構と共にこの御殿の様子を外から見守っているかと……」

どこまでも用意周到である。輝矢はため息をついた。

「子ども二人にしてやられているな」

「不甲斐ない大人で申し訳ないです……」

「……それを言うなら俺もだよ」

そして思う。まるで、演劇の舞台のようだと。

人質、犯人、犯人の陰口を言っていた他の家門の者達。悪者を捕まえる為にやってきた正義の執行人。登場人物は配置された。

──何か。

とても綺麗に配置されているのに。

──何かがおかしい。

言い表しようのない違和感を覚える。

「……」

それを男に伝えたいが、うまく言葉に出来ない。

わかっているのは、一鶴と大河、二人はどうやらこの事件を大人しく終わらせる気がないということだけだ。

「わたしは大人しく従っていたからか……こき使われているだけで今のところ危害は加えられておりません。なので、輝矢様のお着替えを手伝い、下にお連れするよう言われました」

「そうか……そちらの事情も知らずに批判してすまない。俺、短気だから」

「とんでもありません。ただ……不幸中の幸いと言いますか、御身が一鶴達に誘拐ではなく任意同行だと国家治安機構に声明を出すよう指示してくださったおかげで、国家治安機構も無理に突入せず、説得と交渉にまずは時間を割いてくれている状態です。よくご寛大な処置を……」

言われて、輝矢は気絶前のことを思い出した。

「ああ……寛大というか、打算があったんだけど……どのみち俺が羽形にいることは、矢を射ったらすぐにわかることなんだ」

「そうなのですか」

「うん。巫覡の一族の観測所は各地にあるし、霊山も限られているから夜が始まると目星がつくんだよ。ああ、あそこの霊山で射手が空に矢を放ったなと。となると……国家治安機構と巫覡の一族が手錠を持ってここに来るのは必然だ。大事になってしまうから、とにかく俺が無事だと報告しなさいと言った。そうしたら交渉の余地があるからね」

　男は輝矢を尊敬のまなざしで見る。

「一鶴と大河を守ろうとしてくださったんですね」

「それもあるし、おたくの……羽形鎮守衆の面子を守る為もあるよ。色々と事情を聞いたけど、数代前の射手との亀裂が、ずっと羽形の方々を苦しめていると聞いた。清和様という女性が死んでしまったことも。それは……あの子達の嘘ではない？」

「はい……事実です」

　輝矢は思案顔になる。

「だとしたら、さすがに看過出来ない。巫覡の一族が貴方達の声を無視していたから怒った、というところに関しては俺も一鶴さんに同意出来る。結婚は出来ないけど」

「……輝矢様」

「俺としてはとにかく話し合いに持ち込みたかったんだ。一鶴さんは飛行機の中でも気が立っていたし、第三者がいないとろくな話し合いにならない気がした。それこそ、羽形鎮守衆の大人の方々も交えて、貴方達が受けた屈辱と、それに対する補償の話をしようと思った。いつもなら気絶は三十分くらいだったし……」

輝矢は気落ちした様子で吐息を漏らす。

「敗因は俺の気絶が長すぎたことだな……」

まさかぐうすか寝てる間に籠城戦をされるとは予測出来なかったのである。輝矢の計画は穏便に事を収める方法としては悪くはなかったのだが、自身を過信しすぎたことがまずかった。

昨年、エニシの麓で空に矢を放った時は聖域ではないにも関わらず、気絶から目覚めるのも、体の回復も早かったので、こちらでもそうなるだろうとすっかり思い込んでしまったのだ。

――エニシとは水が合っていたんだろうなあ。

まさか、数時間も寝るとは思ってもいなかったのである。

――あとは心のありようか。

現人神は心で奇跡を起こす。花矢と弓弦の為に『やるぞ』と挑んだ神事と、一鶴と大河のことで頭を悩ませながら『やるか』と挑んだ神事では結果が違うのかもしれない。

「一鶴さんも、聖域では俺の提案に大人しく従ってくれてたのに……何でなんだろう……」

男も苦しげな表情で返す。

「輝矢様の安否が不明なので国家治安機構も下手に動かないようにしているのでしょうが、時間の問題です。一鶴は輝矢様を人前に出し、国家治安機構に強気の交渉をするつもりかと」

「交渉ってちなみに現時点で何を要求しているの？」

「御身との結婚ですとか」

「しないよ……」

「巫覡の一族に過去の歴史に対する謝罪と補償」

「……それはまあ、妥当か」

「あとは籠城戦の食事など」

段々と呆れてきた輝矢の表情を見て、男は申し訳無さそうに言う。

「わたしも支離滅裂な行動だと思っています」

「あの……俺は羽形鎮守衆さんが一鶴さんを『お嫁さんにどうぞ』と言っていたことを知らなかったんだけど、それは貴方も聞いた？」

「はい……ですから輝矢様が今回被害者であることは十分理解しております。わたしもあの子が何をしたいのか、わかりません」

「それは俺もずっと思ってた。一鶴さんが感情的になるのはわかるよ。それだけの悲しみを抱く背景があるから。でもさ、それにしたって……あまりにも行き当たりばったりというか。いや、犯罪なんてものは計画通りにいかないだろうし、若いせいもあると思うけど……」

──そう、支離滅裂、チグハグなんだ。

このもやもやを言語化するには、もう少し一鶴の内面を知る必要がある気がした。

「わたしにはもはや手に負えません。なので、権威のある輝矢様に御力を貸していただきたく……」

「もちろんだ。俺も国家治安機構の突入現場とか見たくない。一鶴さんが呼んでいるとのことだし、みんながいるところに連れて行ってくれる？」

「ありがとうございます。あの、輝矢様、それとは別にお頼みしたいことが……」

「何だろう、俺に出来ることならば」

輝矢は快く頷く。

「本当ですか、ご相談してもよいのでしょうか」

「もちろん。羽形鎮守衆の方々にはうちの一族がご迷惑をおかけしているから。けど一鶴さんを止めるのが先だよ」

「その一鶴に関わることなのです……」

男は神妙な表情になってから言う。

「……輝矢様は、お祓いなどは出来るのでしょうか」

輝矢は瞳をぱちくりと瞬いた。そして戸惑いの声が漏れる。

「お祓い？」

頭の中で様々な映像が流れる。神主が祝詞を唱え、祓串を振る姿。映画やドラマでよく出てくるような、祓魔師が気合を入れて『はあっ』と声を上げ霊を払う様子。果てには慧剣と一緒に観た、西洋の悪魔祓いの映画の内容まで。

──俺は、お祓い出来ないけど。

輝矢は頭の中が疑問符でいっぱいになる。

──出来るって、民に思われてるってこと？

巫覡の一族は神職とも言えるが、祓い屋稼業などはしていない。

輝矢があまりにも困惑しているのが伝わったのか、男は再度深く腰を折って謝罪した。

「馬鹿なことを申し上げました。すみません。巫の射手様は人知を超越した存在。だとしたら、退魔のような御力もお持ちではないのかなと……藁にも縋る思いで、聞いてみたかっただけでして……」

「……そんなこと初めて言われたな。でもごめん、俺に破邪の力はないよ。多分……」

男は明らかに意気消沈し、肩を落とした。

どうやら知的好奇心で聞いたのではなく、本当に困って聞いたようだ。

「そう、そうですよね……」

「どうしてそんなことを俺に？　この奉燈山にも神社あるよね。奉燈神社の方々に頼んだほうが早いのでは？　一鶴さんをお祓いに連れていきたい気持ちはわからなくもないけど」

「………今回の場合は歴史背景や事情を考えると、巫覡の一族の方でないと鎮められないものだと思うのです。……しかし、お気になさらないでください。また手を考えます」

「外の者でないと祓えないもの？」

「はい……」

「もしそれが今のうちに聞いておいたほうがよい情報なら言って欲しい。一鶴さんを説得するには、彼女に寄り添ってあげないと」

「………これ以上話すと、更に恥の上塗りになってしまうのですが」

「いいから言って。というかそこまで言われると俺も気になる」

輝矢の催促で、男は覚悟を決めた。

「……では、恥を忍んで申し上げます」

真剣な表情で輝矢を見る。

「自己紹介が遅れましたが、わたしの名前は天音照幸。天音一鶴の父親です。輝矢様……わたしの娘の一鶴は、もしかしたら何かに取り憑かれているのかもしれません」

輝矢は口を開けたまま固まった。

ここにきて、まさか話が超自然現象の方面にいくとは思ってもいなかったのである。

第五章
柳(やなぎ)に雪(ゆき)折(お)れなし

囚われの身の神様は寝巻きから着物に着替えて部屋から出た。

黄昏の射手を迎える為に作られたという、その御殿の中を歩く。

「この御殿は以前の射手様が旅立たれてから新たに作られたものなんです。なので築百年を越えています。電気は通ってますが、少し薄暗いのでお気をつけて」

歴史を感じる壁や内装は確かに古めかしい。まさに古色蒼然とした様だ。

誰ともすれ違わないので廊下は静かだが、外からはうっすらとサイレンの音が聞こえる。

輝矢は照幸に尋ねた。

「射手の住処が土砂崩れで潰れたと一鶴さんが言っていた。……じゃあ、これは持ち主がいないまま時を過ごしていたんだね」

小柄な照幸の背中は輝矢と同じく曲がり気味だ。苦労してきた人生を感じる。

「はい。天音一門が管理してきました。一鶴にも小さな頃から掃除させましたよ。いまからでも、輝矢様にお住みいただけます」

「ここに……？　四階建て……五階建てかな。こんな御殿に住むなんて考えられないよ」

「御身は望めばなんでも手に入るのでは？」

「俺が住む場所は次代に引き継がれる。大きな屋敷は与えてもらえるけど、さすがにこれは守り人とひっそり住むにしては大きすぎるよ。射手は基本的に守り人と二人きり。未成年なら、今は親と住むことも許される。それでも部屋が余り過ぎるよね。お客さんを何人呼んでもいいのは素晴らしいけれど……射手の交友関係だとそれも難しそうだ」

「召使いなどはいないのですか」

「前はお手伝いさんを家に入れていたけど、いまは……」

「そうなんですね……先祖はきっと、御殿を建てれば射手様が帰ってきてくださると思ったのでしょう。我が先祖ながら涙ぐましい努力です」

「……そうだね、申し訳ない」

輝矢は言葉少なく返す。人が住まない建物はすぐ朽ちる。

それでもこれだけ綺麗に保たれているのだから、きっと丁寧に扱われてきたのだろう。

掃除をしてきた人達が射手の帰還を願って磨いていたのだと思うと、物悲しくなってきた。

――駄目だ、引きずられるな。

輝矢は感情に振り回されそうになるのを堪えて、本題を振った。

「さっきの話に戻ろう。一鶴さんが何かに取り憑かれているという件は一体どういうことなの」

「……清和様の自殺で天音一門の禊は済んだ。そう、一鶴や大河くんが話したとのことですが、この話にはまだ続きがあるんです」

照幸は先導しながら話した。輝矢が閉じ込められていた部屋がこの建物の最上階にあったせいか、廊下や階段の道のりが長い。階段は下りる度にギシギシと音が鳴る。

「清和様が亡くなられてから、天音の一門では異変が起きました」

「……異変？」

「ええ、女児が生まれなくなったんです」

「……子どもが、じゃなくて……女の子だけ生まれなくなったってこと？」

照幸は輝矢を振り返りながら頷く。

「はい。うちの一鶴が生まれるまで、百年以上、一門から誕生する子どもは男子のみでした。それでは子孫が続かないので、嫁取りが天音の存続課題となったくらいです。これは清和様の祟りではと言われていました」

——祟り。

輝矢は、はてと思う。

——統計としては、どうなんだろう。

呪い云々は置いておくとして、偶然、男児しか生まれないということはあるはずだ。

三人目は女の子が欲しかったがまた男の子だった、なんて話は世間ではよく転がっている。

逆も然り。別段不思議なことではない。

——ただ、百年以上、その家門のあらゆる夫妻の子が男児なら、やはり変ではあるか。

呪いと捉えたくなる気持ちは理解出来なくもない。天音一門にはそれだけの時代背景がある。

「……つまり、清和様、とやらが怨霊になられてしまった？」

神様の妻になるはずだった娘。射手に見捨てられ、仲間からも忌み嫌われた。

さぞ悲しかったことだろう。自分を苦しめた者達を恨みながら死んだはず。

残された子孫はその事実に『呪い』を見出す。

「少なくとも我々はそう解釈しています。ですので清和様が亡くなられた崖には石碑を立て、慰霊祭なども毎年行っております。その甲斐もあってかようやく一鶴が生まれてきてくれた。我々は一鶴の誕生に清和様のご意思を感じました」

「ご意思……」

「はい。今度こそ、天音から神に嫁ぐ娘を輩出せよと」

照幸の物言いに輝矢は恐れを抱く。

何かを信じ、傾倒する時に生まれる、『悪い部分』が散見された気がした。

たとえば、いまのように事象を自分の尺度で決めつけるようなことだ。輝矢は照幸との会話を慎重になりながら続ける。

「……貴方も感じたと？」

「もちろんです。この鳥居前町にずっと住んでいる者ならみんなそう感じましたよ」

いやに自信たっぷりに照幸は話す。

「輝矢様はご実感がないでしょうが、わたしらは実際に何年も男しか生まれない一族として暮らしてきた時間がありますからね。天音以外の羽形鎮守衆からは、男児が生まれる度に『呪いだ、呪いだ』と騒がれ、よくいじられたものです。『天音に嫁ぐと男腹になる。女腹よりはいいが代わりに呪われる』なんて……」

「……それは」

胡散臭い話だと身構えていたが、急にそうも言えなくなってきた。

実害が発生しているのだ。照幸もため息まじりに言う。

「酷いね……」

「……わたし達、男はまだいいですよ。嫁いできてくれた女性達は呪いをかけられた対象として見られたのでそれが一番可哀想でした」

「呪いをかけられた……」

「ええ。昔は家の跡継ぎが重要視され、男性が家長でなくてはいけないという風潮がありましたから、本来であれば男児が多く生まれるのは歓迎されこそすれ問題にされることではありませんでした。しかし、男ばかり続くと……やはり『呪われた』という印象が強まり……。祝い事であるはずの出産に別の意味合いが出てしまうんです。命がけで子どもを産んでくれた女性達が、『嗚呼、男だった。まだ呪いが続いている。怖い怖い』と言われてしまうんですよ」

——陰湿すぎる。

率直な感想が輝矢の中で浮かんだ。巫覡の一族も閉鎖的だが、ここの鎮守衆も負けていない。一鶴が言っていたことは本当だったのだ。村八分は解かれたが、差別は続いている。

――これもその延長では？

天音の一門の不遇に終わりはない。

「そのせいで生まれたばかりの赤子をうまく可愛がれなくなる人も出ました……。家庭内不和や離婚が多発し、苦労してきた親世代を見て、家族を作るのは面倒だから嫌だと言い張る者もいましたね。わたしも、妻と出会うまではそういう気持ちがありました」

照幸の言葉の端々から怒りや悲しみが滲み出ている。

「なるほど……」

――深い事情を聞いてみないと、わからないものだな。

例えば、人伝にこの話を聞かされたら、古い慣習や思想の中で生きている人々が小さなことを大きなことにして騒いでいると輝矢は感じたことだろう。

だが、差別や悲劇があったこの地に根ざして暮らし、苦しんできた家族の歴史を背負っている人の言葉を直にもらうと、彼らの言うこともわからないでもない、と思えた。

「本当に、何年も何年も、慰霊祭を行ってきて、ようやく一鶴を授かったんです」

少なくとも、輝矢は照幸の話を馬鹿らしいと一蹴することは出来なかった。

――あまりオカルトな話は得意ではないんだけれど。

いま此処に存在している人々の感情の渦が輝矢にそう思わせる。

——確かにある種の『呪い』が起きてはいる。

人は、説明がつかない事象に名前をつけることで安心し、不安がるのをやめて行動に動き出すことがある。

名付けは不確かなものの在り方を掴む儀式であり、それからようやく対処が始まるのだ。

天音の一門は、男児しか生まれない事象に『呪い』と、一鶴の誕生に『呪いの対処』を見出した。そしてそれは原因を作った射手にしか解けないと考えたのだ。

「それでですね。一鶴が生まれてくれたことにより、我々には目標が出来ました」

本題に入った。輝矢はなるべく平静な声を作って問う。

「……俺に貴方の大切な娘さんを嫁がせること？」

「はい」

「照幸さんは、それを納得したんだね。誰かその目標に文句を言う人はいなかったの。奥方とか……」

「妻は早くに亡くなっていますので」

「ああ、それはすまない……」

輝矢の謝罪に、照幸は気を悪くした様子はなく、話を続ける。

「いえいえ。誰一人として文句を言う者はおりませんでしたよ。私の両親も、親族も。何せ、一鶴は天音の一族にとって奇跡の子ですから」

──そこは文句を言って欲しいんだよな。

照幸達の心境は理解しつつも、外野の輝矢はどうしても解せない。

──みんなの願いを押し付けられた子どもの気持ちは考えなしか？

知らず知らずの内に、自分の子ども時代の感情を重ねてしまう。

──俺は、家族に願いを託されて辛かったぞ。

苛立ちながら、ふと輝矢は疑問に思った。

「というか……どうしてそんなに巫覡の一族の内情に詳しいの？」

「……」

照幸は黙る。わかりやすく逃げの姿勢に入った。しかし、輝矢もなあなあにはしない。

「鎮守衆さんと俺達巫覡の一族って、そんな情報を下ろす間柄じゃないよね。俺の結婚歴とか、奥さんが出ていったこととか、どこで知ったの？」

「……怒らないでくださいますか」

──子どもか。

輝矢の苛々が更につのる。

「いや、場合によっては怒るよ」

また照幸が口を閉ざしたので、輝矢は盛大にため息をついた。

「わかった。怒らない。怒らないから情報源を言って。普通に怖いから知っときたい」

「本当に、お叱りはないですか」

「いいから早く言って」

ぴしゃり、と輝矢に言われ、照幸は口ごもりながら返す。

「鎮守衆の会合です……。年に一度、全国の鎮守衆が集まる機会がありまして、そこで」

「他の鎮守衆の人で情報通がいたってこと？」

「はい。竜宮岳にも鎮守衆がおりますよね。竜宮神社さんの神主一族さんだと聞いています。内偵を飛ばして毎年、輝矢様がどうお過ごしかそれとなく聞くように指示しておりました」

「……」

輝矢は唖然とした。

——虎士郎、おい。

口を滑らした者が虎士郎本人かはわからないが、少なくとも竜宮神社の誰かではあるようだ。情報が漏れた場所は特定出来た。

——何してるんだよ。

それにしても危うい。同じ鎮守衆で輝矢を傷つける者がいるという想定自体がなかったのだろうが、今後は何一つ喋るなと警告しないといけない。

照幸は輝矢の動揺をよそに話し続ける。

「会合終わりに酒宴があるので、色んな方々と気軽にお話し出来るんです。とは言っても、相手側もやはり口は堅いようでした。根掘り葉掘りは聞けなかったようです。例えば、『もう射手様は結婚されたんですかね』、『結婚はされましたね』、『お相手はどんな方でしょう』、『それは射手様の個人情報ですから……』という具合で、大体の事情しか聞けません。一鶴が輝矢様にお会い出来たのも、そこから得た情報でしょう。新しいお屋敷が出来たことはわたしですら知っています」

「まさか竜宮ユートピアの招待券まで仕込みが……？」

輝矢は自分と一鶴達はその場所で会ったことを説明した。照幸は思案顔になる。

「鎮守衆の会合は毎回複数人で行くんです。大河くんは小太刀家の長男で跡取りですから、幼い頃から顔を出していました。竜宮神社の方と仲良くなっている可能性は高いです。長年の付き合いがある方なら、大河くんからの貢ぎ物を何の疑いもなく受け取るかと。あの会合は土産合戦のようなこともしますので、贈り物自体は珍しいことではありません」

――じゃあ絶対に情報抜かれた相手は虎士郎だろ。

輝矢は心の中で紗和がするように虎士郎の尻を蹴った。

「ただ……絶対にそのチケットが輝矢様に渡ると思っていたとは考えられません。色んな手立ての一つではないでしょうか。二人はここ数週間姿を消していましたから今までの情報から輝矢様のお住まいを調べ上げ、外出時に接触する機会を狙っていたのだと思います」

「確かに……引っ越しパーティーをした後はしばらくいつも通り神事と屋敷の往復だったから、直近であの日しか外で俺に接触出来る時はなかったかも」

「輝矢様が気づかれてないだけで、他にも接触の罠は仕掛けていたと思いますよ」

輝矢はゾッとした。慧剣と普通に暮らしていても誰かに見られていたことに。

屋敷は警備門があるとは言っても山の中だ。かなり遠回りに山を進んで行けば、たどり着けないことはない。警備門は地元の民間人や観光客を入れないようにする歯止めの役割にはなるが、全方位から屋敷を守る盾にはなり得ない。

――セキュリティ会社と契約もしているはずだけど。

それらが反応しないほど、遠目で観察されていたら手も足も出ない。

「我が娘ながら胆力だけは人一倍あるので、輝矢様を連れ出せる時が来るまで、諦めなかったと思います……」

「諦めて……」

ぼやきながら、輝矢は素朴な疑問が浮かぶ。

「あの二人、お金とかどうしてたのかな……？」

「うちは裕福ではありませんので、大河くんが出資しているのではと思います」

「大河さんが？」

「はい、小太刀のお家は中々子宝に恵まれず、御夫婦が年を重ねてからようやく大河くんを授かったという経緯がありますから、それはもう小さい頃からちやほやと育てられていまして。まあ、お金持ちの息子さんです」

「……」

輝矢はまた違和感を覚えた。

「あの二人が仲がいいのは昔からなのかな……？」

「……」

「そうでもないの？」

「いえ、恐らくは仲が良かったのだと……。わたしも最近知りました。子どものことはわかりませんね。こっそり遊んでいたのだと思います。遊んでは駄目な相手、と言われると子どもはムキになるでしょうし。大人には隠していたのかと……。わたしはてっきり一鶴に友達は一人もいないと思っていたので」

さらりと言われた一言に、輝矢は目を瞬いた。

──そんな、世間話を言うみたいに話すことか？

我が子のことだというのに、彼にとってそれは重要な案件ではないようだ。

照幸は輝矢が言葉を失っているのに気づかずそのまま話を続けてしまう。

「あの子も不憫なんです。せめて御身の新しい妻の募集が出た時に、一鶴をひと目輝矢様に会わせてくださったら……こんなことにはならなかったかもしれないのに」

「いや、それはさ……」

「一鶴は素直ないい子で、親の贔屓目なしでも美人です。これは本当に見初められるかもしれないという期待もあり、我々天音一門は一丸となってあの子を育てました。生まれてすぐに巫覡の一族にご報告と、一鶴を射手様の妻にしてくださいと嘆願書も出しましたよ。無視されていたようですが……」

照幸の語りは止まらない。堰を切ったように喋る。

「おまけに輝矢様は途中で結婚されてしまい、我々の計画は頓挫しました。あの子は打ち砕かれた願いがまた消え去ってしまったことで、当時はひどく落ち込んでいました」

そこで輝矢は制止を求める。

「待った。あのね、もし当時知らされていたとしても絶対に縁談は断ったよ」

「一鶴では駄目だと？」

照幸はぴたりと足を止めた。そして振り返って言う。

睨まれてはいないが、不服さは瞳に宿っている。

「駄目じゃなくて無理だ」

それでも、輝矢はハッキリと言った。

「一鶴さんが駄目なんじゃない」

「では……」

「俺が一鶴さんでは無理。ただそれだけだ」

「……そう、ですか」

あくまで輝矢の事情であり、けして一鶴を否定しているわけではないと強調したせいもあってか、反発はしてこなかった。輝矢は、照幸が非常識な男だとは思わないのだが、こと一鶴に関しては思考が浅くなりすぎるところが気になって仕方がない。

「照幸さん、もしかして俺との縁談が無理だとわかった時、一鶴さんのこと責めてやいないだろうね」

「……」

「照幸さん」

「………」

無言は、時に肯定を意味する。

「絶対に駄目だよそんなこと！」

あまり声を荒らげることをしたくなかったのだが、これぱかりは輝矢も憤った態度を見せてしまった。

「子どもは親に言われてやってきただけなのに、自分ではどうしようもないことでなじられたら……どうしていいかわからないじゃないか……！」

照幸はたじたじになる。

「……いまでは、御身が仰ることの意味がわかります。でも、当時はわたしも含め、誰もそんなことは思い至らなかったのです。理不尽に当たりはしませんでしたが、がっかりした態度や努力が足りないなどの言葉はつい漏れてしまいました……」

無自覚の加害、という言葉が輝矢の頭の中に浮かんだ。

「そんなに現人神と血縁関係になることが重要だった……？」

「はい。何せ一鶴は我々天音一門の希望だったので」

「大事にお育てになっていたんだよね？」

「もちろんです。蝶よ花よと育てました」

「でもそんな希望の女の子を供物にしようって考えるの、俺にはすごくおかしく見えるよ」

「は……？　供物だなんて、そんな」

最初は怒っているのかと思ったが、振り返った照幸の顔は戸惑いの感情に溢れていた。

そんな受け取り方をされるとは思っていなかったらしい。

――ずれている。

「俺からしたらそう。射手の妻は神様への供物。巫覡の一族内ではそういう風潮なんだ」

「栄誉のあることですよ！　御身はご自身が貴いことをあまり意識されていないでしょうが、わたしらからしたら……！」

「いや、言っていることはわかるよ。自分で自分が高貴とか言いたくはないけど、俺の地位は外の人から見たらそうなんでしょう。でも、座っている椅子のことばっかりみんなは言うんだね。その椅子に座って過ごす生活というものを想像していないように思える」

「……輝矢様、馬鹿にしておられますか？」

二人は立ち止まったまま互いを見つめ合う。困惑、怒り、悲しみ、焦り、互いの感情が渦になって、混ざり合っていくようだ。混沌とした空気が漂う。

――この人を責めたくないけど。

輝矢はここで勘違いを正さねばと、語気を緩めることなく言う。

「馬鹿になんかしてない。想像力が足りないって言ってるんだ。結婚ってさ、結婚して終了じゃないよね。結婚生活が始まってからが本番だったりするでしょう？」

「はい……」

「それと同じだよ。現人神の身内になるということは、地位と待遇は得られるけれど自由はない。人生が縛られる。自由意志が大事にされるこの時代には特にきついもんなんだ。俺はずっと苦しかった」

「……それは」

「今も苦しい。俺の守り人も一鶴さんと同世代なんだけど、申し訳ないな、俺の守り人になって可哀想だなって気持ちがいつもある。好きな人にずっと傍にいて欲しいけど、あんまりにも可哀想だから俺から手放したくなる瞬間がめちゃくちゃあるっ……」

照幸は輝矢の勢いに気圧される。

「……もう終わったことだし、俺は絶対に一鶴さんをもらわないから、未遂で終わって良かったけど、お父さんである貴方がいつまでもその意識を引っ張っているのは聞いていて辛いよ！　本当はそんなにいいものじゃないよって俺は強く言いたい！」

「……しかし。それでも、神妻になれるのでしたら」

尚も食い下がる照幸に輝矢はどうしてわかってくれないんだと憤る。

「だから……それって貴方達、送り出す側だけの感情じゃないか！」

先程よりも大きな声が出た。

「自分が嫁ぐわけじゃないから他人事でそう言ってない？　実際に現人神の傍に縛り付けられる人の人生をまるで無視してる！　やりたいこととか、見たい景色とか、住みたい環境とか、個人個人で違うよね？　一鶴さんに一度でも聞いたことある？」

「しかし……！」

照幸は引き下がらない。

「わたしもそうした人生を過ごしました！　誰にもしたいことなど聞いてもらえたことはありません！　輝矢様の言うことは理想論です。この羽形の鳥居前町で、天音の一門に生まれたわたしには、自由など大望で……子どもにだってそんなこと……」

「自分は可哀想だったから、子どもも一緒に可哀想な立場にしていいの？」

照幸は顔をかっと赤くした。

「あ、貴方様は生活の苦労や、差別を受けたことがないからそんなことが言える！」

遂には輝矢に向かって怒声で返す。

「ここで生きてないくせに、そんなこと言わないでくださいよ！　何なんですか……失礼だ！　わたしが山立の子孫だからと馬鹿にしておられますか？　それとも禍々しい事件を起こした娘がいる家系だから？　すべてわたしのせいではない！　ここで暮らすには我慢するしかないんです！　さもなくば生きていけないっ！」

一息で全部言い尽くしたので、言ってから照幸はぜえはあと呼吸困難になった。

「……っ……ぐっ……」

その場で咳をしてむせる。普段、こんなに大きな声を出すような人間ではないのだろう。慣れぬことをした弊害が、彼を襲っている。

「っ……かは、ぐっ」

輝矢は見ていられなくなり、黙って照幸の背中をさすった。

「……生きて、いけないんです……」

悲哀混じりの声が廊下に小さく響いた。照幸は生理的に浮かんだ涙を服の袖で拭う。

すうはあと、深呼吸を繰り返す音が続く。

「……」

輝矢は迷ったが、言葉を選んで語りかけた。

「貴方も辛かったのは理解した。ここの暮らしが困難なことも」

「……」

「きっと、一鶴さんと同じく大変な子ども時代を過ごされたんだろう」

たとえ輝矢が年下の男であっても。

「大変だったね……」

現人神である彼に背中をさすられ、苦労をねぎらわれると、人はまるで子どもに戻ってしまったような心地になる。父親という立場があっても、彼も一人の弱い人間だ。

「はい……」

照幸の瞳からぽたぽたと涙が流れ、床に落ちた。

「…………はい」

照幸は噛みしめるように言う。それからしばらく沈黙が続いた。

――いまのは俺がよくなかった。

輝矢は内省した。一鶴には区別はしないと言ったくせに、ついつい大人と子どもは分けた。

――この人も俺の民なんだから、労る気持ちを持たないと。

輝矢の性格上、どうしても幼いほうに肩入れしてしまう。

自身の子ども時代が不憫だったからか、若い時の自分と重ねてしまうのだ。

幼い輝矢を竜宮に送り出し、その後は関心を無くしてしまった家族達。

父も、母も、兄妹達も、空を見上げて輝矢を思う、なんてことはもうしていないはず。

輝矢はそれを悲しみ、ずっと引きずっているのだが。

──それは俺の事情だ。

いまは照幸に寄り添う言葉をかけねば、彼とは対立するばかりだろう。

照幸にも照幸の事情があり、抱えている苦しみがある。

「……」

輝矢はなるべく照幸の身になって考えながら言葉を紡いだ。

「すまない。無理解に批判してしまったね。土地の常識に迎合しないと生きられない人もいるよね……そこは、俺の想像力が足りなかった。本当にすまない……」

「……輝矢、様……」

照幸は顔を下に向けたまましゃくりあげた。

「いいえ……」

輝矢の謝罪が照幸の心を少しほぐせたのか、彼もまた謝罪を口にした。

「すみません……」

また涙をこぼす。

「現人神様に向かって、わたしはなんてことを……」

小柄の彼が、更に小さく見えるほどに背を丸めて震える。

「いや、俺も言い過ぎたんだ……」

輝矢は静かに語り続ける。

「でもね……結果論かもしれないけど一鶴さんはここにある差別と、不自由さ。大人達が押し付けた教育で今の事件を起こしていると思うよ。貴方はそれを呪いだと言うけれど、そんな風に片付けてしまっていいのかな……」

「……」

「これからも一鶴さんが癇癪を起こし、馬鹿なことをした時に清和様の呪いに結びつけてしまうの？　貴方が人生で味わった辛いこと、悲しいことを、俺が……大変だったね、辛かったねと言わずに『呪いだから仕方がないね。お祓い出来るかな』と言ったらどう思う？　どう感じるかな？」

「それは……」

照幸は顔を上げた。自分の身に置き換えると、輝矢が言いたいことが伝わったようだ。

信仰のある者が、破邪の力に頼ること自体が悪いわけではない。

それで救われる気持ちがあるなら、よいことだ。

ただ、彼の場合は娘のことだというのに我が事として見てやる視点を失っている。

――ずれているのは、そこだ。

起きている不幸を呪いとして定義した場合、時としてそれは『事象』となり、問題の矮小化に繋がることがある。祓うことばかり考え、本質を見るのを忘れる。

現に照幸は娘と共に悩むこともせず、自分には出来ない、無理だからと遠ざけている。

言ってしまえば、本来やるべき親の仕事を放棄しているのだ。

一鶴が小さな頃から神妻になる為に花嫁修業をしたのは照幸達、大人が命じたからだというのに。輝矢は声音を穏やかにしつつ問う。

「照幸さんの苦しみはちゃんと理由があって、超常現象じゃない。そうだよね」

「……はい」

「貴方の人生で起きた悲しいこと、許せないことは、お祓いをすれば解決する？」

「いいえ……」

照幸は大粒の涙をこぼした。

「お祓いでは、解決はしません」

輝矢は『そうだね』と言って頷いた。

「お説教みたくなってごめん。俺もね、全部否定するんじゃなくて、照幸さんが言うようにここに住んでいる人ではない者が祓うべき呪い、というものがあるというのはなんとなくわかったよ。色んなことが起きすぎて、もう身内じゃ解決出来なくなってるんだよね。多分、第三者の視点や言葉が必要とされているんだ」

「……はい。しかし、そうだとしても自分の目は曇っていました」

輝矢は苦笑する。

「照幸さんも大変だっただろうから、そこまでは思わないけど、もう少し、一鶴さんの立場で考えてあげて欲しいとは願う。今の一鶴さんは照幸さんが作った商品みたいに俺は感じるよ。一度きりの人生を貴方の願いで消費させているのに、うまくいかなかった、お前の努力が足りなかったからだなんて……お父さんに言われたら、そりゃあ子どもは怒るよ」

「……商品」

「一鶴さんのお母さん……照幸さんの奥さんも亡くなられているんでしょう？　一鶴さんはきっと片親で育ててくれたお父さんの期待に応えるべく、言いつけや花嫁修業を頑張っていたはずだ。頑張って、頑張って、それでも梨の礫で駄目だった時に……一番、お父さんに精神的な支えになって欲しかったはず」

「……そう、ですね……」

「その時、娘さんに見せるべきだった思いやりの姿勢を放棄したのは、自分も辛かったから、で片付けられないと俺は思う」

ここだけは強い言葉で言った。

「だって……一鶴さんは……じゃあ何のために貴方の言いつけを守って努力していたの？」

照幸はしばらくその場で固まった。

子どもがどうして自分の言うことを聞くのか、改めて聞かれて困ったのだろう。

彼からするとそれは当たり前だった。一鶴(いちず)はとてもよい子だったのだ。

「……わたしが、言ったから。大人達が、そう躾(しつけ)をしたからです」

何とかそう言葉をひねり出したが、輝矢(かぐや)は首を横に振る。

「子どもは大人の言うことを聞くべきだから？」

照幸(てるゆき)は頷(うなず)く。

「違うよ」

単純な答えなのに、大人はわかってくれない。

「貴方(あなた)のことが好きだからだ」

大人になった途端に、子どもの時の気持ちを忘れてしまう。

「子どもは親に言われたらそうするしかないんだ。嫌われたくないから。怒られたくないから。面倒そうな目で見られたくないし、褒められたい。親に笑って欲しいんだよ」

「……」

「だから言うことを聞く。ただそれだけ。もちろん親が世界の中心で、自分より上の存在という意識はあるだろうけど、そこが最初じゃない。無条件の愛というものが存在する。それは成長過程で、親との関係次第ではなくなるものかもしれないけど……最初は確かにある」

「………」

「照幸さん、小さい頃そうじゃなかった？」

しばしの間がある。彼の頭の中で、若かりし頃の日々が思い出されているのかもしれない。

「……本当に、そうですね……」

照幸は涙を流すのを我慢しようとしたが、結局は耐えきれず嗚咽を漏らした。

「親が憎いこともありますが……結局は期待に応えたい、頑張りたいと思ってしまいます」

「貴方とご両親の親子仲はいいみたいでよかった」

「わたしは親の……祖先の苦労をどうにか報われるようにしたいあまりに……一鶴に可哀想なことをしてしまいました……」

照幸は顔をぐしゃぐしゃに歪める。彼が素直に受け止めてくれたことに、輝矢はほっとした。と同時に思う。

――この人も誰かの子どもなんだ。

代々受け継いできた呪いは子々孫々を苦しめる。照幸ばかりを責められたものではない。

輝矢は着物を探ったが、手巾の一つも持っていなかった。照幸が自分で手巾を出して、顔に押し当て泣き声を殺す。しばし、大人が子どもに返って泣く時間が続いた。

「大丈夫かな、落ち着いた？」

ややあって、輝矢は聞く。

「はい……すみません」

「ごめんね……言い過ぎて。俺はどうしたって送り出された側というか、役目を押し付けられた側の味方をしてしまうから、貴方には手厳しいことを言ってしまったと思う。というのも俺はね、射手をやりたくなかったんだ……」

「そうなんですか……」

照幸は驚いた様子で言う。この感覚は神の末裔でないとわからないものなのかもしれない。

「そうだよ。現人神なんてみんな大体そうだよ。でも、自分で自分をなんとか納得させるんだ。俺は家族に自慢に思ってもらおうと……その一心で射手を始めた」

「……輝矢様に、そんな時が」

「今なんか、すっかり親に俺の存在を忘れられてるけどね。時々、本当にきつい時がある」

輝矢は自嘲気味に笑う。

「……輝矢様」

照幸は輝矢をまじまじと見た。

現人神という肩書きを取り払えば、そこにいるのは照幸より少し若い普通の男。

自分と同じように、人生に悲しみを抱いているというのがわかり、ようやく身近な存在として感じられた。

「大変な苦境にいる貴方にとって、原因である射手の俺の言うことは……苛つかせるかもしれないし、聞き入れたくもないだろうけど、これだけはお願いしたい」

真面目な顔で頼まれて、照幸も曲がった腰を真っ直ぐに戻した。

「……はい」

「この件が無事に解決したら、娘さんを無闇に怒らないであげて欲しい」

「それだけでいいんですか……」

「それだけでいい。俺が言ったように、一鶴さんに大変だった、わかってあげられなくてごめんねと言ってあげて欲しい。きっと必要なことだ」

「………はい、約束します」

「俺も、貴方達を苦しめた巫覡の一族の代表としてこの件の解決に挑む。そこは約束しよう」

照幸は深々と頭を下げた。

輝矢は立場故に、独善的に話した部分もある。それでも、咀嚼しようとしてくれている。

誠実な男ではあるのだ。

―素直な人だ。

―その誠実な人がねじ曲がった。

環境というものの影響力を思い知らされる。

やはり、代々差別される一族という部分が問題だ。不自由を強いられる代わりに敬意を払われるのが当然の立場になっている輝矢には、想像も出来ない苦境だと言える。

一鶴自身も堪えられないからこうなったと発言していた。

不遇の立場が長く続くと、人は壊れる。一度壊れたら、玩具のように修理は出来ない。

「……」

輝矢はそこでふと思う。

一鶴さんの背景はわかったけれど。

輝矢の違和感はまだ消えなかった。一番の問題が解決していない。

――では、何故いまなのだろう。

どうして事件が今頃起きたか。それがわからない。

「……」

もう一つ、パズルのピースが足りない気がする。

輝矢の頭の中で最も大切な少年の笑顔が浮かんでは消えた。

――少なくとも、あの子のトリガーは俺だった。

輝矢はもう知っているのだ。

無垢な少年が暴走してしまった時、何が引き金になったのかを。

どうして少年が狼になったかを。

「……ひとまず、一鶴さんのもとに」

「はい。ご不便をおかけします」

輝矢がそう言うと、照幸はまた一階への道案内を再開させた。

二人が一階へ下りると、玄関ホールと思しき空間に人影があった。

大和建築仕様の建物ではあるが、一階は和洋折衷の装いをしている。

玄関前には本来ホールに並べられていたであろう応接椅子や長机、その他諸々の調度品がバリケードの如く並べられていた。

「輝矢様……」

一鶴はいち早く輝矢を見つける。

輝矢はそこにいた人間に視線を順に向けた。まずは一鶴。この立てこもりの首謀者。

そして大河。一鶴の共犯者。最後に大河の父と思しき、神主姿の男性だ。顔に殴られた痕がある。金属バットを持った大河の後ろで、縛られたまま床に転がされている。

――ひどい怪我だ。

輝矢は暴力の匂いに動揺したが、すぐに奮い立った。

「すごいことになってるね。いまはどういう状況？」

この場の空気に呑まれてはいけないと、階段を下りた瞬間わかった。

――気圧されたら負けだ。

正気を保ち、凜としていないと、此処に住まう悪夢に喰われてしまう。

一鶴の傍にいた大河が言う。

「国家治安機構(こっかちあんきこう)と巫覡(ふげき)の一族に輝矢(かぐや)様を出せと言われています。こっちは輝矢(かぐや)様を安全に返して欲しくば輝矢(かぐや)様と一鶴(いちず)の結婚を認めろ、と求めましたが……」

「無理、無理」

輝矢(かぐや)は頑(かたく)なに拒む。

「……あちらにも無理だと言われたので、いまは逃走用の車と、食事も要求しました。車は来てませんが、食事は来ています。お寿司(すし)ありますよ。輝矢(かぐや)様、食べますか」

大河(たいが)はのらりくらりとした様子だ。

「……」

——違和感だ。

また、違和感の音がする。それはとても近づいていて、もう少しでわかる気がする。

「射手様……この馬鹿共のせいで、とんだご迷惑を……」

この中で一番の年長者だと思われる男性が輝矢(かぐや)に向かって言う。五十代後半、といったところだろうか。いや、六十代かもしれない。

殴られたであろう頬の部分がひどく腫れていて、口は血まみれだ。見るも痛ましい。

「大河(たいが)さんのお父さんですね」

「……小太刀景斗(こだちけいと)です。こんな姿でご尊顔を拝謁(はいえつ)し、申し訳ありません……」

明らかに息子と体格差がある。確かにこれではどうにも出来なかっただろう。

　景斗の体は枯れ木のように細い。輝矢はひとまず挨拶をした。

「いいえ、どうか安静に。黄昏の射手、巫覡輝矢です」

輝矢が来たことで奮い立つものがあったのか、景斗は憤った様子で言う。

「輝矢様、どうかこの馬鹿共を叱ってやってくれませんか！　御身にこのような迷惑をかけて、その上、立てこもりまで……！」

　怒り過ぎて顔が赤くなっている。あまりにも苦しそうにぜえぜえと息を吐いているので、輝矢は景斗の体調が心配になった。

「落ち着いて。みんなが良い方向に収まるよう俺も努力します」

「……っく。輝矢様……本当に、本当に、申し訳、ありません……」

——血圧が高いのかもしれない。

　こういう時にもらい事故で病死が出ては困る。輝矢はなるべく平静を装った声で言う。

「まず、外と連絡を取り合っている人はいるかな？」

大河が手を挙げた。

「国家治安機構に輝矢様のご無事を伝えてから、定期的に連絡がオレの携帯端末に来ています。無視したり、返したりとやりとりは続いています」

「大河さん、交渉していた人に電話してとりあえず俺が無事だと伝えては駄目？」

「……」

「このままだと、バリケードをぶち破られて終わりだよ。それか、窓を銃弾で割られて、催涙ガス入れられて俺以外はボコボコにされる。犯人が誰かわかってないだろうし」

「……まあ、最悪それでもいいですよ」

大河(たいが)はやさぐれた口調で言う。

――また、この投げやりな態度。

状況を改善する気はないらしい。

「輝矢(かぐや)様……」

照幸(てるゆき)が不安そうに声をかける。輝矢(かぐや)は小さな声で言った。

「俺に任せて。照幸(てるゆき)さんは、何が起きても驚かず、騒がずいること」

先程の口論で二人の間には少しだけ信頼関係が出来ていた。少なくとも、照幸(てるゆき)には輝矢(かぐや)が真剣に娘を案じていることは伝わっただろう。そして照幸(てるゆき)のことも、悪いようにはしないという思いが通じたはず。

「はい……」

照幸(てるゆき)は頷(うなず)く。輝矢(かぐや)は一鶴(いちず)と大河(たいが)に向き合った。

「解(げ)せないな。君達の勝利条件は何？」

「……うちと輝矢(かぐや)様の結婚です」

「俺との結婚は無理。それは最初からある程度予想出来たはず」

一鶴はにっこりと笑う。

「まだ希望はあります。輝矢様の首にナイフでも当てるのを見せて、結婚出来なきゃ輝矢様をどうするかわからない……そう言って、巫覡の一族に約束させればいいんです」

「……怖いこと言うね」

「おいおいと泣いてくださってても構わないんですよ。一鶴はそれでも輝矢様をお慕いします」

一鶴の加虐性に溢れる言葉を輝矢はすっとかわす。

「……俺がみっともない姿を見せること自体はどうでもいいけどさ。うちのお偉方はすぐ嘘をつくよ。百歩譲ってそう約束したとして、絶対に守らない」

「……」

「疑ってるね。本当だよ。百四十年も無視されたんだからわかるはずだ」

「……酷い一族ですね」

「返す言葉もない」

「……そうですか」

一鶴はゆっくりと室内を歩き回る。近くにあった花が生けられていない陶器の花瓶に触れ、指先で撫で回した。

「本当に酷いです」

それから、おもむろに床に倒した。パリン、と無惨な音を立てて花瓶が壊れる。

「じゃあ、輝矢様はうちにどうしてくれるんですか。うちは輝矢様のせいで人生が壊れてこんなことになっているんですけど」

今度は明らかに名匠が作ったであろう小さな壺に触れた。

「一鶴っ」

照幸が制止の声を上げる。すると、一鶴は意地悪く笑ってからそれを握って地面に放り投げた。また割れる。不快な音が響く。

「ああ、これ父さんのお気に入りでしたね。ごめんなさい」

「……一鶴、怪我をする。やめるんだ」

「怪我をしたら輝矢様の神妻として傷物扱いになりますか？」

「そうじゃない。危ないよ……父さんはただ心配で……」

一鶴はその会話に苛立つところがあったのか、また近くの壺を摑んで何個も割った。

照幸は輝矢と約束した手前、拳をぎゅっと握って怒鳴るのを我慢している。中には先祖代々受け継がれた秘宝もあるだろうが、いまは怒る時ではない。

輝矢は一歩引いた状態でみんなを見ることにした。見極めたいことがあった。

「うるさい、うるさい、うるさい！　みんな、みんな、輝矢様のせいですよ。うちをお嫁にもらってくれなかったからっ！」

大河はというと、一鶴しか見ていない。彼の瞳には怪我をしている父親は映っていない。

「この罰当たり者がっ！　大河をたぶらかして、尚、射手様まで食い物にするとはっ！」

景斗も大河を見ていない。一鶴に憎悪とも言える視線を向けている。

輝矢はふと正面玄関のほうへ視線を移した。雨の音がしたのだ。降り始めの音から、すぐに車軸の如し激しい雨音へ変わっていく。外は雨音以外も少し騒がしい。もしかしたらもうすぐ国家治安機構が突入してくるのかもしれない。

「輝矢様、うちの話聞いてます？」

輝矢が抱く違和感はずっと消えない。

「輝矢様、どうするんですか」

その違和感が虫となって、身体中を這いずり回っているような心地だ。

「うちに何をしてくれますか？」

「売女！　外道！」

「親父、黙れ……！」

「大河、お前も正気に戻れっ！　何故、こんな馬鹿の言うことに従った！　昔から言っているだろうが！　天音には近づくなと！　私の言うことを聞かんからこんなことになるのだ！」

みんなが騒げば騒ぐほど、輝矢だけは妙に冷静になっていった。

「……黙れって言ってんだろ！　いつもいつも、一鶴なら何言ってもいいと思ってんのか！　こいつだって傷つくんだぞ！」

「山賊の末裔の娘なんぞ獣と一緒だ！　鳥居前町に置いてやってるだけで感謝すべきだ！」

汚い言葉は雨に流されることなくこの場に溜まり続ける。

毒を持っているのに、吐いているほうは気づいていない。

「本音が出たな、親父。それを他の鎮守衆の前で言ってみろよ！　外では言えねえくせに！」

「言う人間は見極めている。他の家門は問題ない。わかるだろう！」

「わかんねえよっ‼　天音の人達だけ何故虐げる！　何で虐めていいやつをあんたが決めるんだ！　あんたがそうだから天音の人達が苦しんでる！」

すべてが煩くて、少しだけ吐き気がする雰囲気だ。

「輝矢様」

何も言わない輝矢に一鶴は語りかける。

「子どもの頃から辛かった。そんなうちの気持ちをお優しい神様なら汲んでくれますよね？　清和様の分まで償ってくれますよね」

「射手様！　耳を貸してはなりませぬ！」

あらゆる音が煩い。ドンっと急に外から玄関の扉を叩く音がした。

『輝矢様いらっしゃいますか！』

会話が聞こえているのかもしれない。国家治安機構の者と思しき声かけが喧々囂々の会話の中に交じる。

雨、救援、怒声。ぐちゃぐちゃの音の渦の中で一鶴はけらけらと笑う。

「お前達、どうなるかわかっているだろうな！　捕まった後にろくな人生が送れると思うなよ！　大河！　お前もだ！」

輝矢はずっと考えていた。今日という濃厚な一日のすべてを思い出す。

感じてきた違和感のすべてを。一鶴が話していたことを。どういう表情で婚姻を求めたか。

その時、大河はどんな態度だったか。

「一生後悔させてやるからなっ！　これは贖えない罪だぞ！　けして許さないっ！　謝ったって許してやるものかっ!!」

景斗のその一言で、輝矢の頭の中に一つのピースが降ってきた。

——あ。

欲しかった天啓だ。簡単なことだった。言葉に振り回されていただけで、それを信じてはいけなかったのだ。

「一鶴さん」

きっとこれが解となるだろう。

「わかった。じゃあ結婚しようか」

輝矢は照幸が望んだ通り、退魔の儀式を行うことにした。

第六章
一天にわかにかき曇る

雨音が御殿を包んでいた。

それはその場にいた者達の心音と比例するように激しくなっていく。


「……はい？」


驚いた声を出したのは、一鶴だった。

「結婚しよう。俺が巫覡の一族も国家治安機構も説得するよ」

輝矢は大真面目な表情で言った。

「……輝矢様？」

一鶴は呆けて輝矢を見る。

「結婚しよう」

輝矢は変わらず、真剣な様子だ。冗談を言っているようにはとても見えない。

いままでの会話の流れで、この発言が出てくること自体がおかしいのだが、彼があまりにも真摯な瞳をしているので、みな一鶴と同じく呆気にとられる。

「結婚式はどこでしたい？　俺は神事があるから、希望はあまり通らないかもしれないけれど、なるべく君の願いを叶えるよ」

輝矢の言葉は一鶴を幸せな花嫁にする為の優しさで溢れていた。

「え、あの……」

「ドレスでも、着物でも、好きなほうを着たらいいよ。俺は合わせる」

念願のプロポーズをされたというのに、一鶴は戸惑っている。無理もないが、少しは喜んでもいいはず。何せ、その為に彼女は竜宮から輝矢を連れ出してきたのだ。人質を取り、犯罪をおかして。

「輝矢様、うちのことからかってます……？」

いままで輝矢の前で見せていた『一鶴』なら、ここは頬を薔薇色に染めて喜び、飛び跳ねてもおかしくはないのに。

「嘘……ですよね？」

口の端がひくひくと引きつっている。

『冗談じゃない』と、彼女の目は言っていた。

「まさか」

一鶴が落ち着きをなくしたのとは反対に、輝矢は至極冷静だった。

「幸せにするよ」

元々、夜を想起させるような深みのあるよい声の持ち主だ。

輝矢がそう言うと、まるでよく出来た恋愛映画の一シーンのように見えた。

一鶴は首を左右に振る。

「うち、そういう嘘は辛いです」

「嘘じゃない」

「いけない御人ですね、輝矢様。意地悪です。本心で言っていただかないと」

「本心だよ。君と結婚する」

「……」

「結婚するって言ってるじゃないか、何か言ってくれない？」

一鶴の表情には混乱の感情が刻まれており、輝矢は彼女がいまどんな気持ちなのか手に取るようにわかった。この危機をどう切り抜けようか頭の中で大会議が行われているはずだ。

故に、輝矢は畳み掛ける。

「そうか……今まで拒絶してたのにいきなりこう言われても困るよね。ごめん。俺の気持ちを疑いたくなるのもわかる……。でも俺は本気だよ。一鶴さん、俺を信じて欲しい」

輝矢は気持ちを証明するように一鶴に手を伸ばした。

「……か、ぐやさま……その……」

一鶴は、逃げるように一歩足を後ろに引き、大河を見る。助けを求めるように。

「輝矢様、どういうつもりですか」

大河はすぐに動いた。

「どういうつもりも何も、一鶴さんと結婚する。二人共、その為に俺を創紫に連れてきたんだからここは喜ぶべきところじゃないの？」

「……誠意を見せてくださると」

「見せようとも。結婚し、一鶴さんを現人神の一族に加える。天音の一族の方々もこれで差別から解放されるのでは？　羽形鎮守衆の中で唯一、今代の神と縁を結んだ一族となる。俺が生前退位したとて、その栄光とやらは消えないんじゃない？」

「……そんな簡単に言わないでくださいよ。もっと真剣に……！」

「真剣に考えたから君の大事な幼馴染をもらうと言ってるんだ」

一際低い声で輝矢は言った。そして諭すように語りかける。

「大河さんもそれでいいよね。ずっと協力してくれてたもんね。もちろん、君も結婚式に来て欲しい。今回のことで君の経歴に傷がつかないよう俺も精一杯奔走するよ。国家治安機構と巫覡の一族にも、俺から免罪を求めよう。過去のこととはいえ、巫覡の一族に過失がある。強気に出ればなんとかなるさ」

清廉潔白な神様は、みんなが望む振る舞いをまさにしていた。

「心配しないで、一鶴さんは俺が終生大事にするから」

しかし、その振る舞いがこの場を地獄に仕立て上げている。

求められた結末なのに、輝矢が異常者になっていた。

輝矢は一歩、一鶴の傍に寄った。

「懸念すべきは年齢差かな……。ちょっと年が離れてるから周囲はうるさいかもしれない。でも、一時の噂になるぐらいで、みんなすぐに次のゴシップに夢中になる。一鶴さんが三十歳とか四十歳になった頃には、年齢差のことも言われなくなるよ」

輝矢が動くと大河も動く。

「俺と結婚するといいことずくめだよ。神様の血縁になれるし、お金にも困ることがない。俺が生前退位した後も十分二人で暮らしていける額をもらえる。新婚旅行は行けないけれど、老いた時に二人で手を繋ぎ合って旅するのも楽しそうだよね」

輝矢はそれまで寡黙だったのが嘘のようにペラペラと喋り続けた。

「……何のつもりだ」

遂には大河が一鶴の前に立ち、彼女を隠した。まるで怖い者から守るように。

「何が？」

「急に何なんだよあんた！　さっきまでそんな感じじゃなかっただろ！」

大河は輝矢に向かって怒鳴る。おかしなことだ。二人はこの展開を望んでいたはず。

輝矢は静かに一鶴と大河を観察してから、少し意地悪そうに聞いた。

「何？　嬉しくないの？」

冷え冷えとした空気の中に、その言葉は重く響いた。

「どうせ本気じゃねえんだろ！　もうすぐ国家治安機構が来るからって余裕こいてんのか？　オレがあんたに何もしないって高を括ってるなら大間違いだぞっ！」

大河は金属バットで床を殴った。鈍い音が響く。それは今すぐ輝矢に振りかざされるかもしれない。照幸と景斗が血相を変えた。

「輝矢様っ！」

照幸が前に出ようとしたが、輝矢が手で制した。

「大丈夫」

そこで見ていろ、と目で言う。そして大河に視線を定める。

「俺は本気だよ」

輝矢は冗談など一匙も混ざっていない声音で告げた。

「一鶴さんがそこまで言うならもう結婚したほうがいいじゃないか。丸くおさまるでしょう。違う？　俺と結婚したいって国家治安機構と巫覡の一族にまで言って籠城してるんだよね？　大河さんはこの事件に巻き込まれてるだけなように感じるけど、一鶴さんに同調して協力しているんでしょう。何故、君が拒むの？」

「……それは」

「一鶴さんもそう思うよね？　これが一番良い解決方法じゃないか。そのつもりで俺のこと攫ってきたのに、俺が受け入れたら逃げるのは何で？」

輝矢は首を動かして一鶴を見ようとする。一鶴は大河の背中に隠れて出てこない。着物が揺れている。震えているのかもしれない。

「……何も言わない、と。困ったな。それじゃあ俺の一世一代の告白が水の泡だ」

大河は威嚇するようにバットを構えた。

「この場を収める為に、一鶴と結婚する。そう決めたんですか？」

「そうだよ」

やはり輝矢は怯まない。

「こいつ、あんたにすげえ迷惑かけたのに。頭おかしい女なのに、こんなやつと結婚するんですか？」

「そうだね。一鶴さんが望んだことだし。あと、頭のおかしい、なんてひどいことを言うのはやめなさい。失礼だ」

「……や、山立ですよ！　こいつの祖先は！　山賊！　山賊だっ！」

「さっきはお父さんに差別に対して怒っていたのに、何故いまそれを盾に使うの。言ったはずだ。俺にとって民に貴賤はない。その論法はまったく通じない」

大河は口を開けては閉じるを数度繰り返す。

「……っ」

次にどう言えば輝矢を止められるか、必死に考えているようだ。

ハッと思いついて声高らかに言う。

「あんた好きな女がいるんだろ！　そういう相手がいるのに一鶴をもらうはずないっ！」

「ああ……」

輝矢は腕を組んで思案顔になる。

「確かに。それはすごく悲しいことだ」

「ほらっ！」

「でも、歴史の悲劇を止めるにはここで俺が犠牲になったほうがいいよね？」

「……」

「君達は巫覡の一族に百四十年分の謝罪も求めているようだし。お金の問題じゃない様子だった。だとしたら、誠意を見せる為に俺が犠牲になるしかないんじゃないかな」

大河がどれほど挑発しても、輝矢は乗ってこない。

全て、淡々と斬ってしまう。

「愛情からではない、大義の為の結婚にはなるね。今まで天音の方々が犠牲になってきたんだ。一鶴さんは神様なんだから俺が一鶴さんを救うべきだと言った。一鶴さんの言い分は横暴だけど、それだけの悲しみを背負ってきた人の重みというものがある。だったら、俺も好きな人を諦めてでも、一鶴さんを救うべきだと納得するよ」

輝矢は完全に開き直っている。

「だって俺は、みんなの神様なんだし」

それは誰もが納得せざるを得ない一言だった。

一鶴も大河も、輝矢の『神様』の部分を欲して会いに来た。それが欲しいと再三言った。

だから輝矢はあげると言っているのだ。

自分の人間の部分、心で欲している女性を諦めてでも、我が身を差し出すと。

「……輝矢様、うちは……守り人様を人質に取った女ですよ……？」

一鶴が、ようやく大河の背中から少しだけ顔を出す。輝矢は一鶴の顔を見て笑った。

「……やっと顔を出してくれたね」

「……」

一鶴が黙っている間に、遠くで落雷の音が聞こえた。

雨風はどんどん激しくなっている。彼女は焦った顔を見せないようにしているが、手が震え出していることに自分で気がついていない。

「そこに関してはね、俺は疑問に思ってるんだよね。本当にそうだったのかなって」

「え……」

「慧剣を監禁……となると第三者の手助けが必要だよね。でも、この件で君達以外に得する人って実は誰もいないんだよ。いいかい、一人一人確認していくよ。まず俺。拉致被害者。得してないよね。次に照幸さん。この事件が穏便に解決しなきゃ天音一族は更なる差別に遭うのは確定だ。得してない。三番目に景斗さん。見て明らかだけど、暴力を受けてる。おまけにいままで綺麗だった家名に泥を塗られた。得してないね。はい、まだあるよ。羽形鎮守衆の方々。かなりもらい事故。何にも悪いことしてないのに全員等しく『羽形鎮守衆は大事件を起こした』で汚名をかぶる。こんな事件に協力する人いるのかな？」

まさに懸河の弁だ。輝矢にまくしたてられて、一鶴の動揺は激しくなる。

「鎮守衆の、中で……手下がいます。騙して、従わせています」

声が、震える。

「そうか。俺を十分脅せる材料を持ってると」

「はい」

「じゃあ、いますぐ慧剣の声を聞かせてくれない？」

「……それは、いまは難しいです。こちらも、色々と不都合なことがたくさん起きていて、中々相手とうまく連携が取れず……。でも、仲間はいます」

「そうか……。まあ、じゃあ仲間はいてもいいとして、俺を脅す材料なのに、監禁している時の証拠写真くらいないの？」

「…………それは、ありますけど」

「あるけど？」

輝矢はあくまで優しく尋ねる。だが一鶴は、いまとなっては輝矢の優しさが怖い。

「奉燈山で神事もしたし、一鶴さんにプロポーズもした。願いが叶ったじゃない。全部言うことを聞いた。人質、要る？」

輝矢の言葉一つ一つが、一鶴の仮面を壊そうとしてくる。それが怖い。

「輝矢様にわざわざ見せてあげる必要がないじゃありませんか。慧剣様のことを心配して苦しんでてくださいよ。うちはそれが見たいんですっ！」

一鶴はなんとかそう言い切った。輝矢は目を細くして彼女の『演技』を見る。

「そうなんだ。俺に苦しんで欲しいんだ？」

「……はい」

「君は俺と結婚して欲しいと言うくせに、そんな意地悪をするんだね」

「……大人を馬鹿にするのもいい加減にしなさい」

稲光を背にした輝矢は、愚かな人間に罰を与える審判の神のようだった。

また、雷鳴が轟く。

一鶴はごくりと生唾を飲み込む。

輝矢は急にふっと笑顔を見せて言った。

「……いやあ、この点はね、本当に俺も愚かだった。やっぱり普段危険な目に遭ってないと『おかしいぞ』ってアンテナが反応しないんだね。四季の代行者様に聞かせたら後で笑われてしまうかもしれない。『輝矢様、それは狂言ですよ』って。詐欺に引っかかる人の感覚がわかっちゃったもん。愛する人を口実にされると、頭が麻痺しちゃってさ、いつも通りの判断が出来なくなっちゃうんだ。でもそれが、犯罪者の狙いなんだよ」

輝矢の能弁な様子は少しだけ仄暗さと狂気のようなものが感じられた。

「ねえ、狂言犯罪者の二人」

もう、そこに馬鹿な大人はいなかった。人を裁く神だけがいた。

大河が思わず後ろに下がったので、一鶴にぶつかり、彼女が小さく悲鳴を上げた。

「慧剣のことは一旦置いておこうか。二人が何もしていないなら、あの子はきっと大人に助けを求めたはず。それが出来るようになったと信じているから……」

『話を続けるね』と輝矢は一息ついてからいう。

「それでね、俺は本当に馬鹿だったけど、『これっておかしいな』って思う頭くらいはあってさ。今日二人に出会ってからずっと考えてたんだよ……なんか違和感がある。違和感があるってさ……」

黄昏の神様が発する言葉を、いまはみな等しく恐れている。

「まずさあ、一鶴さんが俺のお嫁さん候補に正式に選ばれたのが二年前って言ってたじゃない。この事件起こすまでつまり二年の空白があるってことだよね？　照幸さんは一鶴さんが失意に陥っていたって言ってた。照幸さん、そうだよね？」

急に話を振られて、照幸は戸惑いつつも頷く。

「そうです……」

「一鶴さんは天音一門が虐げられてて、色んなことが辛くて爆発したって話してくれたけど、それにしても怒りの導火線が長くないかな……。怒りってさ、ある程度鮮度というものがあるんだよ……。わかるかなあ……『爆発』って怒りの鮮度が高くないと出ない言葉だと俺は思ったんだ。景斗さんだって、さっきは大河さんにカッとなって怒っていたよね？」

輝矢は今度、景斗のほうを見た。この場に全員をきちんと巻き込んでいくつもりなのだろう。

景斗は緊張した面持ちで頷く。

「はい……息子が隠れてあの女と会っていて、こんな事件を起こしたことが許せませんでした」

「だよね。あれは爆発だった。きっと、景斗さんも後で表現するならそうなると思う。たかが言葉じゃないかと言われても、どうにも解せない。俺を誘拐して結婚するなら、かなり前から計画がいるから、準備期間込みで二年って言われると『そうかなあ』とも思うんだけど……」

輝矢は一鶴と大河を交互に眺める。

「でも、やっぱり違和感は拭えない」

もう二人共、言い返すことが出来なくなってきた。

空間が輝矢によって支配されている。居心地の悪い気持ちを抱えながら聞くしかない。

そうせざるを得ない迫力というものが醸し出されている。

「何よりさ、一鶴さんの態度だよ。あんまり自分のこと喋りたくないんだけど、俺、前の奥さんとはそんなにうまくいってなくて、お互いこう、好きで結婚したわけじゃなかったから……俺は恋愛というものをよくわかってなかったんだ。けどようやく最近……好きな人が注いでくれる視線とか、笑顔とか。そういうものを知ったんだよね。そこで一鶴さんの視線と脳内で照らし合わせてみたんだけど……」

輝矢は顎に手をあてて首を横に傾けた。

「一鶴さん、全く俺のこと好きじゃないよね」

一鶴は大河の背の後ろで、びくりと体を震わせた。

「いや、天音一門の為にっていうのがあるから、好きじゃあなくていいんだ。そうじゃなくて……なんだろう。態度がさ……こっちを弄ぶのを楽しんでいる、みたいな？　おじさんをからかって虐めて遊んでいる若い子という感じが拭えなかった」

「そ、それはすみません……生意気に見えたのなら……」

一鶴が蚊の鳴くような小さな声で言う。

「いいんだよ。でも君と、あと大河さんも俺のことを内心では敵対視……とまではいかないけど、好意的には見ていなかったよね」

大河は答えない。

「大河さんはわかりやすかった。あとさ、どう考えても大河さんは一鶴さんを好きだよね」

これには床に転がったままの景斗がすぐに声を上げた。

「絶対に許さんぞっ！」

輝矢は景斗を一瞥する。

「穢らわしい！　おぞましい！　輝矢様、何か言ってやってください！」

「……」

輝矢はそのまま無視をした。大河のほうに視線を遣ると、彼は怒っているのか、羞恥なのか、どちらかわからないような表情をしていた。一鶴はそんな大河を見ている。

「俺は道中、いや……俺じゃなくて二人が結婚すればいいでしょってずっと思ってたよ。色々配慮して言わなかったけど、ずっと思ってた。幼馴染で仲がいい。でもそれだけでは形容しがたい空気感が流れてるんだもん。だからこそ頭に疑問符が浮かんで離れなかったんだ。ちなみに一鶴さんも大河さんが好きだよね？」

自分の気持ちを言い当てられると思っていなかったのか、一鶴はびくりと体を震わせる。

「お互い好きそうなのに、何故……？　慧剣の身柄確保と同じく、俺と結婚したいというのは狂言だとしたら、これは何か深い事情があるのかもと思った……」

「許さん！　お前達、本当かっ！」

「お父さんはちょっと黙っててください。いま俺が話しているから」

輝矢がピシャリと言うと、景斗は『しかし』と尚も食い下がる。よくもまあ怪我をしているのに元気なものだ。

「輝矢様、こいつらを理解しようとする必要はありません！　息子の不始末は私の不始末。大人しく国家治安機構に我々を突き出してくださったら……」

「黙っておきなさいと言っているんだ」

ずしん、と音が鳴ったかのような低い声で輝矢は囁いた。

元々、落ち着いて貫禄のある男だが、いまこの状況ではその空気感が増している。

「貴方が俺を少しでも敬ってくれるなら、黙って」

景斗が二の句が継げぬ内に、照幸が動いて景斗の傍に膝をついた。

「小太刀さん、輝矢様のお話を最後まで聞きましょう」

「……っ」

「傷も痛いでしょう。あまり喋らないほうがいいですよ」

照幸に諭されて、それ以上、景斗は何も言えなくなった。差別的な言葉を景斗から向けられていたのに、彼は優しい。輝矢は照幸に感謝しつつ言う。

「……大河さんのお父さんがこんな具合だから、二人が好き合っていたとしても結ばれるのは難しいんだろうね。天音さんの一族はそもそも迫害されているし……。君達はすごく嘘つきだけど、行動だけは雄弁だった。だから鈍感で馬鹿な俺でもようやく気づけたよ。一鶴さんと大河さんがしたいのは差別の撤廃とか、汚名返上とか、そういうことだけではもはやないよね。君達が集めた三人の顔ぶれを鑑みた上で言うけど……」

外で鳴神が大地に落ちる準備をしている。ゴロゴロと、音が鳴る。

「二人がやりたいことは『復讐』じゃないかな」

稲光が外で弾けて、室内を一瞬真っ白に染め上げた。すべてが白日の下に晒されたような心地を全員が共有する。

「俺と、両方のお父さん。全員、とんでもない目に遭ってる。これから国家治安機構が助けてくれても、みんな名誉を傷つけられた状態だ。俺は狂言誘拐に踊らされて、竜宮から外に出てしまった馬鹿な射手。照幸さんと景斗さんは犯罪者の身内。これから色んな人にたくさん陰口やら噂をされてしまうだろう。肩身が狭いよ。一鶴さんは最初から俺と結婚する気なんてなかった……。むしろ、俺が本気にしないようにわざと破天荒ぶりを見せていた気がする」

輝矢と一鶴が見つめ合う。

「どう、合っている？」

「……」

一鶴が黙り続けるので話が続かない。

『輝矢様っ！　いらっしゃいますか！』

また外から声がする。輝矢は時間稼ぎに叫んだ。

「黄昏の射手、巫覡輝矢だっ！　俺は怪我一つなくここにいる！　犯人を説得しているから突入はしないでくれっ！」

外の騒がしさが増した。

――もうあまり時間がないぞ。

輝矢は勝負を仕掛けている。

――一鶴さん、話してくれ。

決着には一鶴からの自己開示が必要だった。

「……」

一鶴は玄関に目を向けた。状況を判断しているのかもしれない。だが、もはや抵抗をしても意味がないと悟ったのか、ふっと表情を失くした。そしてまた輝矢に視線を戻して言う。

「輝矢様が仰ったことは、概ね合っています」

――本当の顔を出した。

輝矢は心の中で少しだけ安堵する。

と同時に、この哀れな娘をどう救えばいいのだろうと思った。

「一鶴さん……俺のお嫁さんになる為に育てられたことが辛かったんだよね」

「辛かったです……」

「俺が嫌いだった」

一鶴は少し迷いはしたが、はっきり言う。

「大嫌いでした」

「……本当にごめん。俺を誘拐したこと以外に関しては、君に何の咎もない。君が俺を、巫覡の一族を、色んな大人を嫌うのは当然だ」

「……何でそんなこと言うんですか。うちを庇うようなこと……」

「庇ってない。君の境遇を思えば、当たり前に出てくる言葉だよ」

一鶴は泣き笑いのような顔をする。

「遠い竜宮にいらっしゃる射手様のことは大嫌いでしたが、飛行機の中で幼い頃のうちを助けに行きたかったと言ってくれた輝矢様には、感謝しています。うちはあれで、随分救われた気持ちになりました……」

輝矢は胸が切なく締め付けられた。

そんなことで救われた気持ちになったのなら、何度でも言ってやりたかった。

彼女の窮地を早くに知ってさえすれば、もっと言えることが、してやれることがたくさんあったはずなのに。

「うちと大河は好き合っているというのもご明察です」

一鶴は大河の服の端を掴む。

大河も否定しない。服の端を掴んだ一鶴の手を握った。

「でもここでの暮らしでは幸せにはなれません。今回、輝矢様をお連れしたのも、うちが神様に嫁げなかった以上、じゃあどこにお嫁に行くか天音で会議があったからです」

まるで物のリサイクルのようだ。

一鶴は淡々と言うが、そんな様子で話していい内容ではない。

「大河さんのところは駄目だと言われた？」

「はい。二人の関係を言ったわけではありませんが、一番近い権力者が小太刀さんですから、そこに嫁ぐのが自然ではと聞いたところ……」

輝矢は照幸と景斗を見る。

「小太刀さんのお家はいままでうちら山立を保護して山に住まわせてくれはしましたが、血縁が混ざったことはない。あそこの家は絶対に山立の血を入れないと言われてしまいました」

「一鶴……」

「父さんは、うちを地元の有力者に嫁がせる方針を推していました。おばあちゃんとおじいちゃんは何だったかな……。まあ、ええとこの人の嫁にと言ってたような」

照幸は絶望的な表情だ。

事件の始まりが自分達がした独善的な会議だと知ったのならそうもなる。景斗もまた、何も言えずただ驚いている。

――景斗さんの発言を考えれば、まあ納得の流れだ。

大事な息子を、山賊の子孫で、蔑視されている一門の娘と結婚させるなど言語道断という話になるだろう。

「輝矢様の言う怒りの導火線は、そこですね。今年入ってのことです……」

一鶴にとって、輝矢との婚姻が成功しなかったことは非常に複雑な感情を齎したはず。

選ばれなかったことの落胆。一族への申し訳無さ。

それとは別に、本当は好きな相手へ嫁ぐことが出来る希望が湧いた。

失意は急速に希望へと変わり、だが、打ち砕かれる。

──怒って、当然だ。

「それでも随分我慢したほうだ。暴れまわるんじゃなくて、壮大な計画を練ったんだから、君は我慢強い。すごいよ」

「……輝矢様の推測もすごいです。でも…………少しだけ違うところがあります」

「違う？」

「はい」

一鶴は小さな声で返事をする。

「やりたかったことは、復讐とはちょっと違います」

「具体的に言うと？」

「輝矢様の神威を失わせることだったんです」

「神威を……失わせる？」

これは輝矢にとっても予想外な答えだった。

神威とは、神の冒し難い権威、絶対的な力を意味する。

人が神を崇めるのは、神性を伴うその存在と、彼らが齎す奇跡や神罰に畏敬の念を覚えるからだ。威光なくして人を従えることは出来ない。

「はい。輝矢様の神威を失わせることで、天音の名誉を回復させたかったんです」

──どういうことだ。

一鶴の言うことをすぐには理解出来ず、輝矢は彼女の次の言葉を待つ。

「天音一門が迫害されるのは射手様をこの地にお引き留め出来なかったから。射手様との婚姻に価値があるからです。だから、うちも神様に嫁がされる為に手塩にかけて育てられました。でもですね、そもそも輝矢様といいますか、射手様に価値を見出さなければこれほどうちらが差別されることはなかったのではとうちは思ったんです」

「……価値」

「あと、射手様を神聖視する母体そのものを壊す必要があると思いました。うちと大河、それぞれの親を憎む気持ちはありますが、それよりも目指した大局は……羽形鎮守衆全体に対し、射手様への信仰を破綻させることです」

信仰を破綻、と聞いて輝矢は驚き呆れたのちに舌を巻いた。

一鶴はもっと高いところを目指していたのだ。

「……根源を絶とうとしたんだ」

「はい。もうすぐ国家治安機構もしびれを切らして突入してくるでしょう。輝矢様を……ここにお呼びしたのは、人々の前で最後に命乞いをさせるつもりだったからです。みんなに、輝矢様のみっともない姿を見せて、神威を穢したかった……。なのに輝矢様の気絶があまりにも長いので困っていました。籠城戦をしたのもその為です。他の羽形鎮守衆も、死に怯え、醜く浅ましく泣く輝矢様を見れば、あんな神様の血筋に執着したのは馬鹿だったと思い直すと、そう考えました。輝矢様とて人の子ですし、命を天秤にかけられれば醜態を晒すだろうと……」

「……酷い」

そう言いつつも輝矢は聞きながらついつい感心してしまった。

輝矢は一鶴と大河の行動にずっと疑問を抱いていたが、彼らはちゃんと考えていたのだ。

若者の暴走、怒りを発散させたくてとった行動。そんなものでは片付けられない。

「うち、難しい言葉を知っています。神様を穢すこと。これすなわち『瀆神』というそうです」

そうつぶやく一鶴は、今までで一番仄暗く見えた。

天音一鶴という娘が抱える暗い闇が、身の内から溢れ出している。

――よくもまあ。

そんなことを考えついたものだ。輝矢は真面目にそう思った。

彼女がやろうとしたことは単なる背信行為などではない。

それこそ、大掛かりな呪法のようなもので、実際に効果があるものだった。

人は対象に『穢れ』を見出すと忌避する性質があるからだ。

わかりやすいものだと血液。人間から漏れ出るこの命の赤を、不浄のものとし遠ざける思考は大和にかかわらず世界に広く存在する。

古くは月経もこの扱いを受け、月のものがある期間は忌み小屋なるものに女性が隔離されていたと伝え聞く。

また、死も穢れの対象とされることが多い。

死者を悼む為に家にこもり、喪に服す習わしというのは様々な地域であるが、そこにある死を一つの家に封じ込める意味合いを持つこともある。

単純な自然死ならばまだいいが、恨みや怨念がこもるような死が発生した場合、人はその悲劇に『呪い』を見出す。

無念の死を遂げた一鶴達の先祖、清和に穢れを覚えなければ妊婦への差別もなかった。

そこから感染するようにその子ども達である照幸や一鶴への差別もなかったはず。

——穢れは続く。

どこまでも感染し続ける。

輝矢を貶めることにはちゃんと意味があるのだ。

人々の前で辱められた輝矢には見えない穢れが発生し、目撃した者達に刷り込みが入る。

穢された輝矢は忌避されるべき者となる。

敬うべき現人神から、見るに堪えない只人としての姿を晒せることが出来たらどうだろうか。

——認識を変えようとしたんだ。

目撃した者には侮蔑の感情が芽生える。神威を持ってこそ現人神。そうでないならただの人。

穢してしまえば、神から人に堕ちる。これぞ瀆神。

呪いは完成し、神威が剝奪され、信仰が廃れる。一鶴がやろうとしていることは、そういうことなのだ。この呪法を十代の子どもが思いついた。

——普通、現人神の神威を穢そうなんて思うか？

それだけ一鶴の心の闇が深いのだろうが、まさに神をも恐れぬ所業だ。

輝矢は思わず圧倒されたが、すぐに我に返った。

——馬鹿、呆けるな。

輝矢はこの論争で一鶴の隠された部分を暴いた。暴かれた部分が呪いだったのなら、やることは最初と変わらない。外から来た輝矢が、この地に熟成された呪いを祓わねばならないのだ。

そうでないと、みな一鶴の心に引きずり込まれてしまう。

「……じゃあ君は瀆神者になろうとしたんだね」

輝矢はなるべく平淡な声で話した。

「怒らないんですね……」

「怒ってないわけではないけど、いまは別に怒鳴り散らすような場面じゃないから」

一鶴はそれを聞いて力無く笑った。

「……輝矢様のそういうところですよ」

「そういうところって、何？」

「うちと大河は大間違いをしました。この瀆神の儀式をするにあたり、準備している最中……お会いしたことのない輝矢様を、勝手にこういう方だろう、こういう反応をするはずと……頭の中で仮想敵のように勝手な人物像を練り上げてしまったんです」

――仮想敵とまできたか。

輝矢は困ったように笑う。

「実物はちょっと違った？」

「大分違いました。うちの父さんや、大河の父さんは名誉を傷つけられることで苦しむでしょうが、輝矢様は多分そんなに気にしないでしょう」

「……気にしないわけじゃないけど」

「ちょっとの間お喋りさせてもらっただけですが、輝矢様は本当に民を大事にされている方なのがわかりました。人に毎日夜を授ける、それが出来る現人神様がどういう感性をお持ちなのかわかっていなかったんです」

一鶴は悔しそうな表情を浮かべる。

「輝矢様はうち達がしようとしていることで、望むような姿を見せてくれない……。いまこの瞬間ようやく理解しました。輝矢様が怒ることは、誰かが酷いことを言って傷つけられたりすることで、あまりご自身への批判にはお怒りにならない」

「そんな聖人じゃないよ。俺普通に短気だし」

「……けど、怒るところが、うち達と少し違うんですよね、輝矢様は」

輝矢はこれには素直に頷いた。

「それは、そうかもしれない……」

「輝矢様にみっともなく、命乞いをして欲しかったです……。でも、どうやっても輝矢様はそんなお姿を見せてはくれないんですね……？」

「慧剣が本当に人質になってたらするよ」

「……人質での命乞いではむしろ神威を高めてしまいます。群衆はそういうものを好みます」

「君は本当に頭がいい。あと……申し訳ないけど君がやりたかったことが瀆神ということならば、そもそもこの計画は最初から破綻しているね」

「……というと？」

「精神構造だけの問題じゃない。俺って、ほとんど不死に近い権能を所有してるんだ」

「え……」

輝矢は口元に人差し指を当てた。

「秘密だよ。俺はね、毎日神様のお仕事が出来るように、射手になった時点で大いなる天の存在により体が作り変えられちゃってて、怪我とかすぐ治っちゃうんだ」

「……不死」

「だから命乞いをしろ、と言われてもそこは難しかったかも。大河さんがバットで脅してきても、あんまり怯まなかったのはこの権能があるからだよ。まあ怖かったけど」

大河は口を大きく開けて輝矢を見る。

「ごめん。ちょっと卑怯だよね」

大河は自分が握るバットを見た。本当かどうか、確かめようとしている気配があったので、輝矢は先んじて動く。一鶴が落とした花瓶の破片を拾い、それをおもむろに手に刺す。

「ほら」

赤い一本の線が出来て傷が生じたが、それはすぐにすっと消えていった。

照幸と景斗は、わかりやすく輝矢を拝みだした。

「極論逃げようと思えばいつでも逃げられたとも言える。車から飛び降りて全身挫傷になっても治るからね……」

「じゃあ、何でオレ達に従ったんですか……」

大河が唖然としている様子を見て、輝矢は苦笑いした。

「いや、そりゃあ途中までは慧剣が本当に人質にされてるかもと思ってたし……。それに、あまりにも謎が多すぎて君達のことが気になった」

「……意味、わかんないですよ」

「そうだね。俺と君達はちょっとわかり合うには時間がかかりそう。でも、俺はそれを諦めるのも良くないと思っている」

「……」

「お互い、腹の中を曝け出せたところで提案したい。破談で一鶴さんを傷つけたこと。羽形鎮守衆の皆さんの大願を切り捨てたこと。それがどんなに酷いことかは俺も理解した。今も傷つけていることも。巫覡の一族を代表して謝りたい。本当に申し訳ない」

輝矢は頭を下げた。

「君達はこの問題を表舞台に引っ張り出したい気持ちもあるよね？　そこに関しては協力しよう。だから一旦みんなで外に出ないか？　巫覡の一族のお偉方を呼び寄せて、羽形鎮守衆の人も勢揃いさせて、俺も入れて、ちゃんと過去から現代まで続く差別についてどう補償をすべきか会談の機会を作ろうよ」

大河の表情に迷いが出た。一鶴は無表情のままだ。

「信じてもらえないかもしれないけど、大人として二人を心配して言ってるんだ。いまなら、そこまで大きな出来事にせず、俺も火消しすることが出来る。ずっとここで俺や照幸さん、景斗さんを監禁して何になる？　もう意味がないという結論が出ただろう。悔しいかもしれないが、未来に目を向けて欲しい。一鶴さん、大河さん、もうやめよう」

「……それ、本気ですか」

いち早く大河が反応を示した。

「もちろん本気だ。外へみんなで出るのが怖いなら、まず扉越しに国家治安機構の人と話すことから始めよう。こちらを攻撃しないこと、君達を暴力的に拘束せず、あくまで保護するようお願いする。あと、景斗さんはそろそろ安全なところに移してあげないとまずいと思う」

大河は言われて自身の父親を見た。顔色が先程から段違いに悪くなっている。

「もしかして持病があるんじゃない？　怪我よりも、何かしらの発作が出そうで怖い」

「……心臓と……あと血圧が……」

「薬を飲まなきゃいけない類のものだね。お父さんをこらしめたいだろうけど、殺すまでしたい？　俺は大河さんはそんな子ではないと思う」

「……」

「まず、景斗さんを解放するところから始めてもいいよ。俺は最後まで二人と付き合う。段階的にやっていこう。大きなことをしでかしたから、急に畳むのは躊躇するよね。大丈夫、ちゃんと傍にいて、助けるから……」

「輝矢様……」

大河は唇をぎゅっと噛んでから一鶴を見る。

「一鶴……」

だが、一鶴は嫌々と首を横に振る。まだ踏ん切りをつけるのが難しいようだ。輝矢の神威を失わせることも駄目だった。計画も無駄だった。彼女の人生はやることなすこと無駄ばかり。

「大丈夫、時間がかかってもいいよ」

輝矢の声がぐっと優しくなって、それがことさら一鶴の涙腺を刺激する。

「一鶴さん、俺に自分のことを助けるべきだと言ったよね。俺、あの時は『そんな無茶な』と思ったけど……いまは違う。本当に一鶴さんの言う通りだ」

一鶴が輝矢の手を取るにはあと一歩足らない。歩みだすきっかけを与えるには言葉が必要だ。

「今度こそ、君の願いを叶える神様に俺はなる……だから……」

輝矢は一鶴に祈るように言う。

「少しでいい、俺を信じて。全力で応えるから」

一鶴は怯えていたが、瞳にわずかだが光が灯った。輝矢という存在に救いの神様を見た。

彼女はまるで小さな女の子のようにあどけない声音でつぶやく。

「……かぐや、さま」

言ってから、すぐに絆されかけたことを恥じるような表情を見せる。一鶴の怒りも悲しみも長年培ったものだ。いきなり『はい』とはいかないのかもしれない。それでも、輝矢は一鶴との和解を諦める気はなかった。辛抱強く説得を続ける、そのつもりだったのだが。

「……え？」

一鶴が急に困惑の様子を見せた。輝矢の背後を指差し、わなわなと震え始める。

「か、輝矢様……！　御身の後ろに、化け物の影がっ！」

一鶴の言葉の後に、突如、建物全体に激しい衝突音が轟く。輝矢は何が起きたか理解出来ぬ内に、建物の揺れで膝から地面に倒れた。

「……っ！」

幸いなことにひどい転倒の仕方ではなかった。すぐに背後を振り返り何が起きたか確認する。そして言葉を失った。輝矢の視界に映ったのはなんと、巨大な建設機械、ブルドーザー。バリケードを破壊し終え、充満する埃と木屑の中で神々しいほどに存在感を放っている。

それだけではない。驚くべきことにブルドーザーによって破壊された玄関扉の穴から、本来存在すべきではない生き物が流星のように飛び込んできた。輝矢はすぐにそれが何かわかった。

この国の夜の危機に、ようやく登場すべき最後の役者が参上したのだ。

──何で。

此処に顕現するは竜宮を恐怖に陥れた夏の魔物。神聖なる御山にて乱暴狼藉の限りを尽くし、消えていったとされている猛獣。調伏出来るのはただ一人しかいない。

──何でいまなんだ、慧剣。

巨大な暗狼が牙を剝いて、主に仇なす者を食い殺そうとしていた。

場面は過去へと戻る。


「奉燈山に……帰還した……？」


五月三十一日、午後四時頃。事件発生から数時間で事態は急展開を見せていた。

霊山を守る鎮守衆の一派、羽形鎮守衆より触れが出たからだ。

月燈からの電話で連絡を聞き、慧剣は呆然とした。

『はい、どうしてそうなったのかはわかりませんが、輝矢様は創紫におられます』

その時、慧剣が居たのは国家治安機構の竜宮基地だった。

竜宮ユートピアにて国家治安機構の機構員と共に監視カメラで輝矢の行方を探り、大河が運転する車を突き止めるところまでは出来たが、それ以降は園内のカメラでは追跡出来ず、慧剣がやれることは何もなくなってしまっていた。

そこで困ったのが慧剣の扱いだ。子どもとはいえ、現人神の守り人。軽率に屋敷で自宅待機しろと言うことも出来ない。

月燈が情報の最前線に置くべきだと主張したことで、基地への移動が叶っていた。

電話は基地の備え付きの固定電話にかかっており、その場には即席で設立された輝矢誘拐の対策本部の人員に充てられた者達もいた。

「輝矢様はもう神事をされたんですかっ⁉」

みな、月燈と慧剣の会話を緊張した面持ちで聞いている。

『そこまでは……ただ、それは空が変わればすぐわかることかと。巫覡の一族の方々が総出で調べるそうです』

射手を輩出するこの一族は、大和国内の至る所に天体観測所を設立し、【守護天蓋】と呼ばれる目視出来ない膜を見守っている。

これが朝の天蓋、夜の天蓋と呼ばれる物の総称だ。また、巫の射手は神事を行う場合、もう一人の射手とは離れた距離の霊山にて矢を放つしきたりとなっている。

各地の天体観測所で、本日の日の入り映像から場所の割り出しが始まろうとしていた。

「創紫の奉燈山……」

国家治安機構の機構員がすぐに地図を出した。地図上では竜宮と創紫はそこまで離れてはいないが、間には海がある。簡単に行ける場所ではない。

『慧剣くん、なのでいまから……』

慧剣の頭の中で膨大な計算が始まった。

——まずはここから出る。

そうしたら当然、国家治安機構の者達は止めてくるだろうが、怯んではならない。

輝矢を守る為に与えられた権能、『神聖秘匿』によりその場に幻覚を施し、この基地を脱出する。基地から竜宮空港までどれくらい距離があるかわからない。どうにかして自分を空港まで送り届けてくれる車を拾って空港へ。

――飛行機チケットを取っている場合じゃない。

密航は一度やったことがある。同じく幻術を展開して竜宮から創紫への便に紛れ込み、創紫へ到着。そこからは出たとこ勝負だ。

「月燈さん、おれ電話切ります」

この間、わずか数秒。慧剣は犯罪をおかすことへの恐れはなく、すぐさま自分を邪魔する障害の排除に取り掛かろうとした。

『駄目駄目駄目！　聞いてください！　飛行機に密航しようとしないでっ！』

月燈は手に取るように慧剣の思考がわかったのか、必死に止めた。

ここに至るまでに、彼と続けたコミュニケーションが生きていた。あと数秒でも月燈の制止が遅ければ、慧剣は一人飛び出していただろう。

「月燈さん、でも……」

『でもじゃありません！　いいですか、ちゃんと考えがありますから！』

慧剣は不満そうな表情を浮かべたが、仕方なく話を聞く。

『慧剣くん、その竜宮の基地には航空部隊があります。わたしがいまから上司に土下座して許可を取ってきますから、待機してください』

「許可って何を……」

『貴方を創紫の奉燈山に飛ばす許可ですよ』

「……！」

『民間の飛行機に乗るより、国家治安機構の機体を飛ばすほうが速い。賢い慧剣くんならわかりますね？』

慧剣の頭の中で、飛行機と国家治安機構所有の機体が追いかけっ子をする。

「……多分、そっちのほうが速いです」

慧剣は一応周囲の機構員に同意を求めた。みな口々に『当たり前です』、『国家治安機構を舐めないでください』と言う。

『慧剣くんは守るべき未成年ですが、守り人様でもあります。主の居場所がわかったのなら駆けつけねば。それが君の使命のはず。そうですね？』

「そうです……！」

『ならば、わたしがすることは君に最速の足を用意することです。だから待って！　大人を信じられないかもしれませんが、いまは言うことを聞いてください』

「月燈さん……」

ここで『出来ないかもしれないが』と保険をかけないところに月燈の本気を感じる。

恐らく、土下座をするというのも嘘ではないのだろう。月燈の上司は嫌がりそうだが。

『でも！　君に危険なことがあれば輝矢様がどれほど悲しまれるかわかりません。絶対に周囲の大人の言うことを聞くこと。勝手に危険な真似をしないこと！　これが約束出来ないと創紫へは行かせられませんよ。出来ますか？』

慧剣はその時、荒神月燈という女性の存在がどれほど心強いものなのか再認識した。

「出来ますっ‼」

思いっきり大きな声で返事をする。月燈も先生のように言う。

『本当ですね？　約束出来ますか？』

「約束します！　周囲の人の言うことを聞きます！」

『同行する人達をあれやこれやして単独行動、なんてこともしませんね？』

「おれに首輪とリードをつけてもらって構いません！　犬のように従います！」

暗狼らしい慧剣の返事に、月燈は電話越しに笑みを漏らす。

『では、守り人巫覡慧剣様に輝矢様の救出を託します』

「はいっ！」

慧剣は数時間ぶりに感情が浮上したが、逆に月燈は悲しそうに言った。

『慧剣くん……わたしがここを離れられないことを許してくださいね』

どうやら、任務で駆けつけられないことを気にしているらしい。

旅亭狐雨では此度の射手襲撃を受けて厳戒態勢だ。月燈には四季の代行者を守るという任務がある。

慧剣はその点に関しては何も思うところがなかったので、許しを求められて驚いた。

「何を言っているんですか、月燈さん。十分助けてくれましたよ」

『援護しか出来ません』

「十分ですよ！　遠くにいてもおれの力になってくれた。それがどんなに勇気づけられたか言い表せられないです！」

『慧剣くん……』

月燈は深くため息をついた。

次に月燈から飛び出た言葉は中々に危険なものだった。

『……本当はわたしもそちらに行って、輝矢様誘拐犯を血祭りにしたいんです』

「……え」

『でも出来ませんから、そこは慧剣くんに託します。積極的な攻撃はいけませんが、目に物見せるくらいはしてください。わたしが教えた体術を覚えていますね？　いまこそ発揮する時ですよ、慧剣くん……』

さすが国家治安機構のエースオブエースまで登りつめた女は違う。

慧剣は、滲み出る月燈の怒りに慄いて、思わず『わん』と言いそうになった。

こうして、慧剣は急遽国家治安機構の力を借りて創紫へ飛んだ。

奉燈山は近くにヘリポートとなる場所がないので車で移動。着いた時には地元の国家治安機構と、鳥居前町に住む羽形鎮守衆が既に輝矢の居場所を突き止めていた。囚われていた場所は塔のような大和建築仕様の建物。通称『御殿』。

現地の国家治安機構と情報共有をし、既に数時間立て籠もっていることを知る。輝矢の安否がわからない為、慧剣は正面玄関に張り付きながらいつでも突入出来るよう待機していた。国家治安機構も、武力行使自体はやろうと思えばすぐに可能だが、その場合輝矢の安全確保が出来ないので足踏みをしている。誘拐犯の武器所持を確認出来ていないからだ。

辛抱強く待っていると、やがて建物内から輝矢と思しき声を聞くことが出来た。時系列で言うと輝矢が御殿で目覚めた後のことだ。彼が無事であると確証を得た慧剣は、国家治安機構の機構員に自身の権能を開示し、幻術での鎮圧を提案。

国家治安機構はあまりにも長丁場な立て籠もり事件になっていることへの懸念と、すぐにでも輝矢を救出せよと巫覡の一族から圧力がかかったこともあり、慧剣の権能を利用した突入作戦の遂行を決断。

慧剣はまず自身が持つ幻術の権能、『神聖秘匿』の使用範囲を御殿内に限定し、雨の幻影を施した。段々と雨風を強くし、雷雨にまで発展させる。

慧剣の持つ神聖秘匿は、一度発動すると自分が認識している空間を支配出来る。

例えるなら、慧剣だけ空からすべてを俯瞰しているような状態だ。

山は見える。建物も見える。だが、その中の人間まではわからない。

故に、慧剣の腕の見せ所は突入後の輝矢救出にかかっていた。

とにかく彼の身柄を安全に確保することが最重要課題だ。

雷鳴はあくまで外で起きている事柄を中の者に聞かせない為。

この間に、国家治安機構の突入部隊がハンマードリルなどを使用し、正面玄関を開錠した。

押しても開かない事からバリケードがあることがわかり、羽形鎮守衆所属の林業を営む者がブルドーザーを持ってきて貸与。

これにより、突入準備が完了。実行がなされた。

輝矢達が話し合いをしている内に、御殿の外では救出作戦が企てられていたのである。


「輝矢様っ！」

慧剣はブルドーザーの助手席から輝矢に向かって叫ぶ。

まだバリケードと扉が完全に破壊出来たわけではなかったが、中の様子は見ることが出来た。

――一人、二人、三人、四人。

慧剣は輝矢以外の四名を捕捉し、神経を集中させた。攻撃の準備をする。

見た所、中の人間は輝矢と少しずつ距離があり、武器を持っているのはバット所持の青年、大河しかいない。ならば制圧するのは簡単なこと。まずは大河を、それから傍にいる一鶴を、その後に照幸と景斗を処刑することに決めた。

――ぶっ飛ばす。

容赦をするつもりはなかった。大和の夜を拐かすなど前代未聞、許されることではない。

――殺す。

たとえ幻影とて、対象の精神を蝕むほどの苦痛を与える事はできる。

――全員の喉元を食い千切る。

頭の中に配置した月燈が『行け、やってしまえ』と言っている。慧剣も師匠の意見に賛成だった。実際は彼の妄想なのだが関係ない。

――目に物見せてやるっ！

暗狼が大きく咆哮を上げたその時。

「慧剣っ！　止まれっ！」

唯一、信仰する神から『待った』をかけられた。

「……くっ」

慧剣は走り損ねた猟犬の気持ちになる。

玄関扉破壊の衝撃で転んだ輝矢が、起き上がって両の手を広げていた。

「……輝矢様」

何時間ぶりに会うのか、わからない。

慧剣の中ではもう何日も会っていない気がした。

竜宮ユートピアではぐれ、独りぼっちにされてからの時間は永遠のように感じられたからだ。

「……かぐやさまぁっ！」

自分が主の元にたどり着く前に、もし死んでしまっていたら。

そういう、最悪な想定もしていた。

慧剣は主にようやく会えた嬉しさと、彼をこんな目に遭わせた犯罪者への怒りで感情がぐちゃぐちゃになる。

——許せない。

自分と主を引き離したすべてが。

——殺したい。

あらゆる障害を。輝矢を害する者を。慧剣の感情に比例して、御殿の中に出現させている暗狼が大きくなっていく。より凶暴に、より凶悪に顔も変化し始めた。

「慧剣……！」

「輝矢様こちらへ、全員殺します」

輝矢は顔を青ざめてぶんぶんと首を横に振った。

自分の守り人が見敵必殺状態になっていることを知る。

「どいつからいきますか？　言ってください」

一鶴は悲鳴を上げ、大河は慄いている。照幸と景斗に関しては腰を抜かしていた。この中で冷静に動けそうなのは輝矢くらいだろう。

――いまの慧剣なら本当にやりかねない。

輝矢は体を張って前に出る。

「やめなさい！　俺は無事だから！」

「無事じゃないですっ！　誘拐されたんですよ⁉　ここどこか知ってますか⁉　創紫ですよ、創紫！」

「色々あったんだよ……全部が全部、この人達が悪いわけじゃないんだ……」

「絶対許しませんっ！　輝矢様が許してもおれは……！」

「許さなくていいから容赦してくれ。な？」

「いま後ろの男が動きました！　輝矢様を殺すかも！」

輝矢は後ろを振り返った。大河は一鶴を守ろうと抱きしめていただけだが、それを動いたと認定されたのだろう。輝矢は敢えて怒鳴って言う。

「みんな絶対に動くなっ！　俺の守り人は本当にやるぞ‼」

全員、こくりと頷いた。慧剣の本気はみなに伝わっている。そのせいで、呼吸すら浅くなるほどの緊張感だ。その中で慧剣は叫ぶ。

「何でやっちゃ駄目なんですかっ！」

「何でってお前……」

非暴力主義の輝矢はこの暴力の根源のような暗狼にかける言葉が見つからない。

何を言っても平和主義で片付けられてしまいそうな気がする。

「おれ達の時間を返せないくせに、そいつら何で庇うんですかっ！」

「慧剣……」

「今日がどういう日か、どんなに待ち焦がれてたか、そいつらには関係ないんでしょう⁉　じゃあおれもそいつらの事情なんて知りませんよっ！」

慧剣の瞳に溜まっていた涙がぽろぽろと溢れた。

「おれの小さな幸せくらい……なんでっ！」

「……慧剣」

「輝矢様もそんな奴らの味方しないでくださいよっ！　おれの……おれの……」

暗狼すら、涙をこぼし始める。

「おれの気持ちはどうなるのっ！　そいつらに目に物見せてやらなきゃ気が済まないっ！」

この場に於いて、慧剣に反論出来る者は一人もいなかった。

「……そうだな」

彼にとって今日は特別な日だったのだ。誕生日のように輝ける日だった。

どんな理由であれ、それを他者に壊される謂れはない。

「輝矢様、おれ、悪くないっ！　今回は、おれ……おれ……」

「悪くないよ、わかってるよ……」

「輝矢様が攫われるなんて……おれ、思ってなかったし……」

「当たり前だ。俺だって思ってなかった」

「だから……おれ……」

色々と混乱する気持ちがあるようだが、慧剣が言いたいことはただ一つだった。

「おれは守り人です……ちゃんと役目を果たします。輝矢様の敵は許せません……許せないんです……」

貴方を害する者はなんであれ、拒絶すると。

「……慧剣」

慧剣は今日一日、一生懸命頑張っていたのだ。

主を攫われて混乱した。悲しみに溺れた。助けようと奔走した。

つい先程まで、大人と交じりながら作戦会議すらしていた。

主の為なら何でもする。それで自分が汚れても構わない。行動原理は一つ。

貴方のことが、好きだから。

それなのに、主は猟犬の務めすら果たさせてくれない。彼の優しさが好きなのに、いまこの時は憎く思える。

「許せません……」

「……慧剣、言いたいことはわかった。でも、本当に事情があるんだ。こっちの……巫覡の一族が謝らなきゃいけないようなことも起きている」

慧剣は『そんなの関係ない』という顔をする。

「お前のそばに行かせてくれ。俺、そっちに行くよ。そうしたら少し落ち着くだろう？」

「……」

輝矢は瓦礫をかきわけて進んだ。

「ほら、行くぞ。暗狼は動かすなよ。大丈夫だ慧剣。俺はお前が助けに来てくれたおかげで傷一つなく竜宮に帰れる。そうだろ？」

「……っうう……」

慧剣は輝矢が近づく度に涙腺が刺激される。

「偉かったな。すごいな。本当に嬉しいよ。お前が助けに来てくれる気がしてた」

「……輝矢様」

「すぐ行く。ちょっと待ってろ……ほら、もう手が届くぞ」

慧剣はブルドーザーから降りて輝矢に手を貸した。

ブルドーザーを操作していた羽形鎮守衆の者が車を後退させる。輝矢は完全に御殿から脱出すると、ふうと息を吐いた。

慧剣は輝矢を脇に避けさせると、ぎゅっと抱きついた。

「輝矢様……！」

輝矢は慧剣の頭を撫でてやる。

「慧剣、ごめんな……心配かけたな……お前大丈夫か？」

「おれは大丈夫です……」

「怖い思いさせた。今日、お前を楽しませる為に外出したのに、こんな事になってごめん……」

「輝矢様は悪くない……本当に、ご無事で良かったです……」

慧剣は泣きじゃくる。

「……輝矢様、生きてて良かった」

それを聞いて、輝矢は慧剣との温度差を知った。

——そうか、俺は命の心配をされていたのか。

治癒の権能はあるので、恐らくは何をされても死なないという自信はあるが、他の人間からするとその程度差はわからない。それに、慧剣からすると輝矢が傷つくこと自体が恐怖だったはずだ。

「……ごめんなぁ……」

輝矢は慧剣の背中に手を伸ばし、そっと抱きしめる。

慧剣の泣き声が玄関に響き続ける。

「慧剣、助けにきてくれてありがとう。それにしても……どうやってここまで来たんだ？」

輝矢の問いに、慧剣は嗚咽を漏らしながらも答える。

「月燈さんに電話して、助けていただいたんです……。おれ、国家治安機構の機体に乗ってここまで来たんですよ」

「そうか……月燈さんに……」

「月燈さんも誘拐犯を許せないって言ってました……目に物見せてやれって……」

――まずい、好戦的な人間の思想だ。

輝矢は月燈が自分を心配してくれていた事実に胸があたたかくなったが、彼女が慧剣に発破をかけたことに関しては苦笑した。

「……暴力的なのは遠慮したいけど……嬉しいよ、ありがとう」

「……うっ……うう……」

「お前が俺の守り人で、本当に……ありがたいよ」

輝矢がそう言うと、慧剣はまた勢いよく泣いた。

国家治安機構の者達が待機していたので、輝矢は慧剣をそのまま慰めながら言う。

「黄昏の射手、巫覡輝矢だ。ご迷惑をおかけして申し訳ない……。中に四名いる。一名は怪我人だ。まずその方を救急隊に引き渡してほしい。残りの三名についても、拘束せずに」

「よろしいのですか？」

「触れが一度出ただろうが、俺は自らここに来ている。彼らとの間に齟齬はあったが、解消した。穏便に事を収めたい……。どうか頼む……」

機構員は輝矢の指示に困惑したが、ひとまず頷いた。

「了解しました。では射手様、扉をもう少し大きく開けますので離れてください」

「ありがとう。慧剣、移動するぞ」

「……」

「おい、慧剣」

泣いて動かない。輝矢は慧剣をほとんど抱っこするように持ち上げながら横にずれた。

「慧剣、泣き止めそうか？」

慧剣は輝矢の着物にしっとりと涙のあとをつけている。

「無理か。わかった。俺が悪いから仕方ない。……そうだ、お前、買ったお土産どうした？」

「……ロッカールームに置いたままです……ううっ……」

「あちゃあ……あれ取りに行かないとな……。月燈さんにも電話しないと。色々と気を揉ませてしまっただろうから、詫びが必要だ……」

「輝矢様、何でそんなに普通なんですかっ！　誘拐されてたのに！」

「いや、一応任意だから……。というかそういう方向で丸く収めるつもりだから静かに」

輝矢は『しーっ』と静かにするよう囁くが、慧剣は聞かない。

「やだっ！　裁判して勝ってくださいよ！　犯人に酷い目遭わせないとやだっ！」

「やだって言われても……」

「やだやだやだ！」

「お前、普段我儘言わないのに、こういう時はすごいな……」

輝矢はひとまず慧剣を落ち着かせ続ける。しばらくそうしていると、中から景斗が出てきた。

景斗の出血はどんどん酷くなっていた。顔色も青ざめている。

「……輝矢、様……」

「輝矢様、申し訳ありません……」

「景斗さん……いいですから、まずは怪我の手当てをしてもらってください」

景斗は駆けつけていた救急隊員の手を借りて、担架に乗せられる。

次に出てきたのは照幸だった。

「輝矢様」

照幸もまた、顔面蒼白だった。

「照幸さん、大丈夫か」

この時はもう暗狼は消えていたが、随分と怖がらせたはずだ。

輝矢は案じてそう言ったのだが、照幸は首を横に振った。

「輝矢様、一鶴がいないんです」

「え……？」

「気がついたらいなくて」

「いないって、中にいるはずじゃ……」

「御殿の地下に食料庫があって、そこから外に出られる出口があるんです。恐らく、一人でそちらに行ったのだと……。大河くんが先に気づいて、いま追いかけています」

「追いかけるってどこに」

「……すみません、それがわからず。あの子、混乱に乗じて逃亡を……」

「その出口はどっちなの！」

照幸は混乱のままにある方向を示す。輝矢は目を瞬いた。

それは、輝矢が知る限り行き止まりになっていた。

「……あっちって……崖じゃないか？」

照幸もようやくその事実に気づいたのか、ハッとして首を大きく動かして崖方面を見る。

輝矢がいた最上階の部屋からも崖は見えていた。そう遠くはないはずだ。

──一鶴さんが、もし、平和的解決を望まなかったら。

彼女は最初から破滅的な計画を立てていた。自分達だけ救われるような結末は描いていない。

追い込まれた彼女が耐えきれなくなり、大河をも置いてどこかへ消えたとしたら、一つの可能性が生まれてくる。

照幸は血相を変えて走り出した。

「一鶴っ！」

輝矢も顔から血の気が失せていく。

「慧剣、離れてくれ。自殺者が出るかもしれん」

輝矢は慧剣を強引に剝がした。

「え、え？」

「一鶴さんが逃げた！　しかも崖に！」

「に、逃げた？　犯人の一人ですか？」

「国家治安機構の人！　ついてきてくれ！　女の子が崖まで行った可能性がある！　投身自殺が昔あったところだ！」

事態は想定外の急展開を迎えた。

第七章

燎原の火

小さな頃から、あいつはお姫様だった。

誰のことか。天音一鶴のことだ。

一鶴が生まれた当時はそりゃあ大騒ぎだったらしい。天音の一門に女の子が生まれるのは百十数年ぶり。野郎ばかりしか誕生しないのはご先祖様が自殺した呪いのせいらしいので、天音の人々はこの子を大事に育て、忌まわしき鎖を解くんだと意気込んでいたとか。

オレは親父から一鶴とは関わってはいけないと苦言されていたが、近所に住んでいるんだ。どうしたって顔を合わせる時がある。同い年だし、一鶴はいつも一人だったから、可哀想になって声をかけていく内に慕われるようになった。

九歳の頃も。

「たいが、くつひもむすんで」

「おまえくつひもくらい自分でむすべよ」

「たいが、やって」

「なんで自分でやらねえんだ」

「たいがに甘えたいから」

十三歳の頃も。


「大河、ふもとにアイス買いにいきたい。いましか時間ない。自転車の後ろ乗せて」

「お前、いい加減一人で乗れるようになれよ。二人乗りはバレたらまずい」

「大河が乗せてくれるんだから、うちが乗れるようになる必要ない。バレなきゃいい」

「……他の奴らに見られたらどうすんだよ。オレ、親父からお前と遊ぶなって散々……」

「……じゃあいい。もう一生遊ばない」

「おい、一鶴。違う！　隠れて会えばいいだけで」

「……大河のばか、はげ、あんぽんたん」

「……おいっ！　一鶴！」


一鶴はオレにだけはとても我儘だった。

こいつ、目上の人には従順なのに何でオレにだけこんなに我儘放題なんだ、と幼心に思っていたが、大人に近づくにつれ気がつく。家庭で甘えられないからオレに甘えるのだ。

一鶴の母さんは早くに死んだし、親父さんは天音一門の汚名返上で頭がいっぱいだ。

奥さんに一鶴を立派に育てて神様に嫁がせると死に際に約束したんだと。

あそこの一門は虐げられ続けたせいでちょっと変な思想が出来ている。清和様の呪いを解くことに執着しすぎなんだ。

そういう人達の願いを一身に背負わされた一鶴は、親父さんには嫌な顔一つしない。

だから、オレは。

——オレがなんとか面倒みてやらなきゃ。

一鶴がひたすら他の男に嫁ぐ為に努力する姿を、それで疲弊してオレに我儘を言う姿を、何年も何年も見守り続けた。

一鶴とオレの関係に転機が訪れたのは奇しくも今代の黄昏の射手様がめでたくご結婚された時だった。

竜宮の鎮守衆の方からその報を聞いた時、オレは随分嬉しくなったもんだ。

——じゃあ、一鶴はお嫁に行かない。

オレの物に出来るかも。

そんな風に思った。その頃には、自分が手に入らない女を好いていることに気づいていた。

恋が始まった時から終わっているわけだが、運命はオレを見放さなかったのだ。

「うちはずっとそう言われて育ったから、正直どうしたらいいか困ってる……」

当の本人はというと、小さな頃から言われていた目標がなくなり困惑していた。

「お前、何だよその反応……喜べよ。知らないやつと結婚させる為に色々習い事させられてたんだぞ。もう我慢しなくていいんだ。なくなってよかっただろうが！」

「……うち、我慢していたのかな」

「そうだって！　何で勝手にお前の結婚決められてるんだよ！　おかしいだろ！　しかも相手、おっさんだぞ」

「でも、うちは清和様の為に、天音の為に射手様に嫁がなきゃいけなかったのに……」

オレはその時、まだ事態を甘く見ていた。

「じじばば共が言うことなんて気にするな。これからは自由だ。好きなことしていいんだぞ」

「……清和様のお供養のためにうちが頑張らないで、呪いはどうなるの？」

「知らねえって！　放っておけ！」

「…………うちはそのためにがんばってきたのに」

人間は環境で人生がかなり左右される。

創紫の山奥。閉ざされた村社会。

百十数年ぶりに生まれてきた女の子。

大人達に物語を教えられ、願いを込められて育つ。


「いいか、オレが親父の後を継いだら全部良くしてやるから。あとほんの少しだけ我慢すればいい。ここじゃ小太刀が一番なんだ。お前良かったな。オレと仲良いから全部解決だ」

「大河……」

「お前頑張ったよ。もういいんだって。神主の資格取れたら、オレがこの羽形鎮守衆の悪いところ全部変えてやる。全部だ。そしたらお前……オレと……」

「でも大河、お婆ちゃんとお爺ちゃんが晩ごはんの度に『射手様は何で一鶴をもらってくれなかったんだろう』って言うの」

「………無視しろ」

「でも……でも……みんながうちを見てため息をつくの……。うち、つらいよ……」

そういう人間は、言ってしまえば本人の軸というものが形成されない。

勝手な都合で抑圧されて。ある日突然、大人に手を放されたら。

「うちって本当に駄目な子だ……父さんもそう思ってる……みんなにがっかりされてさ……」

詰め込まれた願いの分だけ歪む。

「これじゃあ、うち……生きてる意味がないよ……」

歪んで、壊れる。

「結婚出来ないって、わかった時に、清和様みたく死んだらよかった……？」

一鶴はそれから度々崖に行くようになった。

色々と限界だったんだろう。
みんなのせいで一鶴が死にたがりになってるっていうのに、誰も気づいていない。
オレは一鶴が死んでしまうかもと思って、それからずっと離れないようにした。
何でも我儘聞いてやる。だから元気を出せと励ました。

どさくさに紛れて告白だってした。

他の奴らがどう言おうと、オレはお前が好きだし、お前の為に世界を変える。もし羽形にいること自体が嫌なら……一緒に駆け落ちしたっていいよ。

そう言うと、一鶴はやっと少しだけ元気になった。

けど、人生ってのはクソなことの連続で、困難は忘れた頃に降りかかる。

こっそり隠れて付き合うのにもなれた頃、あろうことか天音の一門で家族会議が行われた。

結局一鶴は神様に嫁げなかったけど、これからどうする？

そんな話し合いだ。後から聞いて頭の血管がブチ切れそうになったのも覚えてる。

どうするじゃねえよ。一鶴が死にたがってたのにも気づかねえで、時間が経ってから有効活用しなきゃってなってんじゃねえよ。

「大河、うち、小太刀さんのとこには嫁げないって」

一鶴は交際していることは伏せて、それとなくオレのことを打診してみたらしい。

年も近いし、あちらは家柄もいいし、美しく育った娘を嫁がせるならいい条件なのでは。

そういう伺いをしたが、けんもほろろな反応だったとか。

そもそも、うちの親父がクソ差別主義者なので天音の人に酷いことを平気で言う。

一鶴、何で表立って聞いた。無理って言われるに決まってるだろ。だから待てって。

オレがなんとかするって言ったじゃないか。

「大河、うち、なんだかもう全部いや」

そうだよな、嫌だよな。わかるよ。お前は可哀想だ。

「もう全部がいや。うちのことを踏みにじった人達全員、地獄に落としたい」

お前はそれで気が済むの？　そうしたら死なない？

「大河、別れていいよ。うちは頭がおかしくなっちゃった……」

オレは判断を間違ったのだ。一鶴の歪みを増長させてはいけなかったのに。

好きな女に見捨てられたくなくてすがった。

「……別れない」

そうだ、全部オレが悪い。でも神様、言い訳をさせてくれ。

どうか聞いて欲しい。オレは悪いことをしたかったんじゃない。

一鶴に伝えたいだけだったんだ。

お前がどんなことになったって、オレだけは離れていかないよって。

「一鶴っ！」

大河は息を切らして走っていた。

もうこれ以上速くは走れない。それくらい、全速力で山道を駆ける。

——間に合ってくれ。

約百四十年前に清和という娘が投身自殺をしたとされる崖は、そんな史実があったのに柵一つ作られていない。

見晴らしはいいが、その分、近づくと足が竦むほど高さがある。

「一鶴っ！」

大河は後悔していた。輝矢に出会ってからすぐに、これはもしかしたらうまくいかないのではという懸念はあった。

一鶴が言っていたように輝矢はあまりにも人が良くて、どれだけ嬲っても醜態をさらすことがなさそうな心の気高さを持っていた。

——くそっ！

彼がいつまでも神としてではなく、大人として導こうとしてくれていたことも辛かった。

大河は悪人ではない。一鶴の為に悪にはなれるが、本当は人を傷つけたくないし、平和に暮らしたい。

御殿の中で、みんなで外に出ようと誘われた時に揺らいだ。

――一鶴。

恐らく、その揺らぎを一鶴に見抜かれてしまったのだ。

だから、大河の腕の中から逃げ出して、去っていってしまった。

――オレの馬鹿野郎。

大河は共犯として不適格だと烙印を押されたのだ。

彼が崖まで行くと、ようやく一鶴のか細い背が見えた。

「一鶴！」

名前を呼ぶと、一鶴がびくりと身体を震わせてから振り返る。

――良かった。

まだ飛び込む前だった。あと数歩進めば頭から真っ逆さまの位置ではあるが、とにかく生きている。大河はそのまま一鶴の傍まで駆けた。一鶴は大河と距離を取ろうとしたが、そうすると崖のギリギリまで足を進めることになる。

真夜中の山中。足元はおぼつかない。

「……お前、何してるんだよ！」

大河は一鶴に手を伸ばすとそのまま腕の中に収めた。

触れ合うとすぐわかる。互いに震えていることが。

「大河……」

一鶴の歯の根は合わない。死への恐怖は確かにある。だが、希死念慮のほうが強く、それが一鶴の足を崖に向けさせようとしている。

ここには一鶴と、大河と、そして死神がいた。

——説得しなくては。

死神に一鶴を奪われてはならない。

「危ないから、帰ろう……な?」

大河は優しく言う。二人きりの時にしか出さない声だ。

「帰るってどこに」

そう問われて、大河は口ごもる。確かに帰る場所はもう壊してしまった。

一鶴だけではない。大河も一緒だ。

二人がやったことは、たとえ輝矢が取りなしてくれたとしても勘当もの。

もう、無条件で愛情をくれる親すら失ったに等しい。彼らはきっと自分達を許さないだろう。

応えられない大河に一鶴は言う。

「……大河、うち調べたことあるの。この高さだったら絶対に死ぬから、間違えて生き残ることもないって」

大河はゾッとした。

「一鶴、やめろ」

「馬鹿だった。あんな化け物を従える神様を拐かすなんて。うち、死んで逃げる……」

「やめろって！」

一鶴は聞かない。

「大河はそこで見てて。誰か来たら止めて」

「一鶴、駄目だ！」

「何で……？ 言うこと聞いて？」

「聞けない！」

「何で！」

大河は一鶴を強く抱きしめる。

「好きだからに決まってんだろっ‼」

「好きなら……言うこと聞いてよっ！」

一鶴は大河が自殺の幇助をしてくれないことに気づくと暴れ出した。二人の体はもつれ合い、そのまま地面に倒れる。

「大河、放してっ！」

「一鶴っ！」

二人は大声で怒鳴り合う。愛し合う恋人達が最後にすることではない。

「やだ、大河っ！　放して！」

攻防戦の始まりだ。一鶴はなんとかして拘束から逃れようと大河を蹴って攻撃する。好き合っているのに、どうしてこんな泥沼の争いになるのか。

「そんなに死にたいのか……？　オレはどうすればいいんだよ……？」

「大河は生きればいい！」

「お前なしでどう生きろって言うんだよ‼」

大河の悲哀溢れる声を聞いて一鶴は怯む。

「一鶴……死ぬくらいなら一緒に逃げよう。今ならまだ逃げられるかもしれない」

「無理だよ……。うちらみたいな子どもだけで逃げてどこまで行けるの？　きっと国家治安機構に捕まる。それで、戻ったら鎮守衆の人にも馬鹿呼ばわりされて……それで、それで、やっぱり父さんも酷い目にあう。うち、そんなの見たくないっ！　見る前に死にたい……！」

一鶴の言葉は心の底から出る叫びだった。大河は泣きそうになりながら必死に言う。

「オレが、オレが何とかするよ……」

「大河なんて何も出来ないっ！」

「出来るって！」

「出来ないっ！」

一鶴は涙まじりに怒鳴った。

「一緒に死ねないくせに！　何か出来るはずないっ!!」

その一言に、大河は衝撃を受けた。

「……っ」

一鶴を抱く力を緩めてしまう。一鶴はいまが好機だと言わんばかりにぐんと体に力を込めて立ち上がろうとしたが、慌てて大河が腕を伸ばして止めた。

「大河、やめてっ!!」

「……」

「大河、やだっ！」

放心しながら大河は考える。

──一緒に死ねばいいのか？

大河の心臓が、嫌な音を立てて響く。

──それが一鶴の望みなのか？

振り返ってみれば、一鶴はずっと大河と死にたがっていたのかもしれない。

彼女が傷ついた時に行く場所は決まってこの崖だった。大河は一鶴を慰めてその場から引き剝がすことが彼女の為だと信じていたが、一鶴は内心ではこう思っていたのかもしれない。

大河はけして一緒に心中をしてはくれないと。

――オレが、死ぬ。

大河の心臓の鼓動が速まる。

――もう？　こんな若さで？

あまりにも細かく音を刻むので、このまま死んでしまえそうだ。

一鶴は大河に抱きつかれながら泣いている。

「……馬鹿、大河……」

わんわんと、まるで赤子のように。

「もういやだ」

一鶴は疲れていた。

「もう、もう、もういやだ」

一鶴は悲しんでいた。

「なんも未練ない、死にたい」

一鶴は苦しんでいた。

「大河、いやだ、嫌い、放して」

一鶴が幸せに生きられる世界など、もう残っていないのかもしれない。

「……」

大河には決断が迫られていた。

ここでの動き次第では、一鶴に恨まれる。第三者からすれば愚かだと思われる悩みだが、当事者は真剣だった。

——死なないと、一鶴に。

初恋なのだ。

——一鶴に。

大河はずっと、一鶴に恋をしていた。手に入らない恋だと思った。

——恨まれ、る。

彼女のどこを愛しているのか、うまく形容は出来ない。可哀想な境遇に同情をした。年を経るごとに美しく成長する姿に目を奪われた。自分だけに我儘な彼女は可愛かった。

——一鶴に恨まれる。

十代の青年にとって、この恋は一生物だった。

壊れるくらいなら、人生の終わりだと感じるほどに。

大河は喉からかすれた声を出した。

「………………じゃあ、一緒に死ぬか？」

ぴたり、と一鶴が暴れるのをやめた。

言いながら、大河は泣いた。

「……お前、そしたら救われる？　オレのこと嫌いにならずにいられるか？」

もう、泣くしかなかった。

本当は死にたくなどない。でも、好きな人を手放して死なすことも出来ない。

だったらせめて、一緒に落ちるくらいしか彼女にしてやれることがない。

「……大河」

惚れた女にしてやれることがないのだ。

大河は輝矢のように現人神ではない。まだ年若い青年で、大人からすれば子ども。

逃げたって、一鶴が言うようにうまくいかないことは自分でもわかっている。

「お前が死にたいなら、いいよ。じゃあもう一緒に死ぬか？」

一鶴が急に大人しくなったので、大河は起き上がった。

「大河……」

「いいよ、手、繋ごう」

そう言って指を互いに絡める。

遠くで誰かが一鶴のことを呼ぶ声が聞こえた。恐らく照幸だ。

一鶴が崖に行ったとわかり、血相を変えて追いかけてきている。その後ろからも大勢の人が
こちらに向かおうとしていた。

もう時間が足りない。やるなら、すぐに実行しないと。

「ほら、立て」

「……」

「みんな来る。一鶴」

「大河……」

大河は身体中ぶるぶると震えている。

「……いいの？」

一鶴は最後に好きな人に甘えた。

「…………いいよ」

大河は声を絞り出す。

最悪な甘え方だ。他者を犠牲にして得られる安堵まで欲しがるほど、もう一鶴は駄目になっている。

――死にたくない。

そう思っているのに、大河は一鶴の望みを叶えることにした。

理由は、彼女に嫌われたくないから。

一鶴と大河は手を繋いで崖のふちに立つ。

崖から眺める景色は綺麗だった。輝矢が齎した夜が、羽形全体を深く包み込み、遠くに光る街のネオンが輝いている。

——死んだらどこに行くんだろう。

祖先の霊に加わって、この地を見守るのだろうか。しかし、大河は自分と一鶴の恋を受け入れてくれなかった羽形にいたいとは思わない。

もっとどこか別の場所に行きたい。

それこそ、二人で逃避行をした竜宮のようなところへ。

「もう、時間ない。行くぞ、一鶴」

「……」

「やれるな?」

「……大河」

「もうここでなしとか言うなよ」

彼は覚悟を決めた。一鶴はというと。

「大河、ありがとう」

そう言ってから、片手を上げた。

——あ。

大河は何をされるか理解した。

——こいつ。

いまから突き飛ばされる。

　そうしたら大河は倒れ、一鶴は繋いだ手を離して一人で飛ぶだろう。

――お前。

一鶴は最後まで我儘だった。好きな人が一緒に死んでくれると知って、嬉しくはなったが連れて行く勇気はない。

――一鶴、お前。

一鶴の手が大河の肩を突き飛ばす。

――何で。

大河の身体がぐらりと揺れて倒れる。

だが、大河は一鶴を手放さぬよう自分のほうに繋いだ手を引き寄せた。

行かせるか、と大河は思った。ここで一人で行かせるくらいなら、彼女を抱いたまま心中してやる。それが自分の出来る最後の愛情表現だと。

「一鶴……！」

大河は今度こそ一鶴を放さない。

「大河……！」

一鶴が涙しながら声を上げる。もうこれで終わりだ。ようやく誰も咎めない世界に行ける。

二人は震えながら奈落へ落ちようとした。

だが、その瞬間。

残酷な狼(おおかみ)が『そんなに死にたきゃ一度死んでみたらいいんですよ』と囁(ささや)いた。

死神はそこにいなかった。いるのは狼だった。

『いい迷惑ですから、一度死んで反省してください』

狼は尚も酷い言葉を吐く。一鶴が大河の体越しにその影を見て、狼だと認識した瞬間に頭から嚙み砕かれていた。がぶりと、それは見事に喰われた。

「う……あ……」

一鶴だけではない。大河も一緒に喰われている。

頭蓋骨が割れる音がした。血肉が牙の隙間から溢れた。血飛沫が舞い散る。

大きな狼が夜闇の下に一匹、若い男女を貪り食い、高らかに咆哮を上げる。狼は人間を二人喰い散らかすことになんの良心の呵責もない様子だ。むしろ誇らしげに見える。それはそうだろう。狼とは獣なのだから。獣は飼いならした相手にしか懐かない。

「……あ、……く……あ……」

二人のくぐもった悲鳴が小さく響いたが、すぐに消えた。彼らが望んだものではない幕引きがなされる。二人の意識は完全に途絶えたが、それでも狼は念入りに食べ続けた。

そしてその最悪なタイミングで、照幸が到着した。

「……いち、ず……？」

凄惨な現場に照幸は目を疑う。彼の視界に映るのは真っ赤な血で口まわりが染まった狼。

足元には元の形状を留めていない一鶴と大河の死体が。

「……一鶴……」

だらりと垂れた手は、狼が彼女の身体を貪る毎に小さく揺れる。

「大河、くん」

大河の身体はもうほとんど見えなかった。わずかに残された部位が地面に転がるのみだ。

照幸は全身に怖気が走り、その場にへたり込んだ。

狼は照幸をちらりと見たが、気にせずまた二人の残骸を喰い続ける。

あまりの恐怖と悲しみで悲鳴は遅れて出た。

「うわ、うわ、うわあああああああっ！」

照幸の絶叫がその場に響く。

「あああああああああっ！　あああああっっ！」

照幸が大事に育てた娘はもはや存在しなかった。そこに在るのは肉体の欠片でしかない。

彼女を彼女だと確認出来るものは着物の絵柄くらいだった。

それほど裕福でもない照幸の稼ぎで、なんとか買って一鶴に与えたものだ。

一鶴が一張羅を着てくるくると回って見せてくれたことを照幸はいまでも覚えている。

父さんありがとう、と一鶴は言ってくれた。大事に着るねとも。

――一鶴。

その着物すらいまは血まみれだ。もう取り返しがつかない。

「……一鶴っ！」

照幸は一度はへたり込んだが、震える足を叱咤した。

「一鶴っ……」

拳を握り、足を叩き、再び立ち上がる。この世ならざる者に立ち向かうには勇気が必要だった。一歩、また一歩と足を進めて狼に近づく。

「どけ……」

照幸は涙ながらに言う。

「どけ……！」

狼に向かって吠える。

「どいてくれ……食うな……！」

今更止めたとて何の意味もない。死体を保存したとて生き返らない。

だがそれでも、言わねばならない。

「わたしの娘なんだ……！　返せっ！」

ついには、照幸は暗狼に突進した。

「うわあああああっ！」

細腕を振り上げて暗狼に殴りかかる。運動慣れしていない動き、既にもつれ始めている足。きっと拳がたどり着く前に暗狼に食べられてしまうだろう。そう思われたが、狼は今までになく驚いた顔をした。ぎょっと身を引き、狼狽える姿を見せる。

「一鶴を返せえええっ！」

照幸に自身のほうに向かって来られることが不都合とでも言わんばかりだ。狼は焦った様子で照幸を威嚇した。最大量の音声で吠える。

「……！」

照幸の耳朶がびりびりと震えた。狼の吐息が顔にかかる。その風圧で息が出来なくなってしまいそうなほど激しい咆哮だった。

「……くっ……あっ！」

それを真正面から受け止めた照幸は思わず足が止まってしまう。

――くそっ！

前に進みたいのに、足が言うことを聞かない。

照幸は驚きと恐怖でその場に足が縫い付けられてしまう。

――このまま、わたしも……。

喰われてしまうのか。

――一鶴と共に……。

道半ばで死ぬのか、そう諦めかけたその時。

「え……」

狼は突然、光の粒子となって消えてしまった。

「え……あ……え？」

照幸はその場で何度も目を瞬いた。

——消えた？

暗狼がいなくなったせいか、緊張と恐怖が一気に解かれる。身体は少しこわばっているが動けるようになっていた。

——そこにいたのに。

涙で瞳が濡れているから見間違えているのか、そう思い服の袖で顔を拭うが、結果は変わらなかった。狼は確かに消えていた。

それどころか、一鶴と大河の死体すらいなくなっている。

「えっ……？」

いや、そうではない。死体は確かにないが、代わりに違うものがあった。

ただ眠っているだけの一鶴と大河が崖際に転がっていた。

「……一鶴……？　大河くん……？」

二人は倒れているが、身体は無事のように見えた。喰われたはずの手も足もある。

互いに争っていたせいで衣服の乱れと汚れが目立つが、血まみれではなかった。照幸が見ていた惨劇の形跡は見る影もない。

「……なん、だ……？」

――どういうことなんだ。

照幸は困惑と共に恐ろしくなった。不可解な現象に呆けてそのまま立ち尽くす。

すると、どこからともなく間の抜けた声掛けをしながら近寄る者が現れた。

「あのーっ！」

若い少年の声だ。

「大丈夫ですかー！　あのーっ！」

この悲劇を引き起こした犯人の声でもあった。黄昏の射手、巫覡輝矢の守り人。巫覡慧剣は勢いよく照幸の元まで駆けつけると、少し走り疲れた様子を見せてふうと息を吐いた。

「……はあ、疲れた。あの……あの……」

彼はこの場にそぐわない爽やかな笑顔を浮かべながら照幸に言う。

「驚かれましたよね。でも大丈夫ですよ、あれ幻覚です」

「え……？」

照幸はまだ状況がわかっていない。それはそうだろう。いくら鎮守衆とはいえ一般人。現人神を守る従者の権能など把握していない。

彼が二人を助ける為に暗狼を使ったことなど、説明されない限りわかるはずがなかった。

「さっきまで大きな狼がいましたよね？　それはおれの持っている秘密の力なんです」

照幸は口をぱくぱくと開いては閉じるを繰り返してから言う。

「一鶴が……凶悪な狼に食べられていて……」

「はい、幻覚です。おれが神様から賜った力で編んだものですね!」

慧剣の場にそぐわない朗らかな返しに益々照幸は混迷を極める。

「二人が……殺されたのが幻覚……?」

「あ、そう言われると……ちょっと体裁が悪いような……」

慧剣としてはお手柄のつもりだった。何せ、彼の幻術のおかげで二人は崖から落ちることはなかったのだから。代わりに、若干命が危うそうな状態で痙攣をしている。

「無我夢中でやったんで、手加減が出来なかったことは認めます……」

「あの狼が、幻覚なんですか……? でも、吐息の温かさも、咆哮も……」

「ええ、幻覚です。本来でしたら輝矢様を守る為にしか使わない有り難い御力なんですよ」

慧剣は少し胸を張って説明を始めた。

「えっとですね。メカニズムを説明します……。暗狼はあくまで幻覚なので、やったことは実際には起きていないんです。でも、幻覚を仕掛けている相手には実際に起きていると思っていただくことが大切なんですよ。だって彼ら、明らかに自殺をしようとしていたでしょう? 止める為にはそれ相応のことをしないといけなかった。見てくださいよ。そこ、崖のギリギリ。すっごく危険。おれとあなたがいる側から暗狼を出しちゃうと驚いて落ちちゃう。だから崖側から出現させないといけなかったんです。あ、暗狼ってあの狼のことを言うんですけど。とにかくその、倒れる方向の逆に転倒させたかったんですよ。言ってることわかります？」

「は、はあ……」

照幸の曖昧な返事で詳細な説明が必要だと感じたのか、慧剣は身振り手振りをつけて言う。

「こう、後ろからこっち側に倒れてくれないと死んじゃうじゃないですか？　おまけにわっと驚かせて終わりじゃ駄目なんです。そのまま身動きも出来ないような幻覚を味わわせなきゃ。いわばおれのやったことは人命救助なんですよ。ほんのちょっぴりやりすぎちゃったかもしれないけど。でも、あの人達も悪いというか。え、おれやりすぎたかな。まずいですかね？」

慧剣はどうしたものかと困り顔になる。照幸は戸惑うばかりで答えられない。

「……えけーんっ！」

そこに救世主がやってきた。ぜえはあと息をしながら近づく人物に慧剣達は視線を向ける。崖までの坂道で後れを取った輝矢がようやく追いついてきた。

「輝矢様！」

慧剣は瞳を輝かせて手を振った。

一鶴と大河が崖へ向かってから、救出に向かう全員でドタバタの徒競走が開催されていた。

この徒競走に参加した人員は以下の者達だ。

照幸、輝矢、慧剣、輝矢の要請でついてきてくれた羽形鎮守衆、国家治安機構である。

まず照幸がスタートダッシュをしていた。そして事の重大さに気づいた輝矢が二人を追いかけるようみなに伝える。輝矢自身も走ったが、慧剣のほうが速かった。

毎日輝矢と共に山を登り、鍛えられた健脚は、照幸の背中を追いかけてぐんぐん速度を伸ばしていく。

輝矢のオーダーは一鶴の自殺を止めること。それは慧剣にもわかったので、彼は主の憂いを防ぐべく、猛スピードで一気に崖までの道を登った。

そして、二人が崖でもみあっているのを見た瞬間、神聖秘匿で暗狼を出し、遠隔操作をしたのだ。慧剣の幻影は触れると感触があるものだが、それは対象者が脳で『触れた』と認識するから身体がそう思うだけであり、実際には何の事象も起きていない。

このような一歩間違えれば即死という条件下では、術者の手腕が求められた。

下手に驚かせれば二人は崖下に落ちかねない。かといって、対象者のことを深く知らない慧剣は何が彼らの死の歯止めになってくれるかもわからない。残された選択肢は一つ。

身動きも出来ぬほどの恐怖を刻むこと。

——多分こいつらが輝矢様を攫ったやつらだろう。

だから慧剣は一鶴と大河を食い殺すことにしたのだ。

本人達も死に甘美さを求めていたようなので、いいお灸になると思った。

──神罰ってものが必要だ。

故に、がぶりと噛みつき、骨まで砕いたのである。

『そんなに死にたきゃ一度死んでみたらいいんですよ』と囁いて。


これが、現在までの流れだった。


慧剣は輝矢がやって来ると、罪など一つも犯したことがない顔で迎えた。

「慧剣……はあ、はあ……二人は……はあ……」

「あ、輝矢様！　止めました！　ご命令通り自殺止めましたよ！」

「本当⁉　でかした慧剣！」

「でも、一応止めるために神聖秘匿で狼に食わせちゃったんですけど、仕方がなかったというか……許されますよね？」

そして流れるように言い訳を言った。

「え、食わせたの⁉」

「崖から落ちそうで……動きを止める為にやりました」

なるべく仕方がなかったと思ってもらえるよう、自分も苦しげに言う。

「ほ、本当に？　お前、復讐のつもりでやってないよね⁉」

輝矢は先程まで犯罪者達に裁判で勝たなくては嫌だと嘆いていた慧剣を見ているので、疑いが深まる。慧剣は高速で首を横に振った。

「慧剣」

「やってません」

「慧剣」

「助けました。ほら、動き止まってます」

「お前さあ………」

「でも……も、もしかしたら心停止してるかもしれません」

「お、お前さあっ‼」

「……心停止？」

照幸がまた悲愴な顔つきになり、ふらりとその場に倒れそうになる。

輝矢は照幸の肩を支えてやってから、キッとした目つきで慧剣を睨んだ。

「やりすぎっ！」

端的なお叱りだ。慧剣は大慌てで二人の脈を計る。

「大丈夫大丈夫！　生きてます！　救急隊に担架持ってきてもらわないとですね……」

「お前をそんな子に育てた覚えないっ！　慧剣！」

怒る輝矢。慧剣は叱られた犬のようになる。

「輝矢様、でもじゃあどうしろと……？　崖から落ちそうだったんですよ？」

理不尽です、と目で訴える。

まったく理不尽ではないのだが、慧剣の気持ちも否定は出来ない。

慧剣からすると今日は踏んだり蹴ったりだ。輝矢と過ごした楽しい休日が見知らぬ犯罪者のせいで台無しにされ、生きた心地がしないまま数時間過ごした。

せっかく輝矢と再会出来たのに輝矢は犯罪者を許せと言うし、自殺を止めろと命じられたからそうしたのに怒られている。多少の荒業くらい許して欲しかった。

何故、と無垢で残酷な小狼は思う。

「いや……それはさあ……」

「咄嗟に出来ることが息の根を止めることだったんです……」

「それはさあ！」

輝矢は頭を抱える。

「あの！　結局二人は生きてるんですか？　お願いです、そうだと言ってください……」

言い合いをする黄昏主従に、照幸がすがって尋ねる。

輝矢は照幸の肩に手を置いて安心させるように言った。

「生きてるよ。ごめんね、うちの守り人が幻影を見せてただけなんだ。大丈夫だからね。救急隊の人に診てもらおう」

「ああ……良かった……輝矢様……ありがとうございます、ありがとうございます」

慧剣は無言で『感謝されてますけど』という目線を輝矢に送る。

輝矢は慧剣の頭を軽く叩いた。

「照幸さんに謝りなさい！」

「……輝矢様、おれ普通に話しちゃってましたけど、この人、誘拐犯じゃないですよね？」

「違うから謝りなさいっ！」

「ごめんなさい……」

「何が悪かったか言って謝りなさいっ！」

「……ひ、酷い幻術を見せてごめんなさい……」

照幸は泣きながら首を横に振る。輝矢は盛大にため息をついた。

それからすぐに救急隊員がやってきた。

国家治安機構の機構員が輝矢達に速やかに崖から離れるよう求めた。照幸は担架に乗せられた一鶴と大河の付き添いで先にその場を後にする。ひとまず二人に関しては医療従事者に任せるしかない。輝矢と慧剣は国家治安機構に警護されながら元来た道を戻る。

「あの、輝矢様」

「……」

「怒ってますか？」

「……」

「……輝矢様、怒ってます？」

慧剣はしつこく尋ねる。答えない限り、延々とこの質問が続くだろう。

「怒ってるけど、今日はどう考えても俺が悪いからあんまり怒れない……」

予想出来ないことではなかった。

自分が攫われたら慧剣がどうなるか、そこをもう少し考えるべきではあった。

「おれのこと嫌いになりました？」

「それはない」

輝矢はそこだけはしっかりと答えた。

「本当に……？」

慧剣は不安で仕方がないのか、チラチラと輝矢の様子を窺う。

「……はあ」

輝矢は慧剣を手招きで呼び寄せ、腕を摑んだ。彼が夜道で転ばないように、そして何より人の道から外れていかないように、手を繫いでやる。

「いいか、慧剣」

そして目を見て言い聞かせた。

「今後は必要だと思われる時以外、人を噛み殺さないこと」

言わなくてもわかることだと思うが、輝矢は言う。

「はい」

慧剣は至極真面目に頷く。

「俺を害する人がいたとしても噛み殺さないこと」

「はい」

慧剣はこれまた聞いていて気持ちの良い返事をする。

「……お前、返事だけはいいな」

「おれは輝矢様の良き下僕ですから当然です」

必死に従順さを示す。そして目で訴えてくる。

「……輝矢様」

おれは良い子です。おれを嫌いになってはいませんよね、と。

輝矢はそれ以上お説教が言えなかった。何せ、慧剣がある日狼になってしまったのは、輝矢のせいなのだ。それでも慧剣が可愛いので、輝矢の負けなのである。

「……」

二人は一緒にとぼとぼと歩く。

見守っている国家治安機構は、『変な主従だ』と奇妙なものを見る視線を向ける。

「輝矢様、体調とかは大丈夫なんですか？」

「大丈夫だよ。お前は？　今日、俺のせいで肝を冷やしただろう」

「……すっごく辛かったけど大丈夫です。でもお腹が減りました」

輝矢はふと疑問が降って湧いた。

「…………一つ質問なんだが、人を食い殺す時に体感はあるのか？」

慧剣は軽い口調で答える。

「うーん、体感はあります。けど味はしないです」

「……」

慧剣は輝矢の疑問を解明してやる。

「だから、食べてもお腹は減るんですよ、輝矢様」

「…………そうか。減るのか」

「輝矢様、おれのこと怖くなりました？」

「怖くはないけど、お前がいまから焼き肉食いたいって言ったら引くな」

「焼き肉食べたいです。ねえ、おれのこと嫌いになりました？」

「ならんから安心しろ」

慧剣はぶんぶんと輝矢と繋いだ手を振る。


大変な一日を過ごした神様とその守り人の帰路を、月光が優しく照らしていた。

終章 海恕（かいじょ）

黎明二十一年、六月五日、芒種の候。

帝州帝都の由緒正しき神社にて、四季会議が開かれていた。

四季の代行者による舞の他、今年は四季の代行者護衛官の剣舞まで行われる。

緊張感が高まる中、四季の神像を前に護衛官達が並んで一礼をしてから神に捧げる舞の奉納を始めた。

雅な音楽が流れ、それに合わせて彼らは刀を振るう。

跳ねる、飛ぶ、斬る、躱す。

軽やかで美しくも危うい剣舞は見守る四季庁職員達だけでなく、主である代行者達までも虜にする。普段ならスーツに帯刀、もしくは銃火器所持という格好の護衛官達だが、この日ばかりは仕立てられた衣装を纏っていた。

衣装はそれぞれの主の式典礼装と並んで映えるものだ。

春の代行者護衛官、姫鷹さくらは桃色の地に桜が描かれた着物、そして紫の袴。

夏の代行者護衛官、葉桜雷鳥は錆浅葱色の単色の着物に金・銀の刺繡が施された袴。

秋の代行者護衛官、阿左美竜胆は薄灰青の着物に白と黒の縞模様の袴。

冬の代行者護衛官、寒月凍蝶は漆黒の着物に青海波の金襴袴。

今代の代行者達が普段とは役割を反転させて、護衛官に似合うものを選んだ。

そんな経緯があるものだから、主達の心境は子ども自慢に近くなる。

春の代行者、花葉雛菊は瞳を輝かせて自身の護衛官の晴れ舞台を見る。

「さくら、すごい」

さくらも主に見られている、というのが活力になるのか、練習より更に上手に、より華麗に舞い踊っている。

「綺麗……」

「だな」

冬の代行者、寒椿狼星は相槌を打つ。

「狼星さま、さくらが、綺麗……世界で一番、雛菊の、さくら」

感動しすぎて、雛菊の褒め方はいつもより片言だ。

狼星はそんな雛菊が可愛らしくて微笑む。

「すごいな……凍蝶も負けてない。あいつ、足が長いから本当は洋装のほうが動きやすいんだろうが、袴姿でもよく動く」

雛菊と狼星はもちろんのこと、夏と秋も自身の護衛官が魅せる剣舞に目が離せなかった。

「りんどう……」

撫子は惚けたまま見るばかりで感想が言葉にならず。

「ねー！　格好良いね！　何で撮影しちゃ駄目なんだろう？　うちの雷鳥さん、念願の四季会議デビューの日なのに！」

瑠璃は撫子の意を酌みつつ、夫の凛々しい様子に目を輝かせる。

「さつえい、したいです……」

「したいよねー！」

瑠璃だけでなく、あやめと連理もすぐ傍で見ていたが、彼らは手に汗を握って雷鳥の応援をしていた。

「瑠璃、声大きい！」

「だってさ……神事だからってこれを世に残せないのひどいよ」

「いいからちゃんと見てあげなさい。雷鳥さん、貴方に格好良いところ見せたいって練習頑張ってたのよ」

「見てる見てる」

「見てない、前向いて！　雷鳥さん頑張って……あと少しで終わりよ。連理さん、見て、雷鳥さん頑張ってる」

「あやめちゃんは何目線なの。親……？」

見られている護衛官達は、それぞれ羞恥を感じていたり、自信満々に微笑んでいたりと様々だったが、最後までみな失敗せず無事終わった。

四季会議が終わると恒例の宴だが、始まるまでしばし時間がある。

代行者と護衛官専用の休憩所が設けられていたので、衣服の乱れを整えた者から広い和室に集まった。春主従と冬主従は早々に和室で鉢合わせし、冷たい飲み物で喉を潤す。

雛菊はちらりと凍蝶を見て、はにかみながら言った。

「凍蝶お兄さま、今日のお姿とても、とても、素敵です……」

凍蝶は素直に褒め言葉を受け取る。

「ありがとうございます、雛菊様」

「雛菊、剣舞、感動しました。ほんとうに、あと、何回も、見たいくらい、感動、しました」

興奮をなぞるように言う雛菊に、凍蝶の頰が自然と緩む。

「雛菊様がご所望でしたら御身の為だけに舞いましょう。雛菊様が選ばれたさくらの袴姿も素晴らしい。凜とした美しさがさくらにぴったりですね」

「そうなん、です。さくら、美人さん。何着ても、似合う」

「わかります。さくらは贔屓目なしに似合わないものがありません。来年はまた違う衣装が見たいですね。後でみんなで写真を撮りませんか」

「撮り、ます。心だけに、とどめて、おけません」

凍蝶と雛菊がほのぼのとした様子で褒め合うのを、さくらと狼星は黙って聞いている。

さくらは両の手を顔に押し当てて羞恥に染まった顔を隠しており、狼星は想い人が護衛官にとられてつまらなさそうにしていた。狼星はさくらの肩を悪戯に指先でつつく。

「お前、いつもなら『やめろ凍蝶』って言うのにいいのか」

さくらは小声で返した。

「……言ってもやめないんだ」

「そうか。お前達控えの時にいくらでも話す時間あったもんな」

「……あの妖怪褒め褒め侍、ずっと褒めてくるんだよ……」

「おい、俺の護衛官に変な名称をつけるな。それで、なんて言われたんだ？」

「……」

狼星はさくらの肩をまた無言でつついた。あまりにもしつこいのでさくらは言う。

「か、可愛いとか……」

「とか？」

「きき、綺麗とか……反応するともっと褒めてくるから、無関心のほうがいいと思って黙ってるんだ……」

「きききれい」

「おい！　馬鹿にするな！　わかってる、私なんて馬子にも衣装。そして凍蝶は弟子馬鹿だから私が何を着ていても褒めるんだろう。自分の身の丈に合わんことをしているよ」

横で凍蝶が『そんなつもりはない』と言っているが、さくらは頑なに聞こうとしない。

もう少し素直になっても良さそうだが、乙女心は難しい。

「……怒るなよ」

狼星としては、久しぶりに会った友達とのじゃれ合いのつもりなのだが、さくらは意に介さず立腹している。

「怒らせることするな！」

これは狼星が悪い。

——選択肢間違えたな。

そう思いつつ、狼星はさくらをまじまじと見た。同じく桜の意匠が施された着物を纏う雛菊のほうに狼星は心ときめくが、さくらもお世辞なしに美しい。

罪滅ぼしではなく、本当にそう思って言う。

「お前、今日綺麗だぞ」

ちゃんと心を込めて言った。

だが、さくらはすぐに拒否感を示した。

「やめろ！　お前は雛菊様だけ称える機械となれ！」

さくらは狼星からの賛辞は要らないのだ。

「俺はいつもひなだけを褒める機械だよ。でも友達を褒める時もあるだろ？」

「私はお前を褒めないから」

「褒めろよ、俺を。この俺だぞ」

「どの俺だよ」

「この俺だ」

「狼星……お前、馬鹿だろう？」

さくらは白けた様子で言う。

冬の代行者の威光はさくらには通じないのだ。狼星はムッとしたが、友達成分は多少補給出来たので許すことにした。

「我儘なやつだな。いいよ、もう。……ひな、俺も話に加わりたい。ひなの着物も素敵だな。さくらと同じ呉服屋で揃えたのか？」

雛菊は狼星に話しかけられると、途端に恥じらいを見せる。

「狼星さま、はい、そうです」

彼女の視線が自分に向けられただけで、狼星は危うく瞳がとろんと蕩けそうになった。

「可愛いな……また一緒に服を見に行ったりしたい。俺達はしばらく帝都に滞在するから、たくさん遊ぼうな」

「いっしょにおでかけ……とかですか？」

「そう、一緒におでかけ」

「狼星さまと、おでかけしたいです……」

「したいよな。俺もしたい。ひなは素直だな。さくらとは大違いだ」

「さくら、すなお、だよ」

「ごめん。俺が悪いな。さくらは素直だ」

さくらは舌打ちをし、凍蝶は苦笑した。

しばらくいつも通りそうして話していると、話題は自然と先日起きた黄昏の射手の無断転山の話に変わった。

「そういえば、かの誘拐事件は異例の解決速度だったな」

狼星が思い返すように言う。

「俺が花矢様を離宮から送り出して……夕方には居所が判明。夜には無事が確認されていただろう」

凍蝶が真剣な表情で頷く。

「何事もなくて本当に良かった」

さくらは凍蝶の視線を避けながら相槌を打つ。

「花矢様はあの日、かなり骨折り損だったな」

雛菊は眉を下げる。

「花矢さま……ほんとう、に、可哀想、だった、ね……」

結局、花矢は弓弦と共に国家治安機構の基地から不知火まで戻り、仮眠をしてから朝を齎す為に真夜中に神事を行った。

翌日は、さすがに弓弦からストップがかかり、学校を休んだらしい。

射手は睡眠さえ取れれば大体の疲労は取れるものなのだが、身体だけでなく精神の負担を考えて休養日とした。

一日しか休んでいないので、補習もそれほど多くないはずだ。

「輝矢様が電子端末越しに平謝りしていたらしいですよ。輝矢様は悪くないから花矢様も責められませんし、一番気の毒なポジションでしたね」

「輝矢さまも、かわい、そう……」

「しかも、花矢様の居所を葵野鎮守衆の男に知らせたのは、今回輝矢様を狂言誘拐した犯人だそうです。弱みを握り……自分達が指示を出したら不知火に飛び、暁の射手様を招致すると見せかけて攫えと命じられていたそうです。射手の同時誘拐……。犯人は射手界隈と鎮守衆界隈にこれだけのことが起きるまで放置された自分達の扱いに一石を投じるのが目的で、花矢様の誘拐に関してはあくまで話題作りとして危害を加える気はなかったそうですが……それにしたって酷い……」

今回の話は様々な者の思惑が飛び交い、絡まった糸のようなものとなっていた。

まず、狂言誘拐をした羽形鎮守衆の小太刀大河が、不知火鎮守衆から暁の射手である巫覡花矢の情報を仕入れた。

この目的には暁の射手の存在も初期構想から入っており、大河は以前から利用出来そうだと目星をつけていた南雲に再三に渡り金を貸し、いつでも動かせるように支配下に置いていた。彼の目的は天音一鶴の為に射手の権威を貶めること。

そして、輝矢を攫うタイミングを探っていた一鶴と大河は、自分達が送った手札の一つである竜宮ユートピアの招待券が使用されることを知る。

この招待券は一枚毎にIDが紐づけられており、購入者は予約システムが必要な物に関しては使用の可否を確認出来るものだった。

これには竜宮ユートピア内のレストランなども含む。

非日常の空間での接触は、輝矢と慧剣を引き離すのに適した条件だった。

怪盗王子シマエナガのコラボカフェの予約が入ったことから、一鶴と大河は竜宮へ飛ぶ。

射手の屋敷には手が出ない。二人はセキュリティシステムを警戒していた。

竜宮ユートピアの訪問の前に誘拐出来るものなら実行しようとしていたが、結局輝矢達の動きがあまりにもなかった為、遊園地での誘拐が決行された。

南雲に関してはこの間に不知火へ飛ぶよう指示がされている。ただ、現人神信仰がある南雲が嫌がる様子を見せたので、うまく従うよう嘘を言っていたらしい。

それが『巫覡弓弦が射手を虐げており、また不知火鎮守衆も昨年の地すべり事件以降ろくな支援を行っていない』という虚言だった。

南雲には射手誘拐の大義が備わり、彼は心置きなく花矢に声をかけられた、というのが一連の流れだ。


「こわい、ね……」


雛菊はさくらの説明を聞いて、自身の話も誰かにされているのだろうかと怖くなった。

「でも、葵野の、ひとは、花矢さまを、お助け、の、気持ち、が、一応、あったん、だね……」

ひとまずそう言う。優しい雛菊の返しをさくらはバサッと斬る。

「あっても誘拐は犯罪なので人間の屑ということは変わりないです」

「弓弦様が花矢様を虐げるというのは、本人を知っているとあり得ないな」

凍蝶は二人が手を繋いで去っていった姿を見ているので尚更そう思う。

「それだけじゃないだろ。葵野鎮守衆は財源不足で鎮守衆解体の危機にあるから、南雲は射手を招致してなんとかならないか画策したとの情報も上がってきたんじゃなかったか？　いや、連れ去りを目的にしたから誘拐か」

狼星の言葉に凍蝶は補足を入れる。

「それが結局、まだそこまで深刻な問題ではなかったようだ。南雲は葵野鎮守衆で経理を担当しており、本人が活動資金を使い込みしていたらしい。財源不足の誤報はそこからだ。よくある賭博依存だな。既に南雲本人が親族に頭を下げて金をかき集め、返金したと聞いている」

「より最悪だろ」

狼星は嫌そうな顔をした。

「おまけに南雲は薬物依存の気もあったようだ」

「それは納得だ。あいつ不知火を車で爆走したんだぞ。絶対当日も服用していただろう。発言も行動も支離滅裂……愚かを通り越して哀れだな……」

やれやれ、という風に狼星は肩をすくめる。

凍蝶も概ね狼星の意見に同意はしたが、女子二人の手前言葉を和らげた。

「自分の金の使い込みがいつ露見するか怖かったんだろう。精神的に衰弱もするさ。花矢様の件が成功すれば更に大金を振り込むと小太刀大河に言われていたそうだ。何故、人はああいうことをしてしまうのか……」

「阿呆だからだ。それで、鎮守衆全体に国家治安機構から正義の鉄槌は入るのか？」

「毎年行われているらしい会合は廃止だそうだ」

「それだけかよ……」

「突き詰めると、宴の席で軽く話したことが悪用されただけだからな……。射手様方もそこを罪に問うのは……となったんだと」

狼星は『甘すぎる』とぼやく。

「ただ……今回の場合は鎮守衆から偶々情報漏洩の事件が出たというだけで、先日泊まった旅館だって、仕事仲間同士では我々のことを話していると思うぞ……」

「……まあ、な」

「人の口に戸は立てられない。部外者と接触する時は、何かしら喋られていると思って色々行動しなくてはな」

凍蝶は全員に防犯意識を高めるよう求めた。

先の事件を気にしていたのは春と冬だけではない。夏も秋も、事件のその後を追っていた。

途中から春と冬の話に加わり、事件の全容を知る。

その中で撫子はいつも通り黙って大人達の話を聞いていたが、段々と表情は曇っていった。

「……」

特に、犯人の一人である天音一鶴が長年の恋が認められぬものと知ったことが事件を起こす引き金になったと聞いたところから目を伏せがちになっていた。

「撫子ちゃん、大丈夫？」

「はい」

瑠璃に心配されたが、撫子はその時は普通に受け答えをした。

それから四季会議の宴が開かれた。

天気も良いということで、神社敷地内の庭に宴の席が作られている。

暗い話題は先程で終わり、みな、今年はどのように余暇を過ごすかなど話している。

宴もたけなわということろで、撫子はある決心をした。

「りんどう……」

「どうしましたか、撫子」

撫子は竜胆に耳打ちをした。

「……？」

耳打ちをされた竜胆は、ひどく不思議な様子で撫子を連れて狼星の元へやってきた。

「あの、寒椿様……」

竜胆は言いにくそうに狼星に話しかける。

「どうした阿左美殿」

「それが……その……撫子が寒椿様にご相談があると……」

「俺に？」

狼星は自分で自分を指差す。

「御身に」

竜胆も何故こんな展開になっているかわからないらしい。そんな顔をしている。

狼星は凍蝶と顔を見合わせた。

近くに春主従もいたが、何か理由があるのだろうと見守っている。

「狼星、撫子様と散歩でもしてきたらどうだ」

凍蝶が気をきかせて、二人がみなと離れて喋れるよう促した。

狼星は仕方なく撫子と共に歩く。

最初は普通に歩いていたが、あまりにも歩幅が違うので途中から手を繋いだ。

足を進めるごとに景色が変わる。境内には立派な庭園があり、池も花畑もある。

散歩をするには十分な景観だった。

「……お前、どうしたんだよ」

「……」

撫子は中々話さない。狼星は雛菊以外に振る舞う労力と親切心をあまり持ち合わせていないので、早々に疲れてきた。

「喋んないなら、これ意味ないぞ」

「……う、えっと」

「というか撫子、もう面倒だから抱き上げてもいいか」

「……え？」

撫子は驚く。狼星が撫子を抱き上げる、という選択肢を持っていることに衝撃を受けた。

狼星が優しくない、というわけではない。

ただ、いままでそういう触れ合いをこの二人はしてきていない。

「『はい』か『いいえ』で答えてくれ。いいか、躊躇うなら『いいえ』にしろ。みだりに男に触れさせてはならん。俺は親族のようなものだから気軽に聞いてはいる」

「は、はい」

「いまのは抱き上げてもいいという意味での『はい』か？」

「はい！」

狼星はやっと自分の調子で歩けると、ほっとして撫子を抱き上げた。

撫子は冬の王に抱き上げてもらったという高揚感で心臓が高鳴る。

「すまんな、俺がお前のように小さき者と歩くのに慣れていないので転びそうだったんだ」

「ごめんなさい」

「いいや」

「……ろうせいさま、おもくないですか？」

狼星は笑う。

「お前が重かったら何でも重たいだろ。箸だって重くなるよ」

狼星が撫子を抱き上げて歩いているのを見て、遠くで見守っていた四季達からどよめきが上がった。

――あいつら、面白がってるな。

狼星は無視して歩き続ける。

「お前あれか」

狼星は自分から相談内容を当てることにした。

「何か、此度の事件で思うところがあったか？」

「……」

「阿左美殿に関することか？」

撫子はハッと息を呑む。

「ど、どうしてわかるんですか？」

「どうしてって……お前、阿左美殿にほの字だろう」

撫子は狼星の腕の中で小さな悲鳴を上げ、顔に紅葉を散らす。狼星は怪訝な顔をする。

「お前バレてないと思ったのか」

「……はい」

「バレてないのは阿左美殿にだけだ。その内阿左美殿にもバレる」

「……はい」

「当たったならご褒美に相談内容を言ってくれ」

ようやく、撫子は狼星に心の内を話す勇気が湧いた。

それは要約すると、撫子は竜胆が好きだが、『好き』という感情は時に毒性を持ち、ひいては周囲に迷惑をかけることがあると学んだというものだった。

今回の一鶴と大河の事件も、人を愛する心が周囲を傷つけた。特に、身分があるものがそうした騒動の渦中にいるとろくなことにならない。

代行者は恋愛感情をどうすべきだろう。

狼星はどうしているか。

そういう問いかけがなされる。

——こいつ、ませてるな。

自分だって、しつこく幼い頃の初恋を引きずっているくせに、狼星は他人事のように思う。

——橋国騒動で何かあったか。

狼星はそう推測したが、深くは聞かなかった。

それよりも聞きたいことがあった。

「撫子、お前、俺がひなが好きだってわかったのか？」

「はい」

「どうしてわかった」

「え……公言しているものだと、わたくし……」

「きっとひなぎくさまもあるていどおわかりになっているかと……」

「……」

「あ、ごめんなさい。ちがうかもしれないです。わたくしの勘違いかも」

先程互いにした台詞の応酬のようなことが起こる。

「まあ、公言しているようなものだし、それで周囲を牽制してはいるが……幼子のお前にまで知られていたとは思わなんだ」

狼星は少しだけ羞恥を味わう。

「……わたくしは、とてもじゃないですが、けんせいなんてできません」

「そりゃお前がしても……なんか可愛い我儘くらいにしか見えんだろ……。護衛官、独り占めにしたい……みたいな」

狼星は撫子が周囲に『りんどうにちかづかないで』と意気込んで話している様子を想像する。前はそんなことをしていた印象があるが、いまの撫子はしないだろう。

もう、彼女は大人びてしまったのだ。

「やはりとしがはなれていると、なにごとも本気にみられないですよね」

「……」

「ろうせいさまの恋は……きっとかなうでしょうから……。うらやましいです……」

狼星はそこまで聞いたところで、境内の庭園に設置されているベンチを見つけた。枝垂れ柳の木がベンチの両端にあり、景観がとてもいい。日陰にもなっている。そこから、池が見渡せた。狼星はベンチの埃を払ってから撫子を座らせると、自身も隣に腰掛ける。

そして感慨深くつぶやいた。

「そうか、お前には俺の恋が叶いそうに見えるのか」

「ちがうんですか……？」

撫子は不思議そうに狼星を見る。

「違うな」

きっぱりと言われて、撫子は困惑する。

「でも……仲がいいですし……」

狼星は、問題はそこではない、と言う。

「じゃあ仮にだ。俺の想いがひなに通じて、ひなも応えてくれたとしよう」

「はい」

「最初はただ嬉しいだろうな。初恋の人だ。何年も想っていた人だ。生きていてくれてるだけで嬉しいのに、俺のほうを見てくれるだなんて奇跡のようだと思うだろう」

良いことだ、やはり羨ましい、と撫子は頷く。

「それで、次は？」

「つぎ……？」

「次だよ、次に何が起こる？」

「……」

撫子はわからなかった。撫子の想像は、誰かと誰かが交際したら、そこで終わりだ。

その先はまだ知らない。狼星は無垢な秋の少女神に教える。

「多分邪魔が入るんだよ」

　声を低くして言った。

「いま冬が春の後ろ盾になっているのは正当性があるから容赦されてるだけなんだ」

「せいとうせい……」

「そうだ。冬が春主従を庇護することについて、春の里は何も言えない。二人への扱いは過去も目に余るものだったし、近年では四季庁爆破事件の時に内通者を山程出した。うちは藤堂と霜月を派遣した上に、俺達も現場で春主従救出に駆けつけられた。けど、ここで俺が春の代行者をくれ。嫁にしたい。そんなこと言ってみろ。あいつらはようやく冬に文句を言える理由が出来たと、嬉々として騒ぐぞ。大和では代行者同士の交際は異例の事態だからな」

「……そうなんですか。でもわたくしは……」

「お前と橋国の秋のことも一応異例ではある。ただ、国内での婚姻と国外での婚姻は政治的意味合いもまったく違うからな」

「……」

「まあ、難しいことは考えなくていい。邪魔が入ったら、俺は当然批判に戦うが、ひなはどうだろうか。撫子、ひなは戦えそうか？」

撫子はいつも優しい春の代行者を心に思い浮かべた。

彼女も自分と同じく、思い悩んで沈み込むほうだと感じる。だから首を横に振った。

「ひなぎくさまは……荒事をこのまないとおもいます」

「だよな。春と冬の間で板挟みになるのはひなだ。ひなが悩み苦しむのはすぐ予想出来る。おまけに、実際に問題解決の為に誰が動くかというと、立場的に凍蝶とさくらになる。俺も前に出るが、直接悪意のあることを言われるのはいつも下々の者達だ。口汚い意見を俺達に聞かせないように護衛官達は奔走することになるだろう」

狼星はどんどん饒舌になる。

「ひなもそうだろうが、俺も思うだろうな。さくらと凍蝶に骨を折らせてまで我を通すべきなのだろうかと」

「……」

「誰かを苦しめてまで、惚れたはれたをするべきなのかって。生きていてくれるだけで良かったのに、贅沢になりすぎてたんじゃやって」

撫子はかける言葉が見つからない。

狼星は撫子のほうを見て『それで、だ』と強い口調で言う。

「俺達がすっかり疲れた頃に、互いに見合いの話がやってくる。というか、俺に関しては既に見合いは来てる。もう二十歳も越えたからな。全部蹴ってるが」

「おみあい……」

「もしかしたらひなはさくらのことを思ってお見合い相手に行ってしまう可能性はないか？　俺も凍蝶とひなを天秤にかけて決められるだろうか……」

狼星は足元にある小石を蹴った。

彼のやるせない心情がその一蹴りに込められている。

「撫子、俺にはな。そういう流れがもう目に見えてわかっているんだ」

まだ何も始まっていないのに、疲労を感じる話だ。

撫子は狼星に同情する。

「ろうせいさまも、恋になやまれているのですね……」

「そんなに簡単なものじゃない」

ぴしゃりと言われて、撫子は身を縮ませた。

「ごめんなさい……」

「別に謝らなくていい。他のやつにはこんな話をしたことがなかったからな。言えて少しすっきりした」

「……」

「撫子、こうした俺の事情を聞かせた上でお前の悩みに戻るが……本来なら年長者としてお前の恋を諫めるべきだろう。だが、正直俺はそんなの意味がないと思っている。大体お前、俺が何と言おうが阿左美殿を好きな気持ちは変わらんだろう？」

撫子は風にそよがれながら考える。自分の気持ちはこれからどう変化するだろうかと。

「……」

きっと、狼星が言うように変わることはない。

——りんどうがずっと好き。

それだけは変わることのない、永遠のようなものだと改めて思う。

「『はい』か『いいえ』で答えろ」

答えない撫子に、狼星はせっかちに尋ねた。

「は、はい！」

「いまのは？」

「おへんじの『はい』です」

狼星は良しと頷く。

「俺も子どもの頃に好きになった女性にいまでも惚れている。変わってしまったが、それでもいい。他の女性を好きになれ、その人と結婚しろと言われても聞く気はない。これからも俺は悩みながらひなを諦めないだろう」

「狼星さま……」

「撫子、お前もそうならば覚悟を決めろ」

狼星はズバリと言った。

「かくご……」

「お前の好きも、俺の好きも、一定数誰かを傷つける。というかな、人間生きてる限り誰かを傷つけるんだ。お前だって、相手からすると悪気のなかったであろうことで傷つけられていないか？」

「……」

撫子は橋国の夜に聞いた、阿左美親子の会話を思い出す。

そしてこくりと頷いた。

「みんなそうなんだよ。どうせ思いを捨てられないなら一旦そこは忘れて長期戦を挑め」

「ちょうきせん、ですか」

撫子は小さな手をぎゅっと握って考え込む。

「お前の場合は……俺とは違い、周囲に何か言われるとしたら秋の権能や年齢のことだろう。そもそも相手が受け入れてくれない可能性のほうが高い」

狼星の手加減なしの言葉に、撫子は心がちくりと痛む。

「りんどうはとてもすてきだから……ふりむいてくれる想像がそもそもできません」

自嘲して笑うしかない。

「いや、待て。護衛官は大体そうだと聞くが、恐らく阿左美殿はお前が結婚するまで自身も身を固めないだろう。多少の恋愛はするかもしれんがお前が優先される。これからどれだけ恋敵が現れようが、お前は阿左美殿の秋である時点で勝ってる」

「え……」

「であるならば、お前は焦るな。阿左美殿を支えつつ、周囲に文句を言われぬような存在になればまだ勝ち目はある」

撫子は目をぱちくりと瞬いた。

狼星は足を組んで頰杖をつき、偉そうに言う。

「だから長期戦なんだよ。いいか、いま相手に意識してもらおうなんて考えるな。無理だぞ。お前、三歳の子どもと恋愛出来るか？」

「むりです……」

「だろ？　想像出来んはずだ。阿左美殿からしたら、いまのお前との関係はそんな感じだぞ」

「はい……」

先程は希望が一瞬見えたのに、撫子はしおしおと萎れる。

「でも希望はあるんだ。年が離れてるっていうのは年月が経てば経つほど障害ではなくなってくる。若い方の精神年齢が高い場合は尚更そうだ。俺は実例を身内で見ているからわかる」

狼星は歩いてきた道のりを振り返る。春や夏がまだこちらを見ていた。

その中にはさくらと凍蝶もいる。

「心身共に成長した時に勝負を挑め」

撫子はオウム返しに言う。

「しんしんともにせいちょう……」

「予言しておいてやるが、最初は断られるだろう」

「はい……」

「だがな……多分三回くらい押したらいける気がするぞ……阿左美殿だろ？」

撫子はこれには冷静に否定を示した。

「そんなことないとおもいます」

なんだか竜胆が簡単な男だと思われているようでちょっと腹立たしい。

「いいや、阿左美殿はお前に滅法弱い。初対面の時からどうかと思っていた程度にはお前に甘い。情に訴えろ。他の女性相手ならその気がなければ即刻断るだろうが、お前相手ならばすぐに一刀両断は出来んはずだ」

「……」

「いけるって。撫子、お前はこの国の秋だろ。凜として戦え」

「なんだか悪いさくせんです」

「俺に聞いたのが悪い。俺は良い人間ではないからな」

「ろうせいさま、悪いおひとなのですか……」

「お前、知らなかったのか……俺が良い人間を演じるのは身内にだけだぞ。お前も身内だから
そうしてるが……じゃないと誰が女の子と恋愛話なんかするもんか」

「……」

撫子は狼星と話しているとなんだか心も身体もぽかぽかとしてくる。

狼星が一度も撫子の相談を馬鹿にせず、真剣に自分の心の内も曝け出して相談に乗ってくれ
ていることが陽気を齎していた。

彼は冬の王なのに。

「わたくしは、では……いまはじぶん磨きなるものをすべきなのですか」

撫子はもじもじとしながら尋ねる。

「……お前が阿左美殿にいつか自分の気持ちを伝える時、周囲に反対されたくなきゃな」

「そしてりんどうを支える」

「俺の身内の例を鑑みるに、その時は相手に親愛の念しかなくとも、過去に助けてくれたこと
や支えてくれたことが後で効いてくる。特に護衛官のように人に頼るより先導せねばならん重
責な立場の者はそうだと思うぞ」

――まあ、冬の男が春の女性に弱い、という可能性も否めないが。

「葉桜姉妹はわかりやすい例じゃないか？　連理殿や雷鳥殿は優秀な御仁だが、絶対に彼らが夫でなければ駄目という存在ではなかった。だが、誰が見たって葉桜姉妹に必要なのはあの二人だとわかる」

「……はい、そうだとおもいます」

「人知れず苦しむことが葉桜姉妹にもあったはずだ。そんな時にあいつらを支えていたのは連理殿と雷鳥殿だった。だから瑠璃とあやめは惚れたんだ」

狼星は撫子がぎゅっと握ったままだった拳に、手を乗せた。

「撫子、長期戦を挑め」

「……はい」

「……相談結果はどうだった？」

撫子は狼星をまっすぐ見て、今日一番の笑顔を見せた。

「ろうせいさまにそうだんしてよかったです」

狼星もつられて笑った。

「そうか」

微笑む彼の笑顔は、春のように暖かい。

そろそろ戻るか、と狼星が切り出すと撫子は憂いのない顔で頷く。

二人はまた同じように、狼星が撫子を抱き上げた状態でテクテクと歩き出した。

狼星はおもむろに尋ねる。

「そういえば、何で俺に相談したんだ？　こういうのは女性同士のほうがいいだろ」

「殿方のおこころをしりたかったので……」

「お前、中々軍師だな」

「ぐんし？」

「策略家ってことだよ。いいことだ。撫子。みんなが手招きしてるから走るぞ」

狼星は撫子を抱いて軽快に走り出す。

撫子は最初こそ驚いたが、けらけらと笑い出した。

すっかり仲良しの様子で戻ってきた狼星と撫子を見て、秋の代行者護衛官は非常に複雑な表情を見せ、何を話したのか問いかけたのだが。

二人は顔を見合わせて『ひみつ』と答えるだけだった。


同日、大和最南端、竜宮。

新しく出来た巫覡輝矢邸に、竜宮神社神主兼竜宮鎮守衆の一員も兼ねている永山虎士郎がやってきていた。警備門を通してもらいはしたものの、まだ屋敷の中に入ってはいない。

慧剣が通せんぼをしていた。

少年を前にして、叱られた犬のようにしゅんとしている中年の男性というのは何とも形容しがたい趣がある。

「……お酒を飲みすぎて情報漏洩をした記憶もないと？」

慧剣は腕を組んでジト目で虎士郎を見ている。

「……すみません」

虎士郎は顔色が悪い。今日という日は、酒の飲み過ぎによる体調不良ではなく、精神的に参っているせいだろう。

「輝矢様が危険な日に遭ったというのに、それを引き起こした事実すら自分でも覚えていらっしゃらないんですか？」

「本当に申し訳ない……」

「じゃあ虎士郎さんは何をもってして輝矢様に謝罪するんですか？　記憶ないんですよね」

慧剣の追及は厳しい。

虎士郎は慧剣にすがるように腕を摑む。

「慧剣くん……ごめん……」

慧剣は腕を払いはしなかったが、冷ややかに言う。

「おれに謝られても困るんですよ」

「はい……」

「実際被害に遭われたのは輝矢様なんですし」

「ごめん……！　もう絶対にお酒の席で失敗しないから！　輝矢に会わせて……！」

慧剣は見極めるようなまなざしで虎士郎を眺める。

「お、お土産も持ってきたんだよ」

虎士郎は手荷物を漁った。

「輝矢が好きな、すごく高いお酒を……」

そして差し出す。慧剣はぺしっとその酒の入った箱を叩いた。

「お酒じゃないですかっ！」

「俺は飲まないもんっ！　慧剣くん……ごめんって……慧剣くんに怒られるのが本当に堪える。辛い……」

「じゃあおれに格好悪いところ見せるような大人にならないでくださいよ！　竜宮神社で一番格好良い男じゃなかったんですかっ」

「ほんと、すみません……」

しばらくそうしていると、輝矢が玄関までやってきて顔を出した。

「ごめん慧剣……月燈さんと電話しててさ……。うわ、虎士郎だ」

輝矢はそう言って笑う。慧剣はすぐに怒った。

「輝矢様、笑ったら虎士郎さんが許された気になっちゃうでしょ！」

「まあ……反省は必要だけど……」

「もっと怒って！」

言われて輝矢は虎士郎に少しだけお説教をした。

酒は飲んでも飲まれるな、という類の話をする。

虎士郎は平身低頭謝り、輝矢はこのやり取りで虎士郎を許すとした。

虎士郎はそれでも誠意を見せるべく、持っていた土産の紙袋からある物を取り出す。

「俺、母さんに丸坊主にしろって言われてて、お前に剃ってもらおうとバリカン持ってきたんだけど……」

輝矢はそれを見て腹を抱えて笑ってしまった。

いつも人の目を気にして、自分が良い男でありたがっている虎士郎が、おしゃれなヘアスタイルから似合わない坊主になると思うと、想像だけで笑えた。

「あははっ紗和さんめちゃくちゃ怒ってるな……」

「やばいぜ……いま俺、家に入れてもらえなくてホテルで暮らしてるんだ……。一緒の墓に入りたくないからお前だけ籍から抜けろとまで言われた……」

輝矢はすっと真顔になった。

「それはまずい」

勘当されているのと同じである。

「本当にな……でもそれだけのことをしたから……」

「バリカンはちょっとやってみたいけど可哀想だからいいよ」

十分罰は受けていると判断し、せっかく来たのだから、と輝矢は虎士郎を家に招いた。

「結局許しちゃうんですね」

慧剣は厨で虎士郎用の冷茶を用意しながら輝矢に文句を垂れる。

慧剣からすると、輝矢の行動は意味がわからないものだった。実際、絶縁されても仕方がないくらいのことを虎士郎はしているわけだが。

同じく厨に立って、茶菓子を用意していた輝矢は苦笑する。

「うーん……でも許しちゃえるくらい、あいつには世話になってるからな」

彼にとってそれだけ虎士郎が大切な友人だということがわかる台詞だ。

「俺さ、本当に子どもの頃に竜宮に来て……守り人しか心の拠り所がなかったんだよ。でもさ、あっちはすごく年上だろ？　やっぱり話したい話題とかも違ったりして……寂しさを覚えることがあった。そんな時、虎士郎を紹介されたんだよね」

「……先代の守り人様からですか？」

「そう。多分悩みが透けて見えてたんだろうな。悪いことをした……。虎士郎にも」

「どうしてですか」

輝矢は笑う。

「そりゃあ、だって……竜宮神社の息子。鎮守衆の一人だよ。現人神の男の子の友達になってあげなさいと大人達に言われたに決まってる」

「……」

「でもね、あいつは一度だって俺と遊ぶのを嫌がったり、面倒だと思う態度を見せたことはないんだよ。すごく優しいやつなんだ」

だから大抵のことは許せる、と輝矢は付け足した。

——輝矢様の小さい頃か。

慧剣は想像する。輝矢の子ども時代を。

家族もいない竜宮で寂しかった小さな輝矢少年。

きっと、友達の存在で何度も元気づけられる時があったのだ。

——おれの知らない輝矢様だな。

悔しいが、二人には慧剣が見ることの出来ない時間が多く流れている。

その時間の積み重ねの中で、輝矢は虎士郎に恩を感じているのだ。

「だから慧剣も許してやってね」

慧剣にはそういう友情を築く相手がいまのところいないのと、輝矢だけで満たされているのでやはり理解しがたいものではあった。

「慧剣くんが淹れてくれた冷茶美味しいな……」


リビングに通されてからも、虎士郎は慧剣のご機嫌を伺っていた。

「それ買ったやつです」

「慧剣くんがペットボトルから移してくれた冷茶、美味しい」

虎士郎がこんな調子なので、慧剣も意地悪をし続けるのが難しくはなっていた。

「それにしても……」

虎士郎はリビングが見える庭園の風景を眺めて言う。

「事件の内容は聞いたけどさ……輝矢、お前本当にあの子を家に迎えるの？」

虎士郎の視線の先には、日傘を差しながら佇んでいる着物姿の娘の存在があった。

本来なら、ここにいるべきではないが、いることを許されている招かれざる客。

虎士郎と同じく、輝矢を害した者だ。

「……あれが、天音一鶴さんなんだろう？」

一鶴は自分が見られていることに気づいたのか、こちらに視線を向けてきた。

お世辞にも健康的とは言えない青白い顔。

ぺこりと小さく頭を下げて、また庭で散歩を続けている。

慧剣と輝矢も、虎士郎と同じくリビングの長椅子に腰掛ける。

「羽形鎮守衆さんにする補償の一つだ。一鶴さんを妻に迎えることは出来ないけれど、養子にすることは出来るから」

虎士郎は慧剣をちらりと見た。口を尖らせている。

本人がいる前だが、虎士郎は小声で輝矢に問う。

「お前、慧剣くんにお許しはもらったの？」

輝矢は普通の声量で返した。

「もちろん、慧剣に最初に相談したよ」

「輝矢様は相談してはくれましたが、もう決定事項でした」

慧剣の声は不満気だ。

「慧剣くん、いいの？」

虎士郎が尋ねると、慧剣は低い声で返す。

「いいわけないですよ」

「だよね。輝矢大好き慧剣くんは許せないよね！」

「……一緒に住みたくないし」

「そうだよね！」

「あの子怖いし……」

「俺もそう思う！」

「………でも、輝矢様……おれのことも養子にするって言ってくれたので」

それを聞いて虎士郎は思わず冷茶が入ったグラスを落としかけた。

あの事件から一夜が明けた頃、輝矢と慧剣は創紫内のホテルにいた。

事件の現場確認などもあった為、すぐに竜宮に帰ることは叶わず、国家治安機構の保護下で隔離状態、という形だ。

輝矢は一鶴と大河が救急隊に連れていかれてから、ずっと二人の処遇を考えていたらしい。

その上で、出た一つの答えがまず一鶴を養子にすることだった。

これにより、羽形鎮守衆は現人神の末裔の系譜に娘を入れることが出来る。

もし、一鶴と大河が事件の後も互いに思い合っているようなら、その上で巫覡一鶴として大河と結婚することも可能だ。

小太刀景斗という存在が問題にはなるが、ロジックとしては天音一門に差別をされる部分がなくなったことになるので、説得次第だと思われた。

何せ、一鶴の姓には巫覡が入るのだから。

ただ、これを実行するには様々なお膳立てが必要になる。

『娘にします』、『はいどうぞ』と巫覡の一族のお偉方がすぐ頷くはずがない。

　そして、お膳立てはお偉方相手以外にも必要なことだった。

「慧剣……お前、俺の息子にならないか」

　ホテルの部屋で一息ついたところで、輝矢はおもむろにそう切り出した。

　慧剣は何か聞き間違いをしたかと思い、輝矢を怪訝な表情で見る。

「え……？」

　慧剣の反応に、輝矢は心が折れそうだった。

「いや、だから……息子に」

「誰がですか」

「お前が、俺の……そんなに嫌か？」

　慧剣は慌てて言う。

「いえ、嫌じゃありませんが、けど……何で……」

　反応が鈍かったのは、戸惑っていたからだ。

　慧剣は、いままで一番言われたかった台詞をぽんと貰えて放心していた。

「もうほとんどそうだから、形式的なものになるんだけど」

　互いにカウチソファに腰掛けて、お茶を飲み、寛いでいる時だった。

「……輝矢様、なんでいまなんですか……」

指摘されて、輝矢は狼狽える。

「いや、わかるぞ。俺もお前も今日は本当に大変な日だった。なのに何で更に気が重くなる話をするんだと。俺も、正直言う時期が悪いと思うが……」

「いえ、そうじゃなくて……。こんな普通に団らんしている時に急に言われても……」

「……」

「もっと、雰囲気とか……」

「………」

「切り出し方とか……他に……」

輝矢はそうか、と慧剣の気持ちを汲めなかったことに申し訳なくなる。

「……ごめん。いまから花束とか買ってきてやり直してもいいか？」

プロポーズの準備を怠った花婿のようなことを言う。

慧剣は首を横に振った。

「そういうことでもないんです……。もういいですから、どうしてそう思ったのか教えてくれませんか？」

慧剣はその時点で泣き出しそうだったのだが、堪えて尋ねた。

「……お前を縛りたいわけじゃない。それは変わらない」

「でも、俺とお前の関係性って射手と守り人ってだけだし……いつかは俺の役目も終わる。その後も、俺はお前と関わりを持ちたいし、お前が困ったら守ってやりたい」

「……………輝矢様」

「お前が何処にも行くところがないなんて二度と思って欲しくないし、何より俺がお前を家族に欲しい。家族にしたい子がもう先にいるのに、言わないで一鶴さんを養子にするのもどうかと思ったんだ……」

慧剣はそこで一度感動の気持ちが止まる。

「え……あの子、養子にするんですか？」

「そうしたら丸く収まるから……」

慧剣は『この人なんでも丸く収めるつもりか？』と怖くなった。今回の事件はむしろもっと大々的に騒いで、周囲に反省を促すべきだ。

「月燈さんになんてご説明を……？」

慧剣は自分のことより師匠のことを心配してしまう。

「いや、お前に言うみたいに誠心誠意話すよ」

「屋敷に若い女の子を住まわせるんですよね？」

「……」

輝矢はようやく懸念を示す。興味がなさすぎて、そこはあまり思い至らなかったらしい。

——鈍感！　朴念仁！

慧剣は月燈が可哀想になった。輝矢が一鶴を子どもとしてしか見ていなくても、月燈はどう思うかわからないのに。

「……そこは、ちょっと色々考えよう」

「その提案で月燈さんに嫌われたらどうするんですか」

輝矢はぐっと胸を刺されたような声を出す。

「……ほら、うちは離れもあるし」

「あと一応、おれも若い青少年なんですけど」

「お前は一鶴さんのこと興味ないから……」

「興味はないけど、若い女の子を家に入れるということをもう少しちゃんと考えたほうがいいですよ、輝矢様」

「……うん」

慧剣は項垂れる輝矢に更に言う。

「本当におわかりになっていますか？　おれもですが、あの子も家族にしたら色々言われますよ……」

輝矢は顔を上げる。

「それは承知の上だ」

「わかってない！」

慧剣は憤る。

「おれを守り人にした時点で結構騒がれてたんでしょう？　その上、輝矢様を加害するような事件を去年起こしました。そして今年は狂言犯罪した子を家族にですか！　輝矢様の判断能力が疑われますよ！」

「判断能力疑われたとて、俺を射手から引きずり下ろす人いないからさ……。それに、俺はもうお偉方とめちゃくちゃ喧嘩する仲だから今更だよ」

「でも、でも……！」

「一鶴さんのことはまず一旦置いといて、お前はどう？　俺と家族になること、検討してもらえる？　実は結構前からお前のご家族には打診していて、一応二十歳を越えた時に本人の同意のもと行う、という計画で進めてはいたんだけど……」

「……」

「でもこんなことになったから前倒しで検討をお願いしたい」

輝矢は緊張した面持ちで慧剣を見る。

慧剣の答えなど、とうに決まっていたが、慧剣は答えず黙った。

唇が震えた。そうしていると、輝矢が真剣な顔でまた話し始めた。

自分がいかに貴方と家族になりたいと思っているかを。

「お前と家族になりたい。これから先の人生、俺は何が楽しみだと思う？　お前がすくすくと育つのを見ることだよ。お前にあんまり伝わってないみたいだから、恥を忍んで言うけどさ、俺はお前がかわいくてかわいくて仕方がないわけ……」

慧剣は輝矢の唇から紡がれる言葉を、雨のように受け取る。

ぽつり、ぽつりと、愛情は降ってくる。

「お前の両親がお前という存在を世に届けてくれたことに感謝してる。お前は俺にとって人生の褒美になった。いまこの瞬間もそうだ」

「……おれが褒美？」

「そうだ。お前がいてくれるから色んなことを我慢出来るし、俺は頑張れるんだ」

──そんなの、もう親じゃないか。

慧剣は聞きながら視界が涙で歪んでくる。

「……嘘ですよ」

信じられない。自分に都合が良すぎて。

慧剣はあまりの嬉しさにそう言ってしまったのだが、輝矢は説得に失敗しかけていると勘違いして顔色が悪くなる。

「本当だよ。軽い気持ちで言ってない」

「……」

「めちゃくちゃ、勇気出して言ってるよ……」

「……信じられません」

ついには涙がこぼれてきてしまい、慧剣はうつむく。輝矢は更に慌てる。

「本当だ。だって俺……なんも持ってないんだ……」

「……輝矢様ほどの御方が……？」

「お前は俺を買いかぶりすぎだ。お前は望めば何処にでも行けるのに、俺は追い駆けられもしないんだぞ。引き留める言葉もない。俺と一緒にいないほうが、お前の人生が豊かになるから。あげられるものだって、たかが知れてる」

「でも、おれを息子にしたい……？」

慧剣はうつむいたが、その時ばかりは涙を服の袖で拭って、顔を上げた。

眼の前の神様はついには慧剣の傍まで来て、片膝をつき頼み込んだ。

「……ああ。それでも、家族になって欲しいんだ、慧剣」

自分の人生で、一番の我儘だと輝矢は付け加えた。それでもう、少年従者は参ってしまった。

慧剣は言葉の花束をもらった。それはいままでもらった物の中で一番の贈り物だった。

これからどんなことがあったって帰っていい場所。

巫覡輝矢という父親を得られたのだ。

あまりの歓喜に泣きじゃくってしまい、慧剣は承諾の返事をする余裕がなかったので、それからもずっと輝矢の懇願が続いた。

そういう夜だった。


「……まあ、それでおれも良いかなと思って……」


場面はまた戻り、巫覡輝矢邸のリビングへ。

慧剣は照れた様子を見せながら虎士郎へ言う。

「輝矢様がおれを一番に考えてくださって、まずはおれを養子にしてから一鶴さんを養子にするなら、許しちゃおうかなって……」

「いいんだ……」

虎士郎は、今度は慧剣に対して呆れた。

「輝矢様がおれをどれだけ大切に思っているか、たくさん言ってくださったので……」

——それでも、天音一鶴を家に入れるのはどうなんだ。

虎士郎はそう言いたかったが、ぐっと呑み込んだ。

虎士郎が可愛がっている慧剣だって、世間を騒がせた暗狼であり、一時期は国家治安機構と敵対もしていた。

既に狼を飼っている男に、瀆神者の娘を養子に貰うなと言っても聞き入れないだろう。

一鶴は輝矢に自分達とは怒るポイントが違うと言ったが、確かにズレている。

判官贔屓ともまた違う。

この不安定さが、輝矢を世話したがる人を惹きつける要因でもあるのかもしれない。

——こいつ、俺がいないと危ないな。

そう思わせてしまう魅力があるのだ。虎士郎も魅了された者の一人だった。


「……まあ、困ったことがあったら言ってな」

結局、虎士郎もそれ以上苦言をすることが出来なかった。


「それで、大河くんはどうなったんだ？」

「あの子はお父さんを暴行しちゃったからね……一応、国家治安機構に勾留されてる。ただ、お父さんはそこに関しては許しているそうだから、すぐに解放されるとは思う」

「他の罪は？　狂言とか、色々あるだろ。俺、あの子から情報抜かれたんだぞ」

「そこをな、『まだ十八歳になってないから』という理由でどうにか回避させたくて……」

「いや、回避じゃなくて……」

輝矢はわざと話をそらしているのか、虎士郎の言葉を流して言う。

「今回は民間の家庭内暴力と、俺という神様案件が入り混じっているから本当に判定が難しいらしく……。慧剣の時みたく内々で処理出来るか微妙な線なんだよ」

「一鶴さんも、すごく不安定だし、お父さんとの仲も一回壊れちゃってるからとにかく自暴自棄にならないよう無理やり連れてきたところがあって……」

一鶴の場合、精神的な問題もあるので、本来なら入院しているはずではある。

「……でも、昨日竜宮に連れてきてから顔色はあれでもマシになったんだ。一昨日は土気色をしてた」

「ご飯も食べませんでしたよね」

「そうなんだよ。でも朝は一口だけ飲み物を飲んだよ。いまあの子は、故郷の人から離れたほうがいいから、色んなことが決まるまでとりあえずうちに置くつもりだ……」

「お前、大分色んなことを権力でなんとかしてないか？」

虎士郎がそう言うと、輝矢は笑った。

こういうのも、豪傑というのかもしれない。

小一時間話した後、虎士郎はもうお暇するよと声をかけて立ち上がった。

ちょうどその時、一鶴が玄関に戻り、屋敷に入ろうとしていた。

「あ、お邪魔しました……」

虎士郎がぺこりと頭を下げる。同じように、一鶴も頭を下げた。

「虎士郎、じゃあまたな。うちに泊まりたかったらおいで」

「……おう。ひとまず母さんに許してもらえるまでホテルで暮らすわ。慧剣くんも……ええと、一鶴ちゃんもまたね」

輝矢と慧剣、そして一鶴は虎士郎を見送る。

「……」

輝矢は黙り気味の一鶴に話しかける。

「お散歩どうだった？　外出て、少し気分が良くなったかい」

一鶴はこくりと頷く。

「一鶴さん、そろそろ何か食べないと駄目だよ。あんまり竜宮のもの口に合わないかもしれないけど……」

「……うちは、ご飯をいただく資格がありません」

「そんな資格は存在しないから……」

一鶴は口をへの字にする。あれだけのことをしたのに、こうして輝矢に匿われ、それが自分にとっても癒やしになっている事実が辛いのかもしれない。

「何なら食べられる？　俺、買ってくるよ」

「……」

「果物？　お魚？」

一鶴は泣きそうな顔で黙る。

「お菓子ありますよ」

慧剣が口を挟んだ。

「いや、お菓子は駄目だろ……」

「食べないよりはいいでしょう。怪盗王子シマエナガのシールが入ったお菓子、おれたくさん持ってます」

一鶴は慧剣のほうを見た。慧剣はあの日、自分を足止めした相手が彼女だったということをもう知っている。慧剣も一鶴に視線を返す。そしてすぐにぷいっとそらした。

「あと、怪盗王子シマエナガのお子様カレー」

目をそらしたが、もう一つ提案する。

「レトルトか……」

これは非常によい提案だったのだが、輝矢は栄養を気にした。

「それも中にシールが入っています」

「シールばっかりじゃないか」

「でも買わないと手に入らないシールなんですよ」

輝矢と慧剣が話している途中で、一鶴はようやく口を開いた。

「……うち、カレー食べます。怪盗王子シマエナガのカレー……」

それはとても小さな声だった。

きっと、今日一番の勇気を出した声だった。

――一鶴さん。

輝矢は驚き、そして破顔する。

「そうか、一鶴さんは怪盗王子シマエナガのものなら食べるか」

一鶴は申し訳なさそうに言う。

「……慧剣様が……くれるなら」

作品が、というより、慧剣が見せてくれた真心に報いたいと思ったのだろう。

本来なら一鶴は慧剣から一生無視されても仕方がない。

それでも、彼なりに歩み寄ってくれている。

「慧剣、話題に出したんだからあげてもいいな？　俺があとでいくらでも買ってやるから」

「……いいですけど、キラキラシールが出たらおれの物ですよ」

「なにそれ」

「すごく高尚なシールです。レアなんです」

「お前、そんなにシール集めてどうするの……？」

「愛でます」

玄関でそのような会話を繰り広げていると、突如チャイム音が鳴った。

輝矢は玄関にある通信用のセキュリティ端末を起動する。

画面に警備小屋の職員が映った。

「何かお届け物でしょうか」

慧剣の疑問の声に、輝矢は頷いてから端末に向き合う。

『輝矢様』

警備員はいつも通り生真面目な態度で挨拶をする。

「こんにちは、もしかして荷物か何か来ている？」

輝矢がそう言うと、警備員は『いいえ』と首を横に振った。

『お客様がいらっしゃっています』

──お客？

はて、と輝矢は考えた。虎士郎が来るのは予想出来ていたが、今日は本来、お客様の来訪予定がない日だ。思い当たるのは更なる事情聴取を求めに来た国家治安機構か、巫覡の一族のどちらかだった。

「もしかして……国家治安機構が来ちゃった？」

一鶴がびくりと震える。彼女の所在はもちろん国家治安機構と共有されているが、輝矢誘拐の罪でやはりお縄に、という展開はあり得なくはない。

輝矢は一鶴のほうに振り返り、安心させるように『大丈夫だよ』と言う。

『いえ、巫覡の一族です。今日お客様が来る予定ではありませんでしたか？』

「うん。虎士郎以外は」

『……』

「どうしたの？」

『訪問者が偽りの身分を名乗っている場合、通すことは出来ません。画面共有してもよろしいでしょうか？　てっきり輝矢様は把握されているかと思いました……』

「ああ、もちろんお願いします……？」

輝矢は怪訝な顔のまま答える。警備員がそこまで言うからには、少なくとも輝矢と深い関係性の者のはずだが。

『画面、出します』

そう言うと、警備員は輝矢が見ている端末画面に警備門前の画像を共有してくれた。

緑生い茂る初夏の木々に囲まれた道の真ん中で、女性がぽつねんと立っていた。

そのあまりに寂しげな立ち姿に輝矢は目を奪われる。

「……うそ」

思わずそんな言葉が出た。想定していない訪問者だった。

女性はうつむいているせいで顔がよく見えない。

居心地が悪そうに、所在なさげにしている。

「……っ」

輝矢（かぐや）は、顔が見えずともその人が誰かわかった。だが、輝矢（かぐや）が彼女を見るのは本当に久しぶりのことだった。幽霊ですと言われたほうが、輝矢（かぐや）にとっては信じられた。

もう輝矢（かぐや）の人生からは、いなくなってしまった人だからだ。

――俺のこと、まだ覚えていたのか？

その上、会いにまで来てくれた。でも何故（なぜ）。先ほどまで穏やかにみなと会話していたのに、一気に頭の中が混乱し、心臓は早鐘を打つ。

『……ええと、名乗ったお名前は……』

警備員は大和国（やまと）の女性としてありふれた名前を口にする。

『輝矢（かぐや）様、お通ししてよい方でしょうか？　姿など御確認出来ましたか？』

輝矢（かぐや）はすっかり頭が彼女のことで支配されて答えることが出来ない。

『輝矢（かぐや）様？』

「……ごめん、俺」

なんとか言葉を絞り出す。唇が震える。

「俺……」

輝矢（かぐや）は慧剣（えけん）と一鶴（いちず）に向かって言う。

「迎えに行かなきゃ」

「え、輝矢様？」

慧剣が戸惑いの声を漏らす。

明らかに平静を失った挙動で輝矢は動き出した。玄関にあった靴を適当に履く。子ども達に動揺した姿を見せたくないのに、取り繕う暇もない。

「ちょ、ちょっと待ってください。輝矢様」

「ごめん、お客様迎えに行ってくる」

「それはいいんですが……大丈夫ですか？」

慧剣は急に挙動不審になった輝矢を案じていた。

「もしかして、会いたくない人なのでは」

「……」

輝矢は答えない。ただ、依然として不安定な様子だ。輝矢は誘拐犯と対峙している時でさえこんなに混乱した姿は見せていなかった。だから慧剣も心配してしまう。

「おれもついていきますよ」

「……」

「ついていきます。きっとお会いするのに不安になってしまうお相手なんですよね」

「慧剣……」

輝矢は慧剣がそう言ってくれたことに心から感謝した。

多分、こういう何気ない言葉や態度が、慧剣と輝矢を家族たらしめている。

しかし、今回は断った。

「いや、慧剣は一鶴さんと一緒に待っていてくれ」

「でも……」

輝矢は苦笑いをする。

「誰かに付き添ってもらったり……護衛が必要な相手とかじゃないんだ。ただ、随分会っていなかったからどういう顔をして挨拶をすればいいのかもわからなくて……」

——何故、いまなのか。

「まずは一人で会ってみたい……そうしないといけないと思う」

そう言って、輝矢は玄関の扉のドアノブに手をかけた。

「……屋敷に招くと思うから……二人共ここで待っていてくれ。ごめんな……」

輝矢は慧剣が制止する間もなく外に出ていく。

『……あの、結局お通ししてよい方なのでしょうか』

空気を読んで黙っていた警備員が端末越しから声をかけた。若干困った様子だ。

輝矢が応答もせずにその場を離れてしまったので、慧剣が代わりに警備員に向かって『いまそちらに向かいました。お知り合いのようです』と答える羽目になる。

残された慧剣と一鶴は気まずい仲だというのを忘れて顔を見合わせる。

「……慧剣様。輝矢様、大丈夫なんでしょうか」

「おれもわからないよ。あんな風に御心を乱されるお知り合いがいるなんて……」

「お客様をお招き出来るよう、準備しますか？　お茶とか……お菓子とか……」

「うーん……でもやっぱり一人で行かせたのが気になる……」

どうしたものかと、二人はその場で悩み続ける。

一方、外に出て行ってしまった輝矢は着物をはためかせながら走っていた。

「……はあ、はあ」

足につっかけたのはサンダル。走りにくいことこの上ない。

本当は車に乗ってしまったほうが良かった。警備門は徒歩では遠い。混乱しているあまり、輝矢はあらゆる選択が間違っていた。

もしかしたら、いま必死になって迎えに行くことすら間違いなのかもしれない。

――どうして。

輝矢は誰にでもなくそう問いかけた。

――何故、いま。

輝矢は天に問いかける。だが答える者はいない。

長年色んなことを問いかけてきたが、欲しい返事をもらえたことはなかった。

――何故、いまなんだ。

幼い頃、どうして自分が射手に選ばれたのかと、巫覡の一族の大人に問うた。

明瞭な返事はなかった。適格者だからだと誤魔化された。

射手として働き始めてからは、何故自分はこんなに孤独なのかと守り人に問うた。

守り人は、射手とはそういう運命なのだと輝矢を慰めることしか出来なかった。

彼もまた自分と同じく孤独な生活をしているのだとわかると、輝矢はもうそれ以上言うまいと心に決めた。

成人してからは透織子にどうして自分の元に嫁いできてくれたのかと問うた。

そこに望んでいたような愛はなく、透織子もまた彷徨う迷い子だった。

輝矢はそれでようやく悟った。

この世の中に、明確な答えはない。

みな、戸惑いながら、時には泣いて地面にうずくまりながら、答えを探して生きている。

大人になるということは、色んな『何故』や『どうして』に折り合いをつけるということなのだ。遠回りして、ようやく理解した。

気づいてからは、誰かに自分が抱える問題を問いかけることはやめた。

押し殺すことにした。それが一番、平和的な解決方法だった。

——もう、やめたのに。

いや、そもそもすべてが馬鹿らしくなってしまったのだ。

声を上げること自体、億劫になった。

——我慢してきたのに、なぜ。

黙っているほうが悲しみを覚えない。何より、もう大人なのだ。

子どもの頃に抱えた辛さを、ずるずると引きずり生きることをそろそろ恥じるべきだと。

いつまでも胸の中に抱えた幼少期の自分を慰めて恥ずかしくないのかと。

他者にはけして言わないようなことを、自分には言い続けた。

そうやって何度も何度も自分を傷つけ、自傷し、何も言えなくなるまで殺し続けた結果、いつしか輝矢は色んなことが我慢出来るようになった。

——運がなかったんだ。

だから射手に選ばれた。

——元々、人に愛される性質を持っていなかった。

だから孤独だった。

——あの人だって、同じ痛みを抱えて生きていたじゃないか。

愛し、愛されるということは、多くの人が体験しているようで実はそうではない。

輝矢はたくさんの悲しみと寂しさを乗り越え、痛みと折り合いをつけ続けた。

そうしていまの輝矢がいる。

輝矢は本当の意味で『大人』になったのだ。

「……はあっ……はあ……」

息を切らして走っていくと、緑の木々に囲まれた道の先に虎士郎(こじろう)の車が見えた。

ちょうど、警備門を通り過ぎようとしている。だが女性の姿は見えなかった。

「……っ」

警備員に玄関で呼び出されてからすぐ駆けつけているはずだが、姿が消えていた。

「……何でだよ」

つい、声が漏れる。

——帰ったのか？

あり得る、と輝矢(かぐや)は思った。

輝矢(かぐや)と彼女は、今更会うにしては気まずい仲だった。直前になって、彼女が『やはり無理だ』と引き返した可能性は否(いな)めない。輝矢(かぐや)は車に乗らなかったことを後悔した。

「……くそっ」

輝矢(かぐや)はいつも何かを取りこぼす。間違える。

そういう運命なのかもしれない。何事もうまく選択出来た試しがない。

——何でだよ。

待って欲しい。

——いつもそうだ。

どうしてこんな気持ちにばかりにさせるのか。

「……待ってっ！」

少しくらい、人生に救いが欲しい。

「待って！」

警備門は虎士郎の車を外に出すと、静けさを取り戻した。

そこには誰もおらず、夏の風だけが吹いている。

「……っ」

追い求める人の姿は見えない。輝矢は手を固く握りしめる。

一歩も動けなくなった。そのまま、人がいない警備門を睨むように見続ける。

「ご協力ありがとうございました。もう大丈夫ですよ」

だが、遅れて声が聞こえた。警備員の声だ。すぐに隠れていた人物が姿を現す。

「……あ」

彼女は輝矢と同じように腰が曲がり気味で、小さな身体を更に小さくして立っていた。

車を通す為に、ただ脇によけていただけだった。

「…………っ」

輝矢は彼女に振り回されている自分を自覚して嫌になる。

もうこんな気持ち、二度と味わいたくなかったのに。

——何で。

またその問いが頭に浮かぶ。

——もう俺を忘れたんじゃないのか。

その人は輝矢に試練を与えた人だった。

嵐が起きても山を歩き。轟く雷鳴が鳴り響こうとも舞い踊る。

友が死のうと。家族が死のうと。恋人が死のうと。

歌い、踊れ、撃ち落とせ。

それが神の代行者たる存在なのだからと。

そういう教えを輝矢に強要した人だった。だが、別離を一番悲しんでくれたのも彼女だった。

そして、愛は永遠ではないと身をもって教えてくれた。

直接別れを告げたわけではない。あまりにも疎遠になってしまったから、輝矢の心が離れて、勝手に別離を決め込んでいた。

——大人になっても会いに来てくれなかったのに。

輝矢の後ろから、主を心配した慧剣と一鶴が追いかけてきていた。だが、彼らの足音にすら気づかぬまま輝矢は再び走り出す。複雑な気持ちを抱えたまま、息を切らして彼女の元へ。

「……はあ」

やがてたどり着いた。

「……はあ……はあ……」

走りすぎて横っ腹が痛い。喉も焼けているかのようだ。

「…………っくは……はあ……」

酷くみっともない有り様のまま、よろよろと歩いて輝矢はその人を迎えた。


「お母さん」


何度会いに来て欲しいと願ったかわからない人がそこにはいた。

輝矢の母だ。

「……」

彼女は輝矢を見て驚いていた。別れた頃の息子はもっと幼かったからだ。

それこそ、彼女が彼を抱き上げてあげられるくらいには。

「……輝矢」

輝矢も驚いた。

母から出る声は、記憶よりしわがれている。

彼の母はもっと綺麗なソプラノだった。いまはもう、年齢と共に枯れてしまっている。

お互い、すっかり年を取ってしまった。

「輝矢……久しぶり、あの……」

——ここまで来るの、大変だっただろうに。

彼女は一人で旅行などしたことがない人だった。

「突然来て、ごめんね……」

飛行機に一人で乗れるかもわからない。それくらい、自分の住まう世界から出たがらないところがあった。誰かとは一緒に外に出られるのに、自分一人では行かない。好奇心とは無縁で、のどかで穏やかな暮らしが好きな人。

——なのに、何でいま来た。

だから彼女にとって、可愛い息子が神様にされてしまったことは不幸だった。

息子が閉じ込められた島になど、とてもではないが自分だけで行けない。

輝矢と違って、どこにでも行けるのに故郷の町から離れられない。誰かに尋ねるのも、調べ物をするのだって得意ではない。そういう人だから、輝矢も諦めていた。

怖がりの母は、けして竜宮まで会いに来てくれないと。

「お前が誘拐されたと聞いて……それで……」

——そう、思っていたのに。

しかし、彼女は息子の危機を聞いて駆けつけた。まだ母親を辞めていなかったのだ。

輝矢はとうに家族を辞めたつもりでいたのに。

——どうして。

輝矢の胸の内から、感じたことのないような切なさが溢れる。

何故、いまなのか。何故、これまで来てくれなかったのか。

何故、何故、何故。

言いたいことがたくさんあるのに、瞳から大量に涙が溢れてきて、それが言葉まで溺れさせてしまって出てこない。

「お母さん、心配で来ちゃった……」

その一言で、輝矢は嗚咽を漏らした。地面にしゃがみ込んでしまう。

おいおいと泣く息子を見て、ついには母も泣き始めた。二人、年齢を重ねた手を取り合う。

おおい、ここにいるよ。俺、まだ神様を頑張ってやってるよ。

山彦になるだけで返事がなかったのだが。

「……輝矢、立派になったねえ……」

その時、ようやく返事は訪れたのだ。

「お母さん、俺、ずっと会いたかったんだよ……」

あとがき

拝啓、どこかにいる貴方へ。お久しぶりです。そちらはどのような調子ですか。
お元気でしょうか。私はいつも通りなんとかやっています。
まずは本作を手に取ってくださりありがとうございます。たくさんの方々の応援、ご声援のおかげです。人から教えていただいたのですが、あと一年もすれば小説家として世に誕生してから十周年になるそうです。長いようであっという間の日々でした。それほど筆が速くないので、十年の間に出せた冊数は少ないほうだと思うのですが、継続出来ていることこそ大事だと思っています。十年も貴方に向けて手紙を書いてきたということですから。

春夏秋冬代行者も気づけば巻数が増え、春から始まり黄昏まで来ました。新たな世界観のご提示ということで、朗読でお聞きいただけるオーディオブックも誕生しました。
馬場蘭子様による多彩な演じ分けで聞く朗読体験は素晴らしいものです。ぜひ、お聞きいただける環境にある方はお楽しみください。

さて、本作の話に戻りますと黄昏の射手では秋の舞と違って、大人になった者達が感じる様々な感情を描きました。

大人のくせに、みんな子どもっぽくないかな。そう思う子どもの皆様、申し訳ありません。大人は実はそれほど大人ではないのです。私もいまだに日常で情けなく泣くことが多いです。

みなさんと同じように怒りをうまく消化出来なくてたくさんお菓子を食べることもありますし、あまりにも悲しいことが起きて、もう立ち上がれないと思うことも。

本当に自分は大きな子どもだなと自覚するばかりです。

つまり、いま感じているような辛さや悲しさ、不甲斐なさが一生続くのか？　と懸念された未来の紳士淑女の皆様にお断りしておきますと、大人になってからのほうが得られる選択が多いので、けして子ども時代のままではないのです。楽しいことがたくさんあります。

どうぞそのまま、貴方が感じた切なさや愛おしさを抱いて大人になってください。

きっと、大きくなってから貴方の財産になるから。

もう大人だと言う方。お互い遠いところまで来ましたね。貴方を何度でも労ってあげたい。

毎日生きることが大変ではありませんか。それでも頑張っている。貴方は立派です。

私達、一生懸命、大人と子どもを繰り返して、なんとかやっていこうではありませんか。

最後にこの物語を貴方に届けるにあたって協力してくださった多くの仕事人の皆様に感謝を。

書店様、出版社様、担当様、装幀家様、友人、家族、ありがとうございます。

この巻でも多大なる苦労をかけてしまったスオウ様、尊敬と愛の念を送り続けます。

ここまで読んでくださった貴方も、本当にありがとう。

貴方が何歳であっても、貴方を支える物語になれていたら嬉しいのですが。

だって貴方に見つけてもらう為に、言葉を紡いでいるのですから。

◉暁　佳奈著作リスト

本書に対するご意見、ご感想をお寄せください。

ファンレターあて先
〒102-8177　東京都千代田区富士見 2-13-3
電撃文庫編集部
「暁 佳奈先生」係
「スオウ先生」係

本書は書き下ろしです。

電撃文庫

春夏秋冬代行者（しゅんかしゅうとうだいこうしゃ）
黄昏の射手（たそがれのしゃしゅ）

暁 佳奈（あかつき かな）

2024年12月10日　初版発行

発行者　山下直久
発行　株式会社KADOKAWA
〒102-8177　東京都千代田区富士見2-13-3
0570-002-301（ナビダイヤル）
装丁者　荻窪裕司（META＋MANIERA）
印刷　株式会社暁印刷
製本　株式会社暁印刷

●お問い合わせ
https://www.kadokawa.co.jp/（「お問い合わせ」へお進みください）
※内容によっては、お答えできない場合があります。
※サポートは日本国内のみとさせていただきます。
※ Japanese text only

※定価はカバーに表示してあります。

ISBN978-4-04-915861-8　C0193　Printed in Japan

電撃文庫　https://dengekibunko.jp/